夜が暗いとはかぎらない

寺地はるな

ポプラ文庫

目次

1

目次・章扉デザイン　岡崎加奈子

1

朝が明るいとはかぎらない

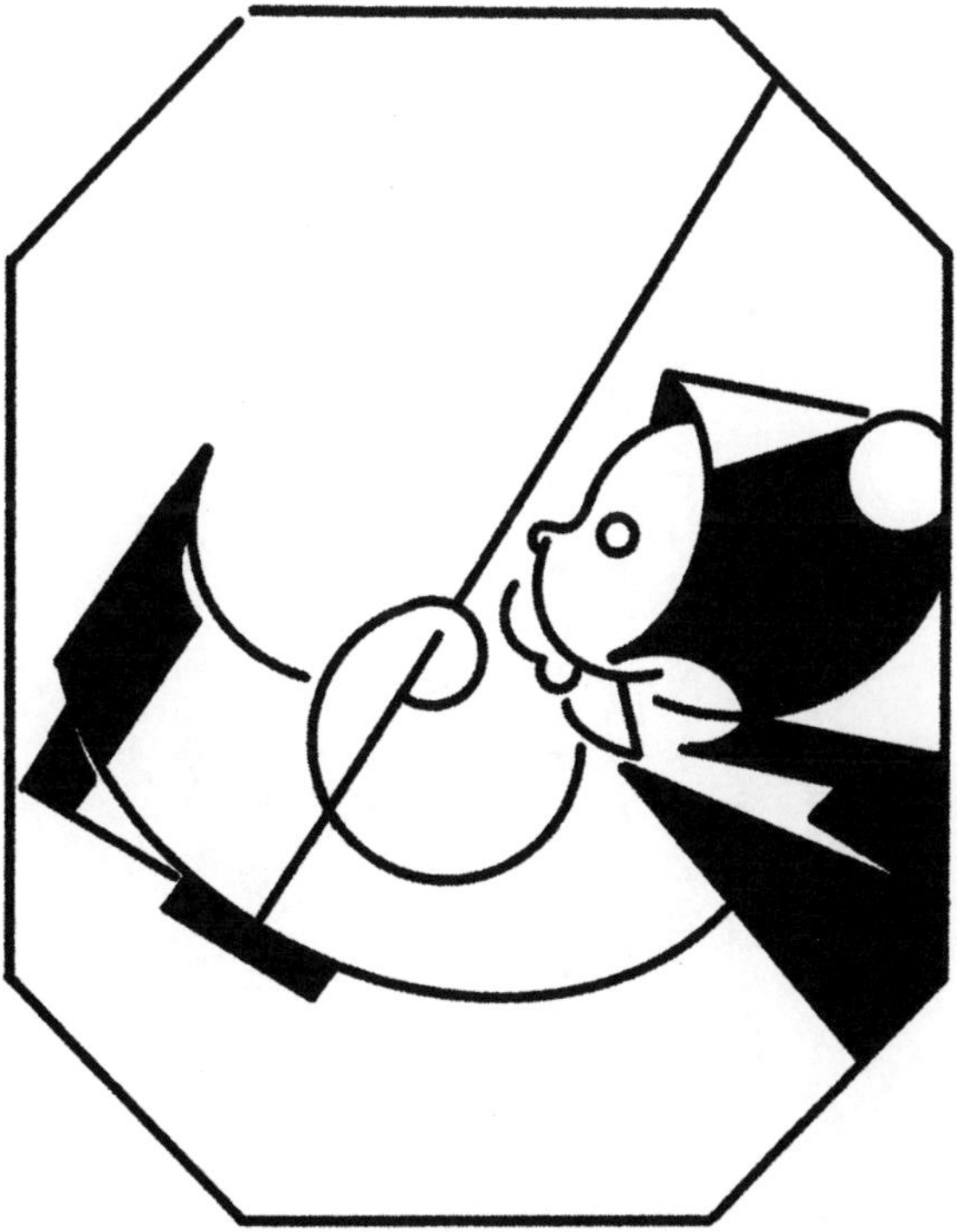

＊

太陽がのぼる前のうす暗いこの時間は、いつだって心細くて、涙がにじみそうになる。

「わかる」と来人《らいと》は同意するけれども、ほんとうにわかっているのだろうか。

来人なんかに、と思わずにいられない。ライトという名前の響きどおりに、いつも明るい男。心細さなんか生まれてこのかた感じたことないみたいに見える。

「お前の知らない俺もおるってことや」

来人が一歩踏み出す。ねずみだか猫だか犬だかさっぱりわからない生きものの巨大な頭部を脇に抱えて。その背後に四角い窓のかたちに切り取られた藍色がある。夜と朝のあいだの色。

自分の身体《からだ》を見おろしてみる。赤い手袋をはめた手。もふもふした水色の着ぐるみをまとった身体は、もうすでに自分のものではないように感じられる。胴《どう》の部分はワンピースのように頭からかぶれるようになっている。裾《すそ》はきゅっと狭まっており、足にはく長靴部分は三十五センチもあって、歩くのに苦労する。歩幅が狭いのに足が大きい。一歩歩くだけで疲れてしまう。

身体が重い。長袖《ながそで》のTシャツにデニムという来人の身軽さがはやくもうらやましい。

なんで、着ぐるみなんか着ることになったんだろう。

着ぐるみはただの着ぐるみではない。ちゃんと「あかつきん」という名前がある。

よっぽど不安そうな顔をしてしまっていたのだろう。来人の手が肩に置かれる。

「心配すんな。なんにもこわいことあらへん」

「これ、頭にかぶったら」

「うん」

「かぶったら、どうなるんやったっけ」

「世界が違って見える」

世界が違って見える。そんな魔法みたいなことは、信じていないけれども。

「そしたら、いくで」

返事をする前にすぽっと着ぐるみの頭部をかぶせられた。目の部分から見える来人の顔は、存外くっきりしている。ただ、遠い。ひどく遠く見える。

「どう?」

「重い」

着ぐるみの頭部は大きい。ずっとかぶっていたら首が疲れそうだ。その大きさゆえに内側は広くて、想像していたほどには閉塞感《へいそくかん》がない。

「鏡見てみ」

来人に手をひかれて、姿見の前に立つ。

おそるおそる手を振ってみると、鏡の中のあかつきんが、なにやらおどおどした様子で手を振りかえす。

＊＊

あの子がいなくなったと知ったのはあかつきまつりの翌日のことだった。あの子、だなんて変かもしれない。だけどやっぱり、あの子はあの子だ。

あかつきんが消えちゃったらしいですよ。

そのメールを送ってきたのは、同じフラワーショップで働く由奈《ゆな》ちゃんだ。彼女は私を、「あかつきんの母」と呼ぶ。「〇〇の母」という呼称は、占い師みたいでおちつかない。心斎橋《しんさいばし》の母とか梅田《うめだ》の母とか、よく言うではないか。おちつかない、と首をすくめるたび、由奈ちゃんはおかしいと笑う。若い女の子の笑い声は鈴の音色だ。りんりん、りんりん、と周囲に明るさを振りまく。

あかつきんは、あかつきマーケットのマスコットだ。あるいはイメージキャラクター。ゆるキャラ、と呼ぶ人もいる。なんでもいい。とにかく、あかつきマーケットに住む妖精、という設定になっている。

あかつきマーケットのことを人に説明する時、いつも悩む。商店街とはすこし違うし、スーパーマーケットとも違う。戦後まもないころは暁市場《あかつきいちば》と呼ばれていたらしい。平べったい、体育館みたいな建物の中に鮮魚店やらクリーニング店やらパン屋やらがおよそ十以上もひしめきあっている。

どまんなかには「広場」と呼ばれるスペースがあり、年末にはそこが福引会場となり、母の日や父の日には、子どもの絵がはり出されるのが常だ。

　私が勤めているフラワーショップは広場のすぐそばにある。派手さはないけれど、おじいさんおばあさんがお仏壇に供える花を買いに来てくれるような、ちんまりとかわいらしいお店だ。

　建物が古いせいだろうか。あかつきマーケットはいつも、薄暗い。床面がコンクリートむき出しで、お店がいっぱいあるのにうらさびしい。

　私はちょうど十年前、パートをはじめた。それよりすこし前から、あかつきマーケットの来客数は減少しつつあった。このあたりに新しいマンションがいくつかできて、それに合わせてぴかぴかのスーパーマーケットやコンビニがオープンした時期と重なっている。

　テコ入れ。イメージチェンジ。正確にはなんというかわからないけれども、とにかくあかつきマーケットをもりあげるべく、「マスコットキャラクター応募コンテスト」が催された。六年前のことだ。あかつきマーケット商店会全員、はりきっていた。

　さほどもりあがらなかった。応募総数は不明だけど、きっとすごく少なかったに違いない。そうでなければ、私の「あかつきん」が選ばれるわけがない。

「母さん、出してみたら」と私に勧めたのは夫だ。君、絵を描くのが得意やろ、と。

「柊《しゅう》によう絵を描いてやっとったやないか」

まだ息子が小さかった頃の話を持ち出されて、ついついその気になった。絵を描くことは、夫が思っていたほどには得意ではなかったけれども。

あかつきマーケットのマスコットだから、あかつきん。その安直な名前を考えたのも私だ。暁町の市場だからあかつきマーケット、その時点で安直なのだから、もうしかたない、とひらきなおった。名前が赤ずきんみたいだから、赤い頭巾《ずきん》をかぶせた。頭巾だけだとへんだったので、赤いスカートもはかせてみた。

顔は猫みたいだけど、耳が大きくてねずみみたいにも見える。のちに、フラワーショップのオーナーからは「え、これ犬ちゃうの？」と驚かれた。

その後、あかつきんはセールのチラシや福引のチケットの隅にかならず描かれるようになった。着ぐるみも作られた。何十万円もかけて。着ぐるみは、あかつきマーケット商店会主催のイベントの時にはかならず現れた。「あんまりかわいくないよね」「微妙だよね」というお客さんたちの囁《ささや》きを、幾度耳にしたことだろう。そのたびに身の縮む思いがした。

福引にせよ、クリスマスフェアにせよ、あかつきマーケットのイベントは総じて中途半端だ。あかつきまつりもそうだった。毎年、広場にスーパーボールすくいやお菓子つりなどの出店が並ぶのだが、お菓子つりのお菓子が途中で足りなくなるとか、的当《まとあ》ての係の人が途中で居眠りをはじめるというようなトラブル続出で、見ているほうがハラハラしてしまう。

そのくせなぜか、あかつきんの着ぐるみの中に入っている人間の姿を絶対に見せない、ということのみ徹底していた。現商店会会長の八波《やなみ》クリーニングの八波さんが「夢をこわしてはいけないから」と言った時、笑いをこらえるのに必死だった。テーマパークじゃあるまいし、そんなおおげさな。

思えば、昔からおおげさな人ではあった。息子同士が同級生で、PTA会長を三年もやっていたから知っている。小学校の卒業式の保護者代表の挨拶《あいさつ》で号泣していた姿は忘れられない。

だけど、みんな知っていた。あかつきんの着ぐるみに入っているのは八波さんの息子の来人くんなのだと。当初は違ったのかもしれないけど、すくなくともここ数年はそうだった。八波クリーニングの手伝いをしつつ、イベントの時にはあかつきんの中に入っているというもっぱらの噂《うわさ》だ。

子どもの頃から明るくて元気いっぱいだった来人くんは、うちの息子とも仲が良かった。引っ込み思案な柊とは違い、誰にたいしても物怖《ものお》じしない子だった。

ああいう子は出世するに違いない、と保護者同士で噂し合っていた。だから、せっかく入った大学を「人間関係のトラブルかなにかで」一年で中退したと聞いた時、意外な気がした。どこでも要領よくやっていけるタイプだと思っていたのに。

でも昨日のあかつきまつりの時にあかつきんの中に入っていたのは、来人くんではなかった。ぎこちない歩きかたで広場に入ってきたあかつきんの手は、他ならぬ来人くんの手に繋《つな》がれていたのだ。

九月ももう終わりだというのに、まだまだ暑い日が続いている。あかつきまつりがおこなわれた昨日は、とりわけ暑かった。

着ぐるみの出番は、三十分と決まっている。それが、中に人が入って活動できる限界であるらしい。あかつきんの休憩室は何重にも衝立《ついたて》がはりめぐらされ、御簾《みす》ごしの平安貴族さながら、その素顔は厳重に隠されていた。

「今からあかつきんが飴《あめ》ちゃんを配るよー」という来人くんのかけ声で、子どもたちがわっと群がった時、あかつきんはびくっと身をすくませていた。子ども相手に飴を配る時も、完全に腰が引けていた。

来人くんは、あかつきんにぴったりと寄り添うようにして、小声で指示を出していた。後ろにちっちゃい子いるよ、とか、そっち消火器あるよ、とか。

「中の人、着ぐるみに入るのはじめてなんじゃないの？」

「いったいどんなバイトの人を雇ったんですかね」

あまりのぎこちなさに、由奈ちゃんとそう囁きあった。それからすぐに、あかつきまつりセールのアレンジメントを買い求めるお客さんの対応で忙しくて、そのことは忘れていた。

正午過ぎに、またあかつきんが飴を配る予定だった。でも、配られなかった。急にあかつきマーケットの事務所の方向が騒がしくなって、見に行ってみたら、商店会の人たちがあかつきんを床に押さえつけていた。なんでも「急に暴れ出した」とのことだった。

「離れて！　離れて！」

来人くんが、必死な顔でみんなを引き剝《は》がしていた。抱きかかえるようにして外に出ていったのだが、なんとそのまま、行方《ゆくえ》知れずなのだという。

あかつきん、どこに行っちゃったんでしょうね。由奈ちゃんのメールを、また読み返す。ほんとうに、どこに行ってしまったんだろう。

大阪、という地名をよその人が聞く時、なにを思い浮かべるのだろうか。二十八年前、お見合いで出会った夫のもとに嫁いで来る前の私にとっての大阪という土地はテレビ等で見聞きした断片的なイメージの集合体だった。みんな漫才師みたいにベラベラ早口で喋《しゃべ》ったり、野球の試合の結果いかんによってすぐ川に飛びこんだり、一人称がみんな「わて」だったり、すべての食べものにソースをだばだばかけたりするのだろうかと不安だったが、じっさいに暮らしてみれば生まれ育った九州の町とそう変わりなかった。

大阪市内にほど近い、人口十万ほどの市の、そのはじっこのあたりに暁町はある。私のようによそから移り住む人も多い。九州出身で、と自己紹介すると、「じつは僕も……」「私の父も……」という告白をする人が隠れキリシタンのようにわらわらと現れて、おもしろかった。

都会というわけでもない、さりとてのんびりしているというわけでもない、なんとなく雑多な感じのするこの町が、けっしてきらいではない。

二十八年だ。ここに住んで、二十八年。母親になって、二十五年。結婚生活は二十四年で終了してしまった。夫が死んだから。煙草《たばこ》も吸わないのに、肺を患《わずら》った。もともと痩《や》せた人だったのに、最後はもう、枯れ枝みたいになってしまって。

息子の柊は、病院でも家でも斎場でも火葬場でも泣かなかった。けっして涙を流すまいとがまんしている様子がありありと伝わってきた。泣かないことと強いこととはちがうのに。

目玉焼きをフォークでつついたら、黄身がとろりと流れ出す。口に運びかけたフォークをあわてて置いて「いただきます」と両手を合わせる。

ひとりで食事をすることにはずいぶん慣れた。慣れすぎて、たまに「いただきます」を忘れてしまう。

しんとした台所で食事をしていると、ひとつ屋根の下に柊がいることを忘れそうになる。夫が死んでから、同じ家に住んでいるのにほとんど顔を合わせなくなった。

私は朝はやく家を出て夜の八時には寝てしまうし、柊が就職した会社は残業が多くて帰宅がいつも九時過ぎだった。休みも合わない。でも顔を合わせないのは、それだけが理由じゃない。

げんに柊が会社を辞めた今でも、もう何日も顔を見ていない。お互い、なんとなく避《さ》けてしまうのだ。避けている、という自覚すらなく。

私と柊は、よく似ている。気のちいさいところ、ちょっとした失敗にいつまでもくよくよするところ。数え上げればきりがない。

磁石のN極どうし、S極どうしのように、私と柊はふわっと離れてしまう。衝突することすらない。

食事も洗濯も掃除も、柊は自分のことは自分でやる。そうしたい、と本人が言った。

私は子どもの頃、ひとつの水槽にメダカとちいさなエビを飼っていた。どちらも近所の川で兄がつかまえてきたものだ。メダカとエビは、お互いの姿が目に入っていないような様子で暮らしていた。私たちは母と息子だけど、ずっとそんな調子だ。

コーヒーを飲みながら、そっと耳を澄ます。柊の部屋からは、なにも聞こえない。眠っているのかもしれない。会社を辞めて数か月たったが、アルバイトには行っているようだ。毎月「生活費」として入れるお金の額は、会社に勤めていた頃と変わらない。直接渡されるわけではない。いつも、お金が入っている封筒が冷蔵庫の扉にマグネットでとめてある。封筒に書かれた「生活費」という、上手ではないが几帳面で丁寧な柊の字を見るたび、心にスウと風が吹く。

無理はするなよ。もし夫が生きていたら、柊に直接そう言ってあげるのだろうか。やさしい人だった。緊張している相手の気をふっとゆるませるのが得意だった。誰かの悪口を一度も言ったことがない。すくなくとも、私の前では。

私と柊のあいだには、いつも夫がいた。夫が保ってくれていた、絶妙なバランス。でもそれは永久に失われてしまった。

時計を見ると、午前五時を過ぎたところだった。外はまだ暗い。食べかけのパンの残りを、急いで口に押しこんだ。

家を出ると、世界はもう白くなりはじめていた。

朝、という言葉はたいていは良い意味でつかわれる。たとえば「朝の来ない夜はない」というような。だけど朝が明るいとは限らない。どんなことがあっても、時間がめぐれば朝はかならずやって来てしまう。ままならぬ思いや不安を抱えて迎える朝はたくさんある。生きていれば、いくたびも。

フラワーデザイナーの講座、受けてみようかなあ。自転車を漕ぎ出しながら、ここ数年ずっと保留にしている事柄について、また考えてみる。受講料はけっして安くない。いちばん行きたかった頃に夫の病気がわかって、うやむやになってしまっていた。その後もずっと、すみやかに対処すべきこと（ゴミ出しとか）を優先し続けて、「ちょっとおいといて」のままにしてしまっている。

暑かった夏が終わって、これからまた生花《せいか》のシーズンになる。新しいアレンジメントについてオーナーと相談すること。それから、来月のシフトを提出すること。自転車のペダルをがしがし踏みながら頭の中で今日やることを整理しているうちに、また講座の問題が遠ざかる。

ゴミ捨て場でなにかが動いたと思ったら、猫だった。ちょこまか足を動かして、朝の光の中をつっきっていく。ゴミ袋をふたつぶらさげた近所の奥さんの首が、扇風機の首ふりみたいに動く。猫の動きを追っているのだ。

「おはようございます」

奥さんは三十をすこし過ぎたぐらいか。薄化粧の下には疲労が滲《にじ》んでいるけれども、まだまだ若い。

時々、あかつきマーケットで買いものをする姿を見かける。いつも、保育園に通っている娘さんの手を引いている。名前はたしか、白川《しらかわ》さん。娘さんの名前は覚えていない。身体のちいさい子だった。一度あかつきマーケット内で娘さんが床にしゃがんでわんわん泣いていた時、奥さんは途方に暮れたような顔で立ち尽くしていた。

「あのお母さん、なんで泣き止ませないんですかね」

由奈ちゃんが言った時、苦笑せずにいられなかった。おさない子どもの母親は、泣き止ませようとする気力もないほど疲弊《ひへい》していることもある。そして、おさない子どもはいつでも簡単に泣き止ませられるほど単純な生きものではない。

ゴミ捨て場にどさりと袋を置く白川さんは、あくびを嚙《か》み殺しているような、そんな表情に見えた。半透明のビニールごしに、幼児教材のダイレクトメールの封筒がのぞいている。宛名がはっきり読み取れる。「個人情報が漏れへんように破って捨てたほうがええよ」と言いそうになったけど、いかにも近所の口うるさいおばさんみたいだから黙っていた。

暁町○○、白川結《ゆい》様、保護者様。そうだ、娘さんの名前は結ちゃんだった。

「芦田《あしだ》さんは、出勤はやいんですね」

白川さんの声は、まだ眠たそうだ。

「うん、花屋やから」

「いってらっしゃい」

はい、いってきます、とペダルに足をかける。

「おたがい、がんばりましょうね」

白川さんは一瞬きょとんと私を見返し、「はい」と笑った。疲れた顔がほんの一瞬、輝く。

そう、がんばりましょうね。こんどは自分自身に、声をかける。朝が明るいとは限らない。それでも私たちは、今日のこの一日をなんとか乗り切らなければならないのだもの。

リヴァプール、夜明けまえ

真っ白なTシャツの胸元を砂で汚して、その人は走っていた。髪の短いやせた女の人だった。胸にかけたアンカー用の青色のたすきが後方へなびく。風を切る音が、ゴールテープを持っているわたしのところまで聞こえてきそうだった。

もう二年も前のことなのに、はっきり覚えている。

「あかつきほいくえん　うんどうかい」の看板を縁《ふち》どるやわらかい紙でつくられた桃色の花や万国旗、青空に浮かんだうろこ雲。そんな至って呑気《のんき》な要素で構成された世界において、胸元を汚して走るその人は、すこしひたむき過ぎた。わたしならきっとあんなふうには走らない。必死だな、と他人に思われてしまうことが、なによりも恥ずかしい。

青色のたすきの人はびゅんびゅんと走って、黄色のたすきと赤色のたすきを追い抜いた。大きく歓声が上がった。

がんばれーという声援の切れ間に、あれ、ひろふみくんのママだよね、と囁き合う声が背後から聞こえた。たかが保育園の運動会でよくやるわ、というような嘲《ちょう》笑《しょう》交じりに、わたしには聞こえた。保護者リレーは園で参加希望者を募り、いなければ保育士の先生が各保護者に打診する。わたしも「出ませんか」と誘われた。足が遅いのにはりきってリレーに出るなんてかっこ悪いから、絶対に無理です、と断った。先生は「気軽に参加してください」と言っていたけれども。

ゴールテープを持つ係に立候補したのは、リレーを免《まぬが》れるためだった。

「ひろふみくんのママ」なる人は二位でゴールして、両手を大きく振りながら息子の名を呼んだ。「ひろふみくん」は観覧席に父親らしき人と座っていて、まったくママのほうを見ていなかった。「ひろふみくん」は娘の結と同じ三歳児のクラスの子だと、彼がかぶっている帽子の色でようやく気がついた。

ひろふみーとまたその人が呼んだ。父親がしきりにママのほうを見ろと促《うなが》すような動作をしているにもかかわらず、ひろふみくんはうつむいて足元の砂をいじっていた。それでもその人は、にこにこと笑っていた。短い髪には天使の輪っかというやつができていて、身動きするたびに軽やかにはねた。

その人の名は、サエキさんという。後から知った。

仕事をして、家のことをして、子どもの世話をして。その生活は、せわしない。いっとき心を揺らすような出来事があったとしても、またたくまに次の用事に押し流される。国を動かすような仕事をしているわけじゃない。ひとつひとつ分解してみれば、すべて些事《さじ》。些事、些事の連続だ。それなのに、いやだからこそ、いつまでも終わらない。生きていくために些事を片づけ、生きているからまた些事が生まれる。

結婚する以前は、自分はそれなりにハードな仕事をしている、と思っていた。けれども三十歳で出産してみると、仕事より育児のほうがよっぽど辛かった。会社の人は言葉が通じるし、不本意なことがあっても泣き叫ばない。育児休暇を終えて初出勤した日、自分の持ち物だけを鞄《かばん》に入れて歩くのは、こんなに気楽なことだったのかとしみじみ思った。結を連れていると常に、おむつだとか着替えだとか、それから機嫌《きげん》が悪くなった時に宥《なだ》めるためのおもちゃとかおやつとか、そんなものでぱんぱんに膨《ふく》らんだ鞄を持ち歩かなければならない。

昔の女性はもっと大変やったんやで、と夫は言う。

「洗濯ものもお前、洗濯板と盥《たらい》でごしごししてたんやで。でも今はボタンひとつやんか、よかったな」

もしかしたら夫は、洗濯機には「洗濯が終わるとなかみを取り出して皺《しわ》を伸ばし籠《かご》に入れ、気象予報を睨《にら》みつつ晴れならばベランダへ、雨なら浴室へ運び、きっちりと干し、乾いたら取りこんできれいに畳んでたんすの家族別の抽斗《ひきだし》に収納してくれるボタン」があると本気で勘違いしているのかもしれない。

洗濯機から金属製のアームがにょっきりと伸びて、ちまちまと娘の靴下やわたしの下着を畳んでいく様子を想像する。完全自動洗濯機。洗濯物を干す際にも取り込む際にも畳む際にも絶えず足元にまとわりついてくる「娘」という存在に、完全自動洗濯機はどのように対処するのだろう。「イマ、オ仕事中デス。離レテオ待チクダサイ」とあくまで冷静に対処するのだろうか。もしそうなら、わたしもいっそ機械になってしまいたい。そしたらきっと、結を苛立《いらだ》った声で叱《しか》りつけたりせずに済む。

忙しいから子どもを保育園に預けているのだ。それなのにしょっちゅう、あかつき保育園は保護者参加の行事を思いつく。英語のレッスンの参観日、絵画の公開授業、運動会、発表会、その他諸々。

行事のたびにいちいち有給休暇をつかうのは職場の人に申し訳ない。ただでさえ結が熱を出したとか、台風で暴風警報が発令されて保育園が休園になったから、という理由で休みがちなのに。

だからいつも、半休をとる。せかせかと会社を抜け出して保育園に向かい、行事が終わるとまたせかせかと会社に戻る。自分の子ども以外、ろくに見ていない。他の園児やその保護者の顔と名前がいつまでたっても覚えられない。

同じように忙しくしているはずの他の母親同士はそれでもいつのまにか親交を深めており、楽しそうにお喋りしている。背後で交わされる、帰りにどこでランチをするかという会話を聞こえないふりをしてやり過ごした。

Yellow

近所の英語教室から週に一度派遣されてやって来る英国人の講師が、オレンジ色や黄色に塗られたボードをつぎつぎに見せて、大きく口を開けて発声する。園児が復唱する。週に一度のレッスン料は保育料と別に支払っている。英語のレッスンを受けない、という選択肢ははなから存在しない。

かわいー。わたしの隣に立っていた母親がはしゃいで、スマートフォンで写真を撮り始めた。他の母親も後に続く。わたしには彼女たちが、ひとつのかたまりに見える。我が子への愛や、ささやかな幸せ、というような思念を共有する、やわらかくきれいな色をした、ひとつのかたまり。ひとりひとりの区別がつかない。単体でいるところを見ても「かたまりの一部」という風に、わたしの目にはうつる。

Red

Blue

復唱をしていない子がふたりいる。わたしの娘と、ひろふみくんだ。結、と声をかけそうになる。ぐっとこらえる。ちゃんとしなさい。娘と接する時、もっとも多く口にする言葉かもしれない。ちゃんとしなさい。自分の母親からもっとも多く言われた言葉でもある。ちゃんとしなさい。昨日も言った。言いたくないのに、口から勝手に飛び出す。言ってからすごく嫌な気持ちになる。自分がされて嫌だったことを、自分の娘にやっている。でもわからない。他の叱りかたがわからない。

た。

「ちゃんとしなさい」の「ちゃんと」が、子どものわたしはいつもわからなかった。どうすれば「ちゃんと」している状態なのか、母は具体的に指示してはくれなかった。

いつも母の顔ばかり見ていた。母が眉をひそめればそれは即《すなわ》ち「ちゃんとしていない」ということだから。

結が生まれて、母は週に二度、うちに来るようになった。母は「ちゃんとしなさい」と、結にはけっして言わない。結ちゃん結ちゃんと、角砂糖が溶け落ちるような声で呼ぶ。目尻を下げて、欲しがるままお菓子を与える。

「お夕飯が入らなくなるから、もうだめよ」とお菓子を取り上げると、結は泣き叫ぶ。地団駄を踏んで、わたしを睨みつける。結は身体が小さい。早生まれであることを考慮してもなお、小さい。身長だって体重だって、同じ年齢の子どもの平均値から著《いちじる》しく外れている。お菓子ばっかり食べているからだ。

その夜、あんのじょう結はぐずぐずと文句を言って、夕飯を食べようとしなかった。焦げ目のついた秋刀魚《さんま》が、皿の上でどんどん冷めていく。

旬の食べものはおいしいだけでなく栄養価も高いのです。食育の本にそう書いてあった。仕事を終えた重たい身体を引きずって、あかつきマーケットの鮮魚店で買ってきた秋刀魚なのに、結は「いらない」と首を振る。無理やり口をこじ開けて食べさせたら、結はぺっとそれを吐き出した。唾液の絡んだ白い秋刀魚の身が、床の上に落ちる。

「結ッ」

叫ぶと、結が返事をする前に夫が顔を上げた。キンキン声出すなよ、と肩をすくめる。

「キンキン声なんか出してない」

出してたって、と言いながらまた夫は卓上のスマートフォンに視線を戻す。結に示しがつかないからやめてくれと何度も言っているのに、夫は食事をしながらスマートフォンをいじるのをやめない。別に変なものは見ていない、ニュースサイトを見ているんだ、などと言いわけをするけれども、どうでもいい。なにを見ているかなんて訊《き》いてない。

「なあ、俺仕事終わってやっと帰ってきたんやで。ゆっくり飯食いながらのんびりスマホ見るぐらい許してくれよー」

ねー結ちゃん。呑気にえへらえへら笑いながら娘の顔をのぞきこむ夫の胸ぐらを摑《つか》んで「わたしは?」と叫んでやりたい。ねえ、わたしは? わたしだって仕事をして帰ってきた。でも「ゆっくり」ご飯を食べたことなんて、結が生まれてから一度もない。離乳食の頃はもとより、自分でフォークを使って食べられるようになった現在だって、食べもので遊ぶなとか食事中に椅子《いす》から下りるなとか、しょっちゅう注意をし続けなければならない。

家の中はもうわたしにとって「のんびり」できるような場所ではなくなっている。それなのにあなただけがどうして「ゆっくり」「のんびり」を享受しているの？

「だいたい、そんなむりやり食べさせて好き嫌いがなおるはずないやんか」

残さず食べろとは言っていない。ひとくちだけでもいいから食べてみて、それから判断することを教えたい。食べてみてどうしても苦手だと言うなら、しかたないと思っている。はじめから食べもせずに「いらない」「おいしくない」と決めつけられた料理たち。わたしがつくった料理たち。手つかずの料理がのった皿をゴミ箱の上で傾ける悲しみを、夫は知らない。

「わかった、じゃあ俺が食べる」

子どもみたいにぷんとむくれて結の皿を引き寄せる夫は、なにもわかっていない。

「そういう問題なん……？」

好き嫌いを許すと苦労する。ただでさえひとりっこはわがままに育つと言われている。ちゃんとしっかり育てなければならない。そう言ったのは夫の母だ。

そういう問題じゃあ、ないのに。顔を覆うわたしの肘《ひじ》を、結が「ままー、ねー、ままー」と揺さぶる。

もうちょっとおおらかに子育てができないものかねえと、いつだったかわたしの母が夫に話しているのを聞いた。余裕がないんですよね、ママ友でもできればちょっとは違うのかもしれないですけど、と夫は答えていた。

ママ友なんていらない。ちっとも欲しくない。

Red

Blue

鮮やかな色のボードを掲げて、英国人の講師がぴょんぴょん跳ねる。子どものかたまりも笑いながら、それに倣《なら》う。イエー、というような声も上げる。

なにがイエーだ。母親のかたまりが笑いさざめく。なにがおかしい。

動かない結の隣に、とうとう保育士が立った。ほら結ちゃんも、と促されて、結は首を横に振る。一度いやだ、と思ったらあの子はもう動かない。三歳の運動会の時だってそうだった。入場行進で、保育士に引きずられるようにして行進する姿を見て、恥ずかしさのあまり声が出なかった。

とことことこ、とこちらに歩いてくる子どもがいる。ひろふみくんだ。サエキさんは、母親のかたまりからすこし離れたところに立っていた。

サエキさんがひろふみくんに歩み寄る。Orangeと言う講師の声にかぶせるようにサエキさんがいきなり「オレンジ！」と叫んだ。カタカナ的な発音だった。母親のかたまりから、曖昧《あいまい》な笑い声がこぼれる。

サエキさんはひろふみくんの手を引いて、スキップするようにして子どものかたまりに近づいていく。誰よりも大きな声で色の名前を復唱しながら。ブルー、というかたちにひろふみくんの唇が動くのが見えた。

「……その時によるかなあ」

サエキさんが手をつくと、グラウンドに敷いたシートが、かさりと音を立てる。結とひろふみくんは年中さんの組になって、帽子の色が変わった。「あかつきほいくえん　うんどうかい」という看板を縁どるうす桃色の花は、ふたつばかり失われている。倉庫から運んでくる途中で外れてしまったのかもしれない。すこし離れたところで、あかつきマーケットのマスコットであるあかつきさんが園児に囲まれていた。サエキさんがちらっと見て「大人気だね」と感心したように頭を振った。

一年前の運動会は、そんなふうにしてはじまった。

夫が出張で、わたしの母も義母も体調がおもわしくないとかで、運動会を見に行けたのはわたしひとりだった。朝「なんでママしか見に来てくれへんの」とぐずる結を宥めるのにひと苦労した。到着すると、サエキさん夫妻が先に来ていて「ひとりなの？　大きいビニールシート持って来ちゃったから、よかったら一緒に座らない？」と声をかけてくれたのだった。

「その時による、なんや」

先ほどのサエキさんの言葉は、わたしの「ひろふみくんって、食べものの好き嫌いある？　食べたくないって言った時、どうしてる？」という問いを受けてのものだった。

最近、わたしがサエキさんとよく話すようになったことを知った夫は「やっとママ友できたんや」と喜んでいたけれども、わたしはサエキさんのことを「ママ友」だとは思っていない。サエキさんはあくまでもサエキさんだ。「ひろふみくんのママ」ではなく。

誰くんや誰ちゃんのママと呼ばれることを良しとする人たちはわたしにとって、依然としてひとつのかたまりだった。どうして平気なのだろう、自分の名を背負って生きてきたこれまでをどう感じているのだろう。

どうして、誰かの母親であるという事実を自分の存在そのものにしてしまえるのだろう。子どもは、たしかにかわいい。夜中や朝方、かすかに唇を開いて眠っている結を見る時、愛おしさに胸がつまる。もしこの子が何らかの理由でいなくなったらとか、離れて暮らすことになったらとか、考えるだけで涙が出る。

自分の子どもはかわいい。あたりまえだ。けれどもこれからの時間をすべて結のためだけに使えと言われたら、わたしはきっと死ぬ。わがままなのかもしれない。母親のかたまりには、そのようなわがままが一グラムもふくまれていないように見える。

いつも笑顔でいることが母親の役目。それぞれが心から、常にそう思っていそうな、かわいらしくあたたかいひとつの大きなかたまり。

サエキさんはかたまりじゃない。かといって、孤立しているわけでもない。にこやかにあいさつを交わしたり、時には世間話をしている姿も見かける。けれどもひとりだけ、違う。

サエキさんは真摯《しんし》だ。なにかの行事の時にも、毎日の送迎の際に他の子どもに話しかけられて答える際にも、いつでも。真摯な人はきれいだ。

「ひろふみも全然食べない時あるよ。食べない時はどうやっても食べないから、サッとお皿下げちゃったり、ずるい手だけど後でアメ食べてもいいよっておやつで釣ったり、色々」

保育園の給食はぜんぶ食べてるらしいから、まあいいかって、とサエキさんは平気な顔をしている。

「まあいいか、なんや」

サエキさんは、いやわかんないよ、育児の常識に照らし合わせていいことかどうかはわかんないけど、わたしはそうしたいからそうしてる、と答えた。

「サエキさんって子どもの相手してて苛々したりすることないの」

「あるよ。いっぱいある」

続いては、年中さんのダンスです、とマイクごしに保育士が言う。心臓がびくんと跳ね上がる。結はちゃんとできるだろうか。拍手をしながら、結を目で追う。ダンスの時に手首につけるお花の飾りがすごくかわいいのだと結ははしゃいでいた。だからたぶんだいじょうぶ、ちゃんと踊ってくれるはず。

音楽が流れ出す。つたない動きながらも確実に振付をこなしているのを見守る。ダンスが上手な子は前列に並んでいて、結は後列にまわされている。親の目から見ても決して上手ではない。でも、踊っている。うつむいたり泣いたりしていない。良かった。涙がこぼれそうになる。なんて楽しそうに笑っているんだろう。結。結、がんばれ。

子どもの頃、わたしは運動会が嫌いだった。踊りがへただったり、走るのが遅かったりすると、母は露骨にがっかりした顔をした。

あはは、とすぐ隣でサエキさんとその夫が笑う。ひろふみくんがぼーっとした顔で、地面を見ていた。まったく踊っていない。

「ひろふみ、協調性ゼロだね」

どうしておもしろがれるんだろう。自分の子どもが、ちゃんとしていないのに。

「たぶん、あれに見とれてるんだよ」

サエキさんがひろふみくんの足もとを指さす。はりめぐらされたビニール製の万国旗は半透明で、グラウンドの砂に青や赤の色を落としていた。それがきれいだから見ているのだろうと。

「……運動会ってなんで万国旗なんだろうね」

ほんとうはそんなことどうでもよかった。でもなにか違うことを言わなければ、「サエキさんは自分の子どもがちゃんとしてないのに、なんでそんなに平気でいられるの」という質問をぶつけてしまいそうだった。

「なんでだろうねえ」

ダンスを終えて退場する子どもたちを拍手で見送って、サエキさんは首を傾げた。

「世界にいろんな国があるみたいに」

サエキさんがすっと万国旗を指さした。細くて長い、きれいな指だった。

「いろんな子がいますってことなんじゃない」

いろんな子、とサエキさんの指さす方向が、むこうの園児のかたまりに移る。いろんな人、と今度は保護者席を指さした。

ひとりひとりべつの人間なんだよ。きっぱりと言って、サエキさんはわたしの顔をのぞきこんだ。見透かされている気がした。すこし、こわかった。

万国旗は今年も、風にはためく。きれいな色が砂に落ちる。園児の入場です。マイクごしに、はりきった園長先生の声が響いた。

「ええー、そうなん？　がっかりー」

すこし離れたところで、保護者たちが騒いでいた。あかつきん、という単語を耳が拾う。

どうやら、今日の運動会に呼ばれていたはずのあかつきんがなんらかの理由で来られなくなったらしい。

去年の運動会にも、そういえば来ていた。どうせ向こうは宣伝の一環としてやっているのだろうが、それでも子どもたちは喜ぶ。「がっかり」と言いたくなる気持ちはわからなくもない。

「イベントの後に失踪《しっそう》して、まだ見つかってないらしいよ」

失踪、という言葉に、ちょっと笑ってしまった。なんだか、おおごとだ。口もとを押さえるわたしを、隣の夫婦がちらりと見た。

もも組、と書いたプラカードを掲げた結が、先頭を歩いてくる。年長クラスの子どもは、小さいクラスの子どもを先導して歩くことになっているのだった。三歳の頃保育士に引きずられて歩いていた結は今、頬《ほお》をかすかに紅潮させ、ほこらしげに前を向いて行進していく。ほんとうは行進の時は、足はもっと高く上げたほうがいい。背筋ももっとぴんと伸ばしたほうが、きれいだ。でも、そんなことはもうどうでもいい。

ゆいー、と呼んで、手を振る。結はこっちを見て、すこし恥ずかしそうに笑った。

サエキさんは、もういない。

去年の運動会の最中、サエキさんは言ったのだった。

「再来月に、引っ越すことになったんだ」

夫の仕事の都合で、とサエキさんは続け、サエキさんの夫がなぜかとてもすまなそうに、わたしに向かって会釈をした。

「どこに引っ越すの」

イギリスの、とサエキさんが言い、わたしは、イギリスの、と復唱した。

「リヴァプール」

リヴァプール、とまたばかみたいに繰り返し、それから、あのビートルズの出身地の、と続けた。

「そう、ビートルズの」

ビートルズの出身地、がリヴァプールについての全知識だったので、それ以上会話は続かなかった。

二か月後、サエキさん一家は、日本を発った。

うわーっという泣き声で、はっと我に帰る。四歳児クラスの男の子が、先生に引きずられるようにして行進している。顔を真っ赤にして男の子が泣き叫ぶと周囲からくすくすという笑い声がもれた。

「もういや」と隣にいた保護者が呟《つぶや》く。そうか、この人があの男の子のお母さんなのだ。

「もういやや、恥ずかしいわ」

なぜ他の子みたいにできないのかと、お母さんは泣き出しそうにしている。あいつ甘えん坊やからなーとお父さんらしき人も困り顔だ。

「あの」

たまらず呼びかけた。

「うちも三歳の時、あんな感じでしたよ」

いやもっとひどかったかも、と、数年前の結を思い出して、笑い出してしまう。

「でも今は、それなりに」

すでに行進を終え、グラウンドの中央で足踏みを続けている結を指さした。

そうなんですか、と若いお母さんは、目を見開く。その驚きは、泣いてどうしようもなかった子どもがあんなふうに、というものではないように思われた。たぶん突然言葉を発したわたしという存在そのものにたいしてびっくりしている。

もしかしたらこの人の目に、わたしもまた母親のかたまりの一部のようにうつっていたのかもしれない。

「その時は『なんでうちの子だけ』って思ってたけど、いつのまにかちゃんとできるようになってて。子どもってそんなもんなんでしょうね」

えらそうに聞こえてしまったら嫌だけど、でも言いたかった。そんなもんなんだから気にしなくってもきっとだいじょうぶだと。サエキさんみたいにさらりと、でも真摯に伝えられたらいいのに。

「そんなもんでしょうか」

夫婦で顔を見合わせて、同時にふっと息を吐く。

「ありがとうございます。……シラカワさん」

シラカワユイ、と娘の名を書いたビニールシートに視線が注がれて、わたしの名字を呼ばれる。

「清水《しみず》といいます」

男の子の両親は、ふたりそろって、頭を下げる。清水さん。口の中で繰り返す。お母さんのほうの清水さんは「駅の中のジューススタンドわかります？　私そこで働いてて」と、ジュースの三十円引き券を一枚くれた。

「ありがとうございます」

なくさないように、財布の中にしまった。お父さんのほうの清水さんは「いきなり宣伝すんなや」と呆《あき》れていたけど、わたしはなにか、とてつもなく良いものをもらったような気がした。

強い風が吹いた。砂埃《すなぼこり》が目に入らないように、ぎゅっと目をつぶる。目を開けたら、眩《まぶ》しくて一瞬くらっとした。

最後に会った時、サエキさんは「元気でね」とわたしに言った。泣きそうなのをがまんするのに必死で、「サエキさんも元気でね」というつまらないひとことしか返せなかった。言いたいことがいっぱいあったのに、連絡先を訊《たず》ねるだけで声がふるえてしまって、すごくかっこわるかった。

「うまくやっていけるかなあ」

長くも深くもなかったわたしたちの関わりの中でサエキさんがただ一度だけこぼ

した、弱音らしきものだった。

もっといっぱい聞きたかったよ、サエキさん。ふたたび目をつぶる。弱音でもなんでもいいから、あなたといろんな話をしたかった。

リヴァプールについて、あれからいろいろと調べてみた。治安はどうなのか。気候はどうなのか。友だちが住む遠い街が、素敵なところでありますようにと願いながら。

日本との時差は、八時間。腕時計を見る。リヴァプールは今頃きっと、夜明け前だ。あとでサエキさんにメールを送ろう。一歳児クラスの親子競技のはじまりを告げる音楽が、にぎやかに流れ出した。

蝶を放つ

偶然ですねと言った女の声色で、待ち伏せされていたのだとわかった。女の名は、葉山《はやま》ひかりという。

ああ、と慎重に頷《うなず》きながら立ち止まった。こんなところでなにをしているのかと、それでも一応、質問した。

「蝶《ちょう》を見に来たんです」

事前に用意していたらしい理由を述べ、当然のように僕の隣を歩き出した。

昆虫館は広い公園の中にあって、公園の入り口から昆虫館の建物に辿《たど》りつくまでにそれなりの距離を歩かねばならない。数メートルも進まぬうちに、背後から葉山さんに声をかけられたのだった。

「最近、本で読んだんです。ものすごく長い距離を移動する蝶。なんていう名前でしたっけ。実物を見てみたくなって」

アサギマダラね、と答えながら僕は、昼休みに会社の自分のデスクでアサギマダラに関する本を読んでいた日のことを思い出した。前日に僕が出していた経費精算の申請書の些細な記入間違いを訂正するために、葉山さんが昼休みに経理部からやってきたのだった。内線電話で事足りる内容だったのに、わざわざ。

　訂正が済むと書類をクリアファイルにしまい、胸に抱くようにして「ありがとうございました」と頭を下げた。その時にデスクに伏せておいた本の表紙を見たのだろう。僕が休日はいつも電車を乗り継いでこの昆虫館に足を運ぶことも、社内の誰かに聞いたのだろう。

「時枝《ときえだ》さんはよく来るんですか、ここ」

「来てるよ」

　ほぼ毎週ね。心の中で付け足す。ほんとうはここに来たいわけじゃないんだ。本来の目的地は別にあるんだ。ここから一キロも離れていない場所に、妻と娘がいる。娘はあと三か月で一歳になる。それなのに僕はまだ娘を、両手の指を折って数えられる程度の回数しか抱いたことがない。

　十一月だというのに、葉山さんはシャツとスカートにカーディガンを一枚羽織っただけというかっこうをしている。スカートの布地はひらひらと薄っぺらく、僕の葉山さん本人に対する印象と酷似《こくじ》していた。晴れの日に雨傘を握りしめているような、そういうなにかちぐはぐな感じを、彼女からいつも受ける。

　仕事は真面目《まじめ》にやってるし、一緒に働くぶんにはなんにも問題ないのよ。経理部の里中《さとなか》さんから、葉山さんはそう評されていた。

問題ないのよ、ただ、と里中さんは続けたのだった。気をつけたほうがいいかもしれない。携帯電話を取り出し、待受画面にしている娘の画像が隣を歩く葉山さんにもよく見えるようにさりげなく手首を傾けた。

受付を通り過ぎて、最初の展示室に足を踏み入れて、葉山さんが「うわっ」とのけぞる。巨大な蜂の模型に驚いたのだ。展示室は森の中を模したジオラマになっていて、この蜂の前に立った人間が小人になったような錯覚を起こす、そういう趣向になっている。

「蝶の温室はあっちだから」

アサギマダラもいるはずだよ、と言って、僕は蜂の前で立ち止まる。ここから先は別々に見てまわりましょうと暗に示したつもりだったが、葉山さんは「へえ」なeither と言うばかりで、僕の傍《そば》から離れようとしない。溜息《ためいき》をつきそうになるのを堪《こら》えて、また歩き出した。葉山さんは巨大な蜂の標本を視界に入れまいとしているのか、手で目元を覆うようにして行き過ぎようとしている。

「蜂は嫌いなんだね」

「ほんとうは虫、ちょっと苦手なんです。でも蝶はだいじょうぶなんです。きれいだから」

きれいなものが好きなんです、と言っていた。去年の忘年会で。店内の喧騒《けんそう》の中でもはっきりと聞こえた。葉山さんの声は高くて、澄んでいる。聞いているとなんとなく不安になるような声だ。祖母の家の仏壇の、おりんの音色に似ている。

忘年会の中盤を過ぎて、手洗いに行って戻ってきたらなぜか葉山さんが僕の席の隣に座っていた。そこに座っていたはずの同僚の白川は部長の隣に呼ばれて、酒をどぼどぼと注がれて眉を八の字にしていた。

きれいなものが好きなんです、の後に、時枝さんはきれいな顔をしてます、と続けた。ひとまわり近く年下の女の子からそんなことを言われて、よろこぶべきなのかどうなのか判断できずに黙っていると、葉山さんは焦《あせ》ったように「違うんです」と両手をワイパーのように激しく動かした。時枝さんは顔がきれいなだけじゃなくて性格もやさしいし、仕事もできるし、と褒《ほ》め言葉を連ねた。いつのまにか戻って来ていた白川が、ベタ褒めやないですか葉山さん、と茶化した。まあまあ飲め飲め、と部長に飲まされた腹いせのように僕のコップに酒を注ごうとする白川を制したり、制しきれずに溢《あふ》れるほど注がれてそれをおしぼりで拭《ふ》いたりしているうちに、いつのまにか葉山さんはいなくなっていた。

「お前に気あるんちゃう、葉山さん」と言う白川の言葉を、「どうでもいいよ」と遮った。

「時枝はなー、奥さん一筋やからなー」

白川はつまらなそうに先刻こぼれた酒を拭いたおしぼりで首筋を拭き、うわ！

くさッ！　とひとりで悶絶《もんぜつ》していた。べつに一筋ってわけじゃないけどな、という僕の呟きは耳に入らなかったようだ。

それから話題は、その頃まだ妊娠中だった妻の真奈美《まなみ》のことにうつった。女は子ども産んだら変わるで、まずものの言いかたが異常にきつくなる、と白川は不平を漏らしながらも、それでも嬉《うれ》しそうに娘の結ちゃんの画像を山ほど僕に見せてきた。

「時枝さん、あかつきマーケットって行ったことあります？　そこの……」

葉山さんが僕の知らない「あかつきん」というものについて、熱心に喋っている。キモカワ、というふしぎな表現も口にする。もちろん意味はわかるが、僕も真奈美もけっして使用することのない言葉だ。

温室に、ゆっくりと近づいていく。千匹以上の蝶を放してある温室は、足を踏み入れるとこの季節でも汗が滲むほどだ。ゆるやかなスロープを下りて、二重扉を開ける。

「それでですね、そのあかつきんが……」

葉山さんの声が途切れた。原色の花と、熱帯植物の葉の濃い緑の、鮮やかなコントラストに目が眩《くら》む。

水の流れる音。鼻先を掠《かす》めるようにして飛んでいくキアゲハ。皮膚にからみつくような温度と湿度。ハイビスカスにとまったジャコウアゲハの先を飛ぶ蝶を指さす。

「あれだよ。アサギマダラ」

わあ。葉山さんが口もとを手で覆う。

アサギマダラは半透明の、浅葱《あさぎ》色の翅《はね》を持つ蝶だ。およそ千キロから二千キロもの距離を移動する。渡り鳥のように集団で海を渡り、国境を越える。なんのためにそれをおこなっているのかは、知らない。

隣にいる葉山さんの存在を、束《つか》の間《ま》忘れた。温室で見るアサギマダラの飛翔はまるで優雅な散歩のようで、ほんとうにこの蝶が千キロ以上もの距離を移動するのだろうかと、信じられないような気持ちになる。

「時枝さんはどうしてアサギマダラが好きなんですか？」

顔をのぞきこむようにして、葉山さんが問う。

遠くまで飛ぶから、というほんとうの理由とはまったく違うことを答えた。

「知り合った日の妻を思い出すから」

葉山さんの表情に何らかの変化が現れるのではないかと注意深く見守ったが、眉ひとつ動かなかった。

真奈美とは、友人の結婚式で出会った。その頃はまだ、おたがい東京に住んでいた。新婦の同級生だった真奈美はその時浅葱色のドレスを着ていた。アサギマダラの翅の色だと言ったら「アサギマダラってなんですか？」と首を傾げた。

蝶の名前です、と僕が答えるまでずっと不安げに眉根を寄せていた。「アサギマダラ」を怪獣の名前かなにかと勘違いしていたらしい。

結婚してすぐに関西の支社に異動願を出したのは、彼女が強く希望したからだった。婚約してすぐ、勤めていた化粧品会社を退職していた。

真奈美は東京を「住みづらいところ」だと言う。故郷とずいぶん違う言葉づかいや、習慣や、食べものや、ありとあらゆるものに疲れ果てていた。ストレスで生理不順になった、とも言っていた。ストレスが原因かどうかはともかくとして、生理不順はほんとうのことだった。そのせいなのか、子どもはなかなかできなかった。

真奈美はひどく子どもを欲しがっていて、生理が来るたびにトイレに籠《こも》って泣き、扉越しに何時間かけて宥めても、出てきてくれなかった。

不妊治療をはじめるべきかと話していた矢先にようやく妊娠した。結婚して六年の月日が流れていた。

真奈美が妊娠してから、僕の世界はゆっくりと変わりはじめた。白川が言っていた「女は変わる」というような変化とはすこし違った。

もともと、真奈美はそういう女だったのかもしれない。僕がわかっていなかっただけで。

今まで地面だと思って踏みしめていたものが、じつは夥《おびただ》しい虫の死骸《しがい》だった。そんな気味の悪さを、今でもずっと感じている。

まず義母が頻繁に僕たちの住まいを訪ねてくるようになった。真奈美が切迫早産の診断を受けてトイレ以外は寝て過ごすようにと言われてからは毎日通うようになった。

　僕が出勤する前にやってきて、残業を終えて帰って来る時間までずっといる。そして、冷蔵庫におさまりきらぬほどの料理を毎日のようにつくっていくのだった。体調がすぐれない真奈美はほとんど食べることができない。当然、僕がひとりで片づけることになる。だがとても食べきれる量ではなかった。

　料理は自分でなんとかしますから、とやんわりと断ろうとしても、義母はいいのよそんなこと、大事な娘とおなかの赤ちゃんのためですもの、と口に手を当ててゆるゆると笑う。

　やがて義母は勝手に部屋の掃除をするようになった。ある日帰宅して箪笥《たんす》の抽斗を開けたら下着と靴下がすべて前日の晩に僕が仕舞ったのとはまったく違う畳みかたに直されて収納されていた。

　机の上に積んでいた図鑑や蝶の標本なども勝手に並べかえられている。アゲハチョウの標本の翅の先端が欠けていた。掃除の途中でうっかり取り落としでもしたのだろう。

　掃除をお義母《かあ》さんに頼むのはやめてくれと訴えると、真奈美はわっと泣き伏した。

「じゃあ私にやれっていうの？　掃除ぐらいやれって言いたいの？　もし赤ちゃんになにかあったらどうすんの？」

　勝手なことばっかり言わんといて、と一息にまくしたてる妻に、臆した。

そういう意味ではない、掃除や洗濯は帰ってきてから僕がやるし、平日に仕事が遅くなってできない分は週末にまとめてやるから、と懸命に背中をなでながら説得した。それに下着を畳んでもらうようなことまでお義母《かあ》さんにやってもらうのは気がひけるし、と続けると、家族なのに、とまた泣く。

それはそうだけど、と言い淀んだ。家族かもしれないが、肉親である君と同じ濃度で君のお母さんと接することはどうしても無理なんだと言ったら、きっともっと泣くだろう。どうしていいのかわからなくなった。

「でも蝶のコレクションに触られたくないから、明日お義母さんに机の上は触らないように話すつもりだから」

真奈美は顔を上げて僕を睨んだ。頬が涙で光っていた。

「机の上が散らかってたからゴミかなんかかやと思ったのよ、ずっと我慢しとったけど蝶の死骸を飾るのって気持ち悪い、捨ててよ、捨てて、捨てて捨てて捨てて、子どもが生まれる前に捨ててよ、子どもってなんでも口にいれるのになんかあったらどうすんの？」

私のことも生まれてくる子どものことも全然考えてくれてない、と決めつけられて、我慢の糸がぷつりと切れた。

ずっと我慢していたのは僕のほうだと、つい言ってしまった。義母がこの家の中を我が物顔で歩き回ること、真奈美が妊娠する以前に義母が真奈美を観劇やショッピングに連れ回していたことも、ほんとうは嫌だった。

あの人のお給料じゃ絶対に買えないでしょと、値の張る食材をちょくちょく買い与えることも。そのことを、「ママがそう言《ゆ》うてた」と悪びれもせずに真奈美が話すことも。

その晩はソファーで寝た。翌朝、寝室から出てこない真奈美に扉越しに「行ってくるよ」と声をかけて出勤して、帰ってきたらいなかった。

実家に帰ります、ぶじに出産が終わるまで帰りません、というメモが残されていた。

実家、という二文字をしばらく眺めたのち、そのメモを丸めてゴミ箱に放りこんだ。実家という言葉が、もとから好きではなかった。実の家。では君が暮らしているこの家は、なんなのか。「帰ります」という表現もどういうことなのだろうと腹が立った。ここは君の仮の住まいなのか？

そんないさかいを経たあとで生まれてきた娘は、それでも、美しかった。父親の実感なんてまだ全然ないんじゃないのと里中さんや白川に言われたが、そのとおりだった。新生児室の、ガラス越しに見た赤子は、自分の血を分けた娘だと思えないほど、きよらかで崇高《すうこう》な存在に思われた。身体を震わせて泣く姿ですら神々しくまぶしかった。

はじめて抱かせてもらったのは退院後、妻の「実家」を訪れた時だった。一分もせぬうちに義母に奪い返されたが。

「抱っこが下手やから、見とったらハラハラするわ」

驚くほど軽かった娘の感触は、軽いのにいつまでも腕の中に残っていた。その後何度も手の中にふいによみがえって、僕を涙ぐませた。

妻は「ひとりで育児をする自信がない」と言って、いまだに「実家」から戻らない。週末ごとに会いに行くが、家にあげてもらえること自体、稀《まれ》だ。今寝かしつけたところだからとか、そんな理由をくどくどと義母が玄関先で述べ、そういうことだから今日はお帰りくださいと言われるのが常だ。

真奈美は義母になんでも話す。たぶん、あることないこと、なんでも。そして義母は、真奈美の言うことならなんでも信じる。

「時枝さん?」

葉山さんが呼ぶ。アサギマダラを目で追っていたつもりが、いつのまにかその場に立ち尽くしていたようだった。視線の先にはもう、なにもいない。

「なんでもない」

行こうか、と一歩踏み出したら、背中になにかが当たった。葉山さんが背中に縋《すが》りついたのだった。

「時枝さん」

両手が胴に巻きついてくる。額を僕の背中に擦《こす》りつけながら、葉山さんは僕の名をまた呼ぶ。人が来るよ、と言ってから、違う、言いたいのはこんなことじゃない、と思った。

「放してくれないかな」

「わかってます。時枝さんはとてもさびしい人なんです。時枝さんはさびしい。わたしにはわかるんです。だってわたしも同じだから」

葉山さんが喋るたびに息がかかってその部分だけが熱くなる。さびしいのか。僕はさびしい人間だったのか。そこにつけこまれてしまうほど。身体を捻《ひね》って、葉山さんの両手首《てくび》を強く摑んだ。動きを封じるように。ゆっくり顔を近づけて、耳元で低く囁く。美人局《つつもたせ》。

葉山さんがちいさく息を吞《の》むのがわかった。

「気をつけたほうがいい」と里中さんが葉山さんについて言ったのは、そういう理由だった。美人局、という古めかしい言葉を、里中さんは使った。葉山さんが妻子ある男性を誘惑し、脅迫し、金銭を騙《だま》し取ったという。そのようなことが書かれた文書が、いきなり経理部にファックスで送られて来たらしい。

「ただのいたずらじゃないんですか？」

「違うの。送ってきた相手はわかってるのよ」

経理部長の沢田《さわだ》の妻だという。沢田は僕が入社する以前に職場結婚をしており、妻は里中さんの同期なのだそうだ。

ファックスが送られて来たでしょう、とその妻が里中さんに電話をかけてきたという。その電話の口調が「なんかちょっと普通じゃなかった」という理由で、里中さんは沢田の家を訪ねた。

沢田の様子がすこし前からおかしかった、と沢田の妻は言った。携帯電話を風呂の脱衣所まで持っていったり、話しかけても上《うわ》の空《そら》だったりで、なにか隠し事をしているのだろうと問いつめたところ、葉山さんのことを白状した。

ただし未遂だ、と沢田は妻に縋りつくようにして弁解した。葉山さんが「相談したいことがある」と言ってきて沢田は相談に乗るつもりで葉山さんを食事に誘った。相談の内容は仕事の悩みで、どちらかというと他愛《たわい》ないものだった。

葉山さんにすすめられて強い酒をいつも以上に飲んでしまい、沢田は冷静な判断力を失い、誘われるまま葉山さんのアパートについていき、その後はなんとなくそういう雰囲気になった。服を脱がせようとしたら「恥ずかしいので部長が先に脱いでください」と言われて裸になった直後に葉山さんの「婚約者」なる男がずかずか押し入ってきたのだという。

「婚約者」は激昂《げっこう》して、沢田を二発ほど殴った。全裸のまますみませんすみませんと謝り倒した。沢田本人が奥さんにそう話したらしく、その話を聞いていた僕は「そんなみっともない詳細まで喋るなよ」と思った。

その後、三回に亘《わた》って十万円を請求された。つまり合計三十万円を葉山さんの婚約者なる男に渡したことになる。三十万をどこで工面したのかという疑問から沢田の秘密の口座までもあきらかになり、それもまた沢田の妻を怒らせた。

「会社に知られたくないし、警察にも言いたくない。一生の恥だ」と言う沢田のため一時は堪《こら》えた妻だったが、どうしても怒りがおさまらない。

自分の夫の名は隠して、葉山さんのみを糾弾する怪文書を経理部に送ったのは、そういう理由だった。

美人局は犯罪で、しかし沢田が既婚者でありながら部下に手を出そうとしたのもまた恥ずべきふるまいだ。だからといって怪文書を送っていいわけではないのだが、夫が出勤した後のリビングで怪文書を作成するためにノートパソコンに向かい、たぶん自宅ではなくコンビニかどこかからファックスを送っている沢田の妻の姿を勝手に想像して、勝手にいたたまれなくなる。

「違うんです」

僕に両手首を摑まれたままの葉山さんが俯《うつむ》く。

なんて細い手首なんだろう。あともうほんのすこし力を加えれば、折れてしまいそうだ。

葉山さんの声が震えていることが、ほんのすこし楽しかった。ずっと昔、小学校に上がる前ぐらいの年の頃、猫が蝶を捕まえたところを見た。翅に傷を負った蝶はなんとか逃れようともがいていたが、うまく飛べない。土の上をあちらへこちらへと転がされて、蝶はやがて動かなくなった。今の僕はたぶん、あの猫と同じ顔をしている。

「違うんです、ほんとに」

「なにが違うの？」

視界の端《はし》で蝶がひらひらと舞う。優雅に花から花へと飛びうつる。葉山さんは蝶だ。細い手足をして、はかなげな風情を振りまいて、馬鹿な男から金を巻き上げる蝶。

その翅をむしりとることだって手足をもぐことだって今の僕にはできるのだ。その気になりさえすれば。

がくん、と葉山さんの膝が折れた。肩を大きく上下させて苦しそうに息を吐いている。思わず手を離してしまう。くずおれた葉山さんが、ひいひいと苦しそうに息を吐く。ひい、ひい、の間隔がだんだん短くなり、両手が床につく。ぽたぽたと、地面にまるい雫《しずく》がいくつも落ちた。

涙を流しながら荒い呼吸を続ける葉山さんの身体を抱きかかえるようにして温室の外に出て、公園のベンチに座らせた。自動販売機まで走っていって、温かいお茶とつめたい水のどちらを渡せばいいのか悩み、結局両方買って戻ると、葉山さんはなんとか尋常な呼吸を取り戻した様子で、しかしぐったりとベンチに背中を預けていた。差し出したお茶と水を選べずにいる葉山さんの膝に、お茶をのせる。

「たまに、ああいうふうになるんです」

「過呼吸だよね」

「びっくりしたでしょう」

「いや。はじめて見たわけじゃないから」

学生時代に仲の良かった女の子が、よく過呼吸になっていた。目を伏せて水を飲むと、つめたい液体が喉《のど》を通って胃の底に落ちて、一瞬身体が縮こまる。

さっきの話、と言いかけると、葉山さんがはっとしたように顔を上げた。

「沢田部長のこと、誰かに聞いたんですね」

「うん。聞いた」

同じ、と葉山さんは言って、唇を震わせる。

「同じ会社の人……できれば避けたかったんですが」

重要な部分がぼかされているが、同じ会社の人を強請《ゆす》るのはできれば避けたかった、ということなのだろう。

「いつから？」

「四年ぐらい前からです」

けっこう前からやってんだ、という感想はかろうじて呑みこんだ。

「わたし、友だちいないんです」

葉山さんの話は唐突に飛躍した。

「小中高とずっといなかったんです。もちろん彼氏も。実家はすごい山奥にあって、一生ここで暮らすなんて絶対嫌だと思ってて、だから親の反対を押し切って出てきました。でもやっぱり変わらなかった。わたしはずっとひとりぼっちでした。ずっとずっと」

「そうなんだ」

なんて間の抜けた相槌《あいづち》なのだろう、と思いながら、それでも他に言葉が浮かばなかった。

「十九歳の時にコンビニの前で男の子に声をかけられたんです。どっか遊びに行こうよって。そんなこと言われたの、わたし生まれてはじめてで。へんかもしれないですけど、なんだかほんとにうれしかったんです。それで、ついていきました。その相手が、今一緒に暮らしている人です。恵吾《けいご》といいます」

葉山さんは僕を見ない。視線を前方に向けたまま喋っている。

「恵吾は高校を中退してから今までずっとバイトしたりやめたりしながら生きてます。わたしよりふたつ年下です」

恵吾と暮らしはじめた頃、葉山さんは進学塾でアルバイトをしていた。ひとりの講師から身体に触られそうになったりしつこく迫られたりしたことを相談すると恵吾は激怒し、件《くだん》の講師を呼び出した。講師は妻帯者だったので「どうかこの件は内密に」と三万円を渡した。葉山さんは「それで、味をしめたんでしょうね」と他人事《ひとごと》のように話す。

「相手の男の人は、恵吾が選びます。わたしは恵吾の指示に従うだけです。学生時代に、何度もそういうことをしました。いやだったけど、どこかに就職して毎月ちゃんとお給料をもらえるようになったら、こんなことはやらずに済むんだろうと思ってました」

葉山さんはすこし考えて、こめかみを掻《か》いた。

「でも沢田部長には以前から何度も誘われてたので」

君が魅力的だからわるいんだよ、みたいな気持ち悪いメールをたくさん送ってきました、見ますか、と葉山さんに言われて、僕は首を振る。里中さんから聞いた話と微妙に違う。沢田は沢田で、ほんとうに都合の悪いことは隠していたのかもしれない。

「恵吾がわたしの携帯を見てしまって。それで『こいつはいける』ということになって」

葉山さんの口調はやはり他人事のようだ。

「僕のことはどこらへんで『こいつはいける』と判断したの？」

葉山さんの表情が歪《ゆが》んだ。

「違います。……時枝さんは、そんなんじゃないんです」

ほんとうなんです。声が細かく震え出す。

「わたし、いつも時枝さんを見てました。入社した年のお花見の席で、沢田部長がしつこくお酒を飲めって言ってきて、でもその時、時枝さんがたしなめてくれたでしょう」

「覚えてない」

ほんとうに、まったく記憶にない。

嫌なことは、嫌だって言っていいんだよ。僕はその時、そう言ったのだそうだ。

「その後すぐにどこかに行ってしまいました。お礼を言いたくて急いで捜したんです。時枝さんは、桜の下をひとりで歩いてました。そこにいるほとんどの人が花なんてろくに見ずにわーわー騒いでるのに、静かに、桜を眺めながら歩いていた。その時わかったんです、時枝さんはすごくさびしい人なんだって。かっこよくて仕事ができて、たぶんきれいな奥さんもいて、でもさびしいんだって。さびしくない人はあんな顔で桜を見上げたりしません。わたしもおんなじだから、わかるんです」

その時の僕はいったいどんな顔をして桜を見ていたのだろう。よく知りもしない相手にさびしい人だと決めつけられるほどの顔。

「時枝さんのことが好きです」

好きです、と震える声で繰り返す。時枝さんとだったら、と言いかけてやめる。

時枝さんとだったら、なんなのだろう。わかりあえる？　さびしい者同士だから？　それとも美人局なんかしないで済む？

「時枝さんとだったら、きっと遠くに行ける。見たことのない場所に行けるから」

遠くに、と繰り返そうとして、喉の奥に引っかかった。そうか。君も遠くに行きたかったのか。

「その一緒に暮らしてる人のことは好きじゃないの？　好きだから今まで一緒にいたんじゃないの？」

「……わかりません。でも、恵吾はこんなわたしを見つけてくれたから。ずっと一緒にいてくれたから。わたしの傍にいてくれたんです。その程度のことでって思いますか？　でも、その程度のことをしてくれる人がそれまでひとりもいなかったんです。ひとりも」

だから、とそこで言葉が途切れる。俯くと髪がこぼれて、うなじがのぞく。おさない子どもの首のように細い。

でもわたしなんかじゃ、やっぱりだめですよね、と呟いた葉山さんの背中が震えている。

「葉山さんがだめとか、そういうことじゃない」

そういうことじゃないんだよ。指を浮かせて、震えている背中に翅を描いた。身体に触れないように、空中に。アサギマダラの翅の模様に頭の中で色を塗る。

「なんですか？」

怪訝《けげん》な顔で、葉山さんが僕の指先を見る。

「おまじない」

「おまじない？」

こんなわたし、なんて言わないでくれよ。

娘の、ちいさな手を思い出した。ぎゅっとかたく握りしめられた手。それから、やわらかく細い髪。

ねえ、君もあんなふうに、生まれてきたんだろ。君が生まれてきたことに震えるほどの幸福を感じた誰かが、どこかにちゃんといるはずなんだよ。もし実際にいなくったって関係ない。生まれてきた、それだけでもう君はそう思われるに値する存在なんだから。

君を粗末に扱っていい人間はどこにもいない。自分自身にさえそんなこと、許しちゃいけない。ひとりでいるのは嫌だなんて、つまらない理由でつまらない男の傍に居続けるのはやめてくれ。

「遠くへでも、どこへでも、ひとりでも、好きなところに飛んでいけますようにっていうおまじない」

葉山さんがこわごわと翅を動かし、ふわりと空に浮く姿を想像してみた。鱗粉《りんぷん》がきらきらと、足元に零《こぼ》れ落ちる。遠くに行きたい葉山さん。でも「誰かと」である必要は、ないんじゃないのか。

ひとりで飛ぶのは、怖いかもしれない。風に乗るのは、きっと心細いだろう。空の大きさに身体が竦《すく》むかもしれない。けれども自分の翅で飛び立った空から見下ろす景色はきっと美しい。

「時枝さんはさびしくて、それに、へんな人です」

泣いているのか笑っているのかわからない、あいまいな表情の葉山さんから視線をはずした。僕の背中にも、翅はあるんだろうか。それはいったいどんな色とかたちをしているのだろうか。真奈美や娘を抱えて飛べるぐらい、大きくてしっかりとしていたらいい。

視界の端で、目に見えない葉山さんの翅が数度、まばたきをするように動いたような気がした。

けむり

俺が差し出したポケットティッシュを、太った中年の女が摑み損ねて地面に落とす。ひどく緩慢《かんまん》な動作で腰を屈める女のつむじが目に入る。白髪《しらが》のくせに妙にまっすぐで元気な毛が一本、ぴこんとはねている。軽く謝ってから、今度はむこうから歩いてきたくたびれたサラリーマンにティッシュを差し出した。

ティッシュ配りは、ただ差し出すだけではだめだ。相手の目を覗《のぞ》きこむようにすること。ただしほんの一瞬だ。素早くそっと差し出す。急ぎ足のやつはだめだ。両手に荷物を持っているやつも。子連れの女も。あいつらみんな、余裕がない。すっと相手の半身を遮るようにして、受け取る気がなさそうなら素早く身を引く。

ほんとうはこんな仕事、やりたくない。寒い中、外に立っていなければならないし、おもしろくもなんともない。だけど働くしかない。財布にはもう六百七十四円しか入っていないし、ひかりのところにも帰れない。

女に、あんなにさっぱりとした顔をして「おわりにする」と言われたら、頷くしかなかった。おわりにしたい、ではなかったのだ。おわりにする、と言ったのだ、ひかりは。

どれぐらい一緒に暮らしただろうか。俺があいつの部屋に転がりこんではじまった生活だった。

ひかりに言い寄ってきた男を恐喝《きょうかつ》して金を取ったり、あるいは「妊娠した」と嘘《うそ》を吐《つ》かせて金をせしめたり、そんなことを何年も続けた。ひかりがそれを俺のように楽しんでいないことは知っていた。でも俺無しでは生きていけない女だとも思っていた。俺の言うことならなんでも聞く女だったのに、突然「おわりにする」だ。新しい男ができたのかと数日のあいだ探ったが、そういう気配はなかった。

いよいよ部屋を出ていくという日、靴に足を突っこんでいる俺にひかりは「恵吾」と呼んだ。

「行くあて、ある？」

なかったらここにおってもええんか、と思ったけど、未練がましく聞こえそうで黙っていた。振り返って、あるに決まってるやろボケ、と言ったら、そっか、と笑った。こんなにさっぱりときれいな顔で笑う女だったんだなと思った。知らない女みたいに見えた。

外に出てから、携帯のアドレス帳から「葉山ひかり」の名を消した。それで終わりだ。

手持ちのティッシュを配り終えれば、仕事は終わる。時計を睨む視界の端を、水色と赤色の巨大な物体が通り過ぎた。赤い頭巾をかぶったねずみだかなんだかわからない着ぐるみがいる。

あいつは、あれだ。とっさに名前が出てこない。そうだ、あかつきん。ひかりが好きだった。あかつきマーケットとかいう、しょぼくれた市場のキャラクター。気色悪い見た目のあいつを馬鹿みたいに「かわいい、かわいい」と言っていた。ある種の女にはそういう癖《くせ》がある。むやみになにかをかわいがろうとする、気まぐれに構おうとする悪い癖。どうせいつか飽きて、放り出すくせに。

そのあかつきんは今、なぜか走っていた。全力疾走なのかもしれないが、当然のごとくのろい。ぼふ、ぼふ、と間の抜けた足音が響く。

その後ろを、中学生ぐらいの女がふたり、きゃあきゃあ言いながらついていく。お世辞にもかわいいとは言えない中学生の女ども。やかましい。

クリスマスケーキの箱を提げた、白いうさぎみたいなふわふわしたコートを着た女とすれ違い様に肩がぶつかったが、女はこちらに一瞥《いちべつ》もくれなかった。ブスが、と吐き捨てる。

街中、どこもかしこもやけにぴかぴかしていやがる。百貨店のウィンドウにでっかいサンタクロースの笑顔のパネルがあって、吐き気がこみあげる。俺の育った家には、サンタクロースなんて来なかった。

俺が二歳の時に、両親は離婚した。原因は母の浮気で、家を追い出されてからも男好きは直らなかった。男ができると母はふらふら出ていって、何日も帰ってこない。台所の流し台に千円札を何枚か置いて、ごはん食べといてね、と言い捨てて派手な靴を履いて出ていく。振り向きもせずに。靴はいつだって踵《かかと》が擦《す》り減っていて、ぶかっこうに傾《かし》いでいた。

事務所に行って、ひったくるようにして日給を受け取った。封筒に入ったそれを、尻のポケットに突っ込む。

歩道に停めていた自転車の鍵《かぎ》を外し、漕ぎ出した瞬間に違和感を覚えた。見ると後輪の空気がぷすぷすと音を立てながら抜けている。思わず舌打ちして、ガードレールを蹴《け》った。ろくなことがない。

いま居候《いそうろう》している真人《まこと》のアパートの一階部分は、自転車屋になっている。パンク修理はあそこに持っていけばいい。

真人は大学生だ。ティッシュ配りのバイトで知り合った。声が小さいし、おどおどしているから全然ティッシュを受け取ってもらえなくて、馬鹿みたいに落ちこんでいた。

いくつかコツを教えてやったら、人の好《よ》い真人はそれ以後やたら「恵吾くん、恵吾くん」と懐《なつ》いてくるようになった。以前教わった住所を訪ねて行って、女の家を追い出されたから何日か泊めてくれ、と言ったら困った顔をしながらも扉を開けてくれた。

真人のアパートの台所には、実家から送ってきたという野菜や果物入りの段ボールが置かれていて、それは俺を微妙に居心地悪くさせる。

自転車屋の看板は雨風で汚れ、そこに書かれた『トキワサイクル』という文字は掠れていて、目を凝《こ》らすことなく読み取るのは不可能だ。パイプ椅子が店の外に置かれていて、そこで痩せた爺《じい》さんがひとり、いつも煙草を吸っている。たまに文庫本を読んでいる時もある。

空気の抜けた自転車を引きずってきた俺を見て、煙草をもみ消した。けむりがゆれて、空気に溶けた。パンクか、としわがれた声を吐き出す。

「貸してみ」

老いぼれのくせに力はあるらしい。自転車をひょいと持ち上げ、水を張った桶《おけ》に後輪を沈めた。爺さんはしばらくひとりで、はあ、とか、ふん、とか言っていたが、じきに穴の空いている箇所をつきとめた。刺さっていたピンのようなものをつまみあげて、俺に見せてくる。細い身体に不釣り合いなほど、節くれだった大きな手だった。

穴を塞《ふさ》ぐだけで事足りるから千円もかからないと言われて、俺は頷く。待っているあいだ、煙草を吸ってもいいかと訊ねると、爺さんは黙って自分が使っていた灰皿を指し示した。

頭と肩がやけに重かった。腰の下から背骨を伝って冷たい空気が這《は》い上がってくる。自転車を押して歩いているうちに身体が冷えたのだろう。煙草に火をつけて吸いこんだら、ひどい味がする。

屈んで作業を続けている爺さんに視線を落とす。分厚い上着の上からでも、背骨の位置が特定できそうに痩せこけている。店の奥に目線をそらすと、小さな台の上に置かれた手提げ型の金庫があるのに気づいた。釣り銭を出しやすくするためなのか、開けっ放しになっている。この店はおそらく、爺さんひとりでやっているのだろう。店の中は薄暗くて、人の気配がない。

こんにちはー、というやたら元気なガキの声がして、振り返った。派手な赤色の自転車に跨《また》がった小学生が、店先に置かれた空気入れを借りようとしている。

「今日も塾か」

作業の手を止めずに、爺さんが訊ねている。うん、とガキが答えると、爺さんは目を細めた。

「そうか、偉いなあ」

ちっとも偉くない。俺は足もとに唾《つば》を吐き捨てた。塾に通わせてもらえるような家に生まれたのなら、こいつはそれだけでじゅうぶん恵まれてる。ぴかぴかの赤い自転車を横目で睨みつけた。

自転車の赤い色が、俺の襟首《えりくび》を摑んで遠い昔に投げ飛ばす。

父の家を訪ねて行ったことがある。十一歳ぐらいだったと思う。今目の前にいるガキもたぶん同じぐらいだ。

親戚のおばさんに教えてもらった住所を頼りに、冬休みにひとりで行った。そんなにでかい家でもなかった。窓辺には赤い花が飾ってあった。それは「ポインセチア」の鉢だったと、後になって知ることになる。

よその家の生け垣に隠れてこっそり覗いていたら、父らしい男が出て来た。眼鏡《めがね》をかけていた。ガレージに赤い、子ども用の自転車が停めてあった。父の後ろから小さな女の子が出て来て、自転車を見て、きゃあ、と叫んで父の脚に両手をまわした。パパありがとう。ほんとにありがとう。大切にするから。家の中から遅れて出て来た女、父の後妻なのだろうその女は「良かったなあ、ちーちゃん」と娘に声をかけた後、父と視線を交わして笑った。

いつのまにか、走り出していた。今日は十二月二十五日だと、走りながら気がついた。あの家はサンタクロースではなく親からプレゼントを贈ることになっているのか、それともサンタクロースも来るけど親からもプレゼントを贈ることになっているのか、どっちなんだろうと思った。確かめようがないと思った瞬間なぜか胃がムカムカしてきて、電信柱に摑まって胃の中のものを全部吐いた。

「終わったで」

爺さんに声をかけられて、俺は我にかえる。ガキはいつのまにかいなくなっていた。バイト代の封筒から千円札を抜き取って、爺さんに差し出した。

「また来ます」

店の中の金庫にもう一度目をやる。近いうち、また来る。隙《すき》を見せるやつが悪い。


ベッドに頭をもたせかけて煙草を吸っている俺を見て、真人は嫌な顔をした。部屋に足を踏み入れた瞬間に曇ってしまった眼鏡をシャツの裾で拭きながら「ベランダで吸ってよ……」と情けない声を出す。うるせえ、という返事がわりに、鼻から煙を出した。やっぱり、ひどい味がする。

今日は十二月二十四日なのに、こいつは女や友だちと会う予定がないのだろうか。そもそもいないのだろうが。

台所の流しの割り箸《ばし》を突っ込んだままのカップ麺《めん》の容器を見て「ごはんは食べたんだね」と安堵《あんど》したような声を出す。

足元の、実家から送られてきた段ボールからみかんを取って、食べる？　と俺に見せてきた。

「けっこう、おいしいよ」

「いらん」

真人は「そっか」と頷いて流し台で手を洗いはじめる。見ていていたたまれなくなるほど、その背中はしょんぼりと丸まっていた。

「なあお前、あかつきんって知ってる？」

ふいに思い出して訊ねてみると、ぱっと振り返った。眼鏡の奥の瞳が、やけに輝いている。

「知ってるよ、そりゃ。え、恵吾くんも好きなの？」

はあ？　と声を上げたら、自分の眉間にぎゅっと皺がよるのがわかった。冗談じゃない。恵吾くん「も」と言うからには、こいつは好きなのだろうが。

「好きなわけあるか」

「……あ、そうなんだ」

また背中を丸めて真人は手を拭きはじめる。

「あかつきんの着ぐるみって、秋ぐらいかな、あかつきまつりっていうイベントの最中にとつぜん消えたんだって。でもね、先月ぐらいから街でちょくちょく、目撃情報があるんだよ」

深夜に公園のベンチに座ってたとか、普通に外を歩いてたとか、声をかけたらどこからともなく男が現れてあかつきんを連れ去っていったとか、と真人が指を折る。

「いろんな噂もあって」

真人がそこで言葉を切った。みかんを弄《もてあそ》びながら、俺を見ている。しかたなく「噂？」と促してやると、うれしそうに頷いた。

「あかつきんのしっぽを摑むと、幸せになれるって」

ばかばかしい。煙草に火をつけて、深々と吸いこんだ。嫌な味がするが、吸わずにいられない。だからあの中学生の女どもは、あいつを追いかけていたのだ。そんなことで幸せになれるんなら、苦労しない。

「目撃情報なんて、ほんとかな」

現に俺が今日、目撃した。でもそれを説明するのが、なんとなく億劫《おっくう》だ。

「でもなんで街のあちこちに出没するんだろうね。意味がわかんないよね……なんのために……？」

真人がなぜそこまであかつきんのことを気にしているのかは知らない。知りたいとも思わない。

「恵吾くん、テレビつけていい？」

自分の部屋なんだから勝手につければいいのに、なんでいちいちお伺いを立てるのだろう。

「知らねえよ」

真人は「じゃあ、つけるよ。……つけるからね」としつこく念を押して、リモコンを手に取った。クリスマスソングがにぎやかに流れ出す。舌打ちして「消せよ」と言い放った。

シャワーを浴びた後、玄関で身体を拭いていると、電話をしているらしい真人の声が聞こえてきた。うん、わかった、と言った後、姉ちゃんもあんまり無理しないで、と続けた。

ドアを開け放って入っていくと、真人は既《すで》に電話を切った後だった。

「今、入院してるから」

俺の顔を見て、なぜか言いわけのようにそう口にする。

「入院って、姉ちゃんが？」

「あ、いや、違う」

姉がではなく、父が、らしい。真人の説明は要領を得ない。実家帰るのか、と訊ねたらいつも以上にぐずぐずと、うん、まあ、なんていうか、うん、ねえ、などと返事とも言えないような返事をして、携帯をいじっている。だんだん苛々してきて、まあどうでもええけど、と吐き捨てて布団を被《かぶ》った。頭が重たくて、節々が痛い。


夜半過ぎに、目が覚めた。ひどく寒いのに、頭だけが熱かった。喉が渇いて、台所で水を飲んだ。冷たい水が胃の底に落ちて、ぶるりと震える。

「どうしたの」

ベッドに寝ていた真人が上体を起こして、目をしばたたかせながらこっちを見ていた。寒い、と短く答えて、床に敷いた布団に戻った。掛布団にくるまった俺の額に真人の指が触れる。

「熱あるよ」

驚いたらしく、めずらしく大きな声を出した。

ちょっと待ってて、と真人はコートを着込んで、鍵をひっ摑む。いったん靴を履きかけたが、またこちらに戻ってきた。

「ベッドのほうに寝て」

そっちのほうがあったかいから、ほら、と急き立てる。毛布にも敷布団にもまだ真人の体温の名残《なごり》がある。そこにもぐりこむのはちょっと抵抗があったが、「いやだ」というたった三文字の言葉を発するのも億劫だった。ばたん、と慌ただしく玄関のドアが閉められる音がえらく遠く聞こえた。

目を閉じると、世界がぐるぐるまわりはじめる。ぐるぐるまわり続けてとまらない。まるで遊園地のマジックハウスだ。自分はじっとしているのに目の前が回転しているから、自分自身がまわっているような錯覚を起こす。頭がくらくらする。ぐるぐるまわる。ちらちら赤いものが見える。あれはポインセチアだ。ひかりがその名を教えてくれたのだ。あれを見ると自分の母親を思い出すと言っていた。

冬になるとお母さんがあの鉢植えをいくつも玄関に並べているとか、家のツリーの飾りつけは十二月一日と決まっているのだとかいう、そのくだらない話がぜんぶ終わらぬうちにひかりの顔を平手で打った。

俺に殴られたひかりがどんな顔をしていたのか、見ていないから今もわからない。

またぐるぐるまわる。また赤い色。あれは自転車だ。昼間のガキの、いや違う、あの自転車だ。俺が川に沈めた、あの。

父の娘の自転車を盗んだ。クリスマスの数日後に、もう一度あの家に行ったのだ。自転車の鍵の壊しかたは友だちに教えてもらったから知っていた。その前にも何度も何度も、他の自転車を盗んでは乗り捨てていたから、手慣れたものだった。赤い自転車は俺には小さ過ぎて、ペダルを漕ぐ脚がみっともなくガニ股になった。そのことが尚更《なおさら》俺を苛立たせた。

畜生、と思った。橋に差しかかって、畜生、畜生、畜生、と喚き続けながら自転車を持ち上げた。腹を立てているせいか、いつもより力が出た。真っ赤な自転車は濁《にご》った川の水に呑みこまれて、すぐに見えなくなった。

冷たいものが頬に触れて、はっと目を見開く。いつのまにか帰ってきた真人が顔を覗きこんでいた。冷却シート買ってきた、と額にぺたりとはりつけられたシートより、真人の指のほうがずっと冷たい。

「ポカリスエット飲む？」

ゆっくりゆっくり、上体を起こす。蓋《ふた》を開けて渡されたペットボトルのなかみを、一気に半分ほど飲んだ。

「明日病院行ったほうがいいよ」

「あかん」

「なんで？」

保険証持ってへん、と答えると、真人は虚をつかれたような顔をした。目を伏せて、ペットボトルの蓋を閉める。


熱はその後しばらく続いた。インフルエンザだったらまずいな、と思っていたが真人はぴんぴんしている。講義だバイトだと出かけているあいだ俺はベッドを占領してただひたすら寝続けた。目が覚めたら真人が買って置いていったレトルトの粥《かゆ》やプリンやゼリーを食った。良かったらこれも、とメモが添えられているみかんには一度も手を伸ばさない。

ようやく平熱に戻ったが、まだなんとなくだるい。ベランダに出て、煙草に火をつけた。真人が台所でカップ焼きそばのお湯を切って、部屋に戻ってきた。

「えっと……煙草をベランダで吸ってくれてありがとう、でもえっと……病み上がりなんだから煙草はやめたほうが……あと、ぶりかえすといけないから、まだ外の風にあたらないほうが……うん、あの……いいと思う、よ」

無視して煙草を吸い続けていると、真人は俺のダウンを取って肩に着せ掛けてきた。鬱陶《うっとう》しいな、女かよ、と舌打ちしながら渋々袖を通した。いったん部屋に取って返した真人は、自分もコートを着て、カップ焼きそばの容器を持ってベランダに出て来た。蓋をはがすと、湯気が立つ。立ったままソースを注いでかき混ぜているのを、手すりに腕をかけたまま横目で見る。なんでここで食うんだよ、と呆れつつも、黙って煙草を吸い続けた。

「明日で今年も終わりだね」

寝こんでいるあいだにそんなにも日数が経過していたらしい。

「実家とか帰んの、お前」

真人の首がゆらゆらと揺れる。否定のような肯定のような、謎《なぞ》の動作だった。恵吾くんは？　と訊き返されなくて良かった。もう何年も、母のところへは帰っていない。

「あの、熱、下がって……良かったよね」

良かったよ、と繰り返しながら、真人はおそらくものすごい勢いで冷めているであろう焼きそばをかき混ぜ続けた。

「さっさと食えよ」

「う、うん。……あ、そうだ、これ」

真人はポケットから小さなプラスチックの黄色い容器を取り出して俺に差し出す。ビタミンCのサプリメントだという。

風邪予防になるし、それに喫煙する人はビタミンCをいっぱい摂ったほうがいいらしいよ、僕、僕はみかんを食べてるからいいけど、でも恵吾くんはみかん嫌いみたいだから、と焼きそばを食う合間に喋る真人から、ふたたび目を背《そむ》けた。

なんで、と言う俺の声は掠れていて、真人にはちゃんと届かなかったらしい。え、なに？　ときょとんとした顔を上げる。

なんでそんな親切にしてくれんの、という言葉を呑みこむ。かわりに「今日のうちにここ出ていくから」と告げた。

「えっ」

真人が目を丸くする。

「ずっと居座られるの迷惑やろ」

そりゃ「ずっと」はちょっと困るけど、と真人は俯く。焼きそばはやはり急激に冷めてしまったらしい。麺どうしがくっついて、死ぬほどまずそうだ。

「僕、友だちあんまりいなくて」

知ってる、と答えて、煙草をもみ消す。

「だからちょっと、楽しかったんだけど。恵吾くんがうちに来てから」

僕、声が、小さくて、昔から、と言いながら真人は食べかけのカップ焼きそばの容器を足元に置いて、洟《はな》をすする。

「頭の回転が遅いっていうのかな、僕、思ったことを言葉にするのに異常に時間がかかるし……人見知りもするし、うん。……結構それ、コンプレックスで。勢い余って、あの、なんていうの？　荒療治？　みたいな感じで、今はティッシュ配りのバイトやってるけど、その前にはコールセンターとかさ、ファストフード店とか」

「ファストフード店？　お前が？」

うん、全然だめだったけどね、と真人は目を擦った。

「ずっと怒られどおしだった。声が小さい、声が小さいって」

でも、でも恵吾くんはさ、と続ける真人の声がすこしだけ大きくなる。

「怒るだけじゃなくて、具体的にどうすればいいか、ちゃんと教えてくれたでしょ」

素早くすっと出す。受け取る気がなさそうならすっとひっこめろ。でかい声が出せなくたっていい。差し出す時の「お願いします」は、別に全部はっきり発音する必要はない。最初の「お」と最後の「す」だけちょっと大きめに言えばいい。ちゃんと言ってるように聞こえるから。たかがティッシュだ、受け取ってもらえなくても、いちいち落ちこむな、と助言をもらえてうれしかったというようなことを真人はぽつぽつと述べる。

「恵吾くん、すごいなって思った。なんかすごく……頼もしかった」

皮肉かと思った。でもどうやら、違うみたいだ。真人は眼鏡をずり上げながら、うん、うん、と自分の言葉に頷いている。

「だから、うちに来た時は最初びっくりしたけど、でも、バイトの時の恩返しができたらいいなって」

拳《こぶし》を手すりに打ち下ろしたら、がんと大きな音が鳴った。真人がぎょっとしたように俺を見る。

「やめろ」

その程度のことで恩返しとか、頼もしいとか、そんなんだから俺みたいなやつに部屋に上がりこまれたりするのだ。

「とにかく、出ていくわ」

世話になったと言うべきなのだろう。でも絶対に言わない。言ったら俺は俺でなくなる。

「うん、わかった」

わかったけど、これは持っていって、と真人がサプリメントの容器を俺の手に押しつける。ふだんはおどおどしている真人にしては、有無を言わさぬ力強さだった。

これ以上ここにいてはいけない。ここにいると俺はいつかこいつを殴る。ひかりにたいしてそうしたように。

ひかりを殴ったのは一度きりだ。でもそれは身体の話であって、心のほうは違う。俺は何度も何度も、ひかりの心を殴った。殴っても殴っても離れていかないことを確かめたかったんだろう。他に確かめる方法を知らなかった。

子どもの頃、母はいつも俺を置いて出ていくくせに、帰って来て俺の顔を見るとあからさまにほっとした顔をした。子どもの頃はわからなかった。大人になってから、あの表情の意味を知った。ああやって、何度捨てても自分を待っていてくれる存在がいることを確かめていたのだ。

駐輪場で自転車の鍵を外す。どこかでペンチかナイフを買おう。

結局、アイスピックにした。百円ショップで買えたから。自転車の前輪に勢いよく突き刺すと、ぷしゅうと間の抜けた音をたてて空気が半分ほど抜けた。

自転車を押して、歩き出す。もちろんトキワサイクルに向かって。二階を見上げたが、真人の部屋はカーテンが閉まっていて、いるのかどうかよくわからない。

爺さんはやっぱり、店先に椅子を引っ張り出して煙草を吸っていた。

「今度は前輪か」

俺の顔を覚えていたらしい。兄ちゃんついてへんなあ、と肩を揺らす。ちょっと待っとき、と店の中を指した。店の中央で電気ストーブが赤く灯《とも》っている。

「寒いやろ」

むこうから中に入る理由をつくってくれた。電気ストーブに手をかざしながら、素早く金庫の位置を確認する。ああやっぱり今日も開けっ放しになっている。なんて不用心なんだろう。

馬鹿な年寄りだと、店先で作業をする爺さんを振り返る。しゃがんで下を向いている首筋の細さやチューブをたぐる手。その手を目にして、はっと息を呑む。小柄な身体にふつりあいな、大きな手。

足音を立てぬように、金庫に近づいた。

爺さんが一瞬こちらを見たような気がして、動きを止めた。だがすぐにまた自分の手元に視線を落とす。

今や。頭の中でもうひとりの俺が言う。今や、やれ。ゆっくりと手を伸ばした。金庫の中を覗きこんで、落胆のあまり大きく息を吐いた。千円ばっかりだ。いちばん上の千円札なんてすさまじくしわくちゃで、薄汚れている。

震える指で千円札をあるだけ抜き取ろうとする。爺さんは腰が曲がっている。俺が走って逃げれば絶対に追いつけない。今や。今や、やれ。俺には良心なんてない。やさしさも常識も持ち合わせていない。そんなものは生きていくのに必要ない。それなのに指が凍りついたように動かない。後ずさりしたら、背後でなにかがかしゃんと音を立てた。

振り返ると、爺さんが立っていた。

床に視線を落として、「かしゃん」という音の正体を知る。俺が尻のポケットから落としてしまったらしい。真人に渡されたビタミンCのサプリメントの容器。筒形のそれは、転がって爺さんの靴の爪先に当たる。急いで拾おうとした俺を手で制し、のろのろと腰を屈めて拾う。

「ほら」

俺に向かって、差し出す。

「大事なもんやろ、これ」

まるでそれが、真人からもらったものだとわかっているかのように。

大事やない、と答えようとした。こんなもん、ちっとも大事やない。俺の身体は、サプリメントなんてもんを飲んでいたわるような大事なもんとは違う。

容器を受け取る時、手が触れた。爺さんの指は乾いていて、冷たかった。

棚の上から工具を取りながら、爺さんが「そこは」と俺を見る。

「寒いやろ。もっとストーブに寄り」

のろのろと頷いて、金庫から離れた。金を盗ろうとしていたことに気づかれたのかもしれない。

ストーブの前でなく、店先にしゃがんで作業の続きを見守ることにした。ごつい手は、オイルやらなんやらで黒く汚れている。この手に、頭を撫《な》でてもらいたいような気がする。きっとあたたかい毛布にくるまったような気分になるんじゃないだろうか。そんなことを考えている俺は、すこしおかしくなってしまったのかもしれない。

パンク修理が終わって、金を払ってからも俺はまだぐずぐずしていた。まだもうすこしだけここにいたい気がする。ふしぎだ。金を盗るのに失敗した場所にまだいたいなんて、どうかしている。

「煙草、いいですか」

断ってから煙草に火をつけると、爺さんも胸のポケットからひしゃげた煙草のパッケージを取り出す。実にうまそうに煙草を吸う。吐き出されたけむりが、ゆっくりゆっくり、頭の上にのぼっていく。すぐに空気とまじりあって、見えなくなった。

「もうどれぐらい、ここで自転車屋、やってるんですか」

爺さんは人差し指で眉の上をこすった。

「四十年ぐらいかな」

俺が生まれてから今日までよりずっとずっと長い年数、この人はここで来る日も来る日も自転車の修理をし続けたのだ。

「これ、いります？」

爺さんの大きな手に、ビタミンCのサプリメントをふたつ落とした。ラムネのように食べるものらしく、噛《か》むとレモンの味が口の中に広がって、頬が窪《くぼ》む。胸の奥のやわらかい部分も同じように窪んだ。

「四十年って、すごいですよね」

ははは。爺さんの笑い声は、けむりと同じようにすぐにまわりの空気に溶けて消えた。どうやろなあ、と首を傾げる。

「過ぎてしまえば、あっというまや」

俺もこんな年になったら、あっというまだった、と人生を振り返るんだろうか。今日のこの日のことを、ちゃんと覚えているだろうか。ひかりのことは忘れていないだろうか。それから真人のことは。母のことや父のことや、父の新しい家族のことや、川に沈めたあの自転車や、そういうもの全部を忘れることができなかったとしても、遠くなるのだろうか。遠くの景色はきれいに見える。そんなふうにおだやかな気持ちで過ぎた日のことを眺められる日はちゃんと来るんだろうか。

煙草を吸いながら、トキワサイクルの前を通り過ぎる人たちを眺めていた。年末だからなのか、みんなすこし早足で歩いている。

かんかんかん、と階段を駆け下りる音がした。店の前に姿を現したと思ったらすぐさま駆け足で通り過ぎていこうとする男の名を呼んだ。

「真人」

急いで、煙草をもみ消す。

「恵吾くん、なんでここに?」

目を丸くする真人は、肩から大きな鞄を提げていた。

「お父さんの容態が急に悪くなったらしくて。だから今から新幹線で行ってくる」

自転車に跨る。トキワサイクルの爺さんに会釈して、真人に向き直った。

「そんなら、乗れ。駅まで送るわ」

え。え。真人は戸惑っているらしく、俺の顔と自転車を交互に見る。大きな鞄をもぎ取って、前カゴに押しこんだ。

「恩返しや」

恩返し、と真人は呟く。ほんのすこし、頬をゆるめた、ように見えた。

「でも、でもさ、恵吾くん」

「なに」

「ふたり乗りは、道路交通法違反だから」

真人は唇を尖《とが》らせている。

「知るか。はよ乗れ」

まだぶつくさ言いながら、それでも荷台に跨った。

「行ってらっしゃい。気ぃつけてな」

爺さんが片手を上げる。同じように片手を上げて応じながら泣きそうになった。行ってらっしゃい。気ぃつけてな。そのなにげない挨拶の言葉は美しい祝福の音楽のように聞こえた。

「ふたり乗りってほんとうはだめなんだよ、だめなんだから。今だけだよ、いいね」

まだそんなことを言っている。お前まじめか、と口の端で笑いながらペダルに足をかけた。

赤い魚逃げた

襖《ふすま》を開けて最初に目に飛びこんできたのは、赤い色だった。死人を出したばかりの家に、あざやかなその色は似つかわしくない。

目をごしごしと擦って、まばたきを何度も繰り返してからもう一度部屋の中を見た。やっぱり赤かった。

赤い色は、衣桁《いこう》にかけられた着物だった。大振袖、というやつだ。金色や黒色の大ぶりな牡丹《ぼたん》が描かれている。去年の成人式の時、ああいう着物をたくさん目にした。

なにこれ、という言葉がうまく発声できずに、喉にひっかかった。顔に白い布をかけられて布団に横たえられている父の枕元に座っていた姉が振り返って、真人、と僕の名を呼んだ。

「どがんしたと、この着物」

ようやく声が出た。大学に入った後に他人に笑われたことをきっかけに変えた言葉づかいが、こっちに来て数日でもうもとに戻ってしまっている。

「振袖よ」

それはわかるけど、とすこし怒った声を出した時、背後から伯母《おば》が現れた。マコちゃん、と子どもの頃のままに、僕を呼ぶ。声が大きい、身振り手振りもものすごく大きい、そういう人だ。はやくに死んだ僕たちの母は伯母の妹で、小さい頃からときどき僕たち姉弟の世話をしにきてくれた。

母は僕が四歳、姉が十三歳の時に死んだ。病院のベッドでいくつものチューブに繋がれ、痩せ衰えた腕を伸ばして、それでも僕の頭を撫でようとする姿を、うっすらと記憶している。

「マコちゃん、節子《せつこ》ちゃんがお葬式で振袖着るて言い出したとよ」

ちょっと、どう思う？　どう思う？　非難がましい声を上げて、伯母が振袖を指さす。他の親戚はまだ来ていないのか、部屋の中には僕たち三人きりだった。もともと父は人付き合いが悪く、この家に出入りする者は少なかったのだが。

父はみかん農家だ。家の裏がみかん山になっている。姉によると農協関係の人たちが来るかもしれないが、来るとしても明日の通夜《つや》か明後日《あさって》の葬儀の時だろう、とのことだった。

入院していた父の容態が急変した、という連絡を受けて、急いで帰郷の準備をして部屋を出てきた。

病室に到着した時には、父の意識はもうなかった。しばらくそのままの状態を保ち、元日《がんじつ》の昼に息を引き取った。おめでとうございます、おめでとうございます、という声が、ロビーのテレビから聞こえてきていた。

病室に置いた私物を片づけながら姉は僕に喪服を持っているかと訊ね、返事をする前に「よか、そしたら葬儀社にレンタルの喪服を頼んどくけん」と続けた。靴は父のものを履けばいいとも。親を看取ったばかりで、よくそんな冷静に話ができるなと姉のことをちょっと怖く思った。

白い布を取り払い、父の死に顔を見る。死んでいるはずなのに、病院で寝ていた時の顔とほとんど変わらなかった。胸のあたりに触れてみる。自分の感情になにかしら変化が現れるのを待ったが、いくら待ってもそれはやって来そうになかった。

「節子ちゃん、どがんしたとやろか」

台所まで僕を引っぱって行って、伯母が耳打ちする。「ご臨終です」と言われた瞬間にも父の身体を清拭《せいしき》する際にも姉は涙を流さず、気丈に振る舞っているのだと思っていた。僕が諸々の手続きのために町役場に行った直後に、自分の部屋からあの大振袖を出してきたのだという。お通夜とお葬式は、これを着て出席します。きっぱりとした口調で、そう宣言したらしい。

「お父さんが死んで、ショックでおかしくなったとか?」

わからん、と首を振る僕の顔を困ったように見つめて、伯母は「ところで、おなか空いてない？」と訊ねた。台所のテーブルに、おにぎりを盛った皿があった。伯母に勧められるまま、椅子に腰かけてそれを食べた。

伯母の淹《い》れてくれたお茶がすさまじく熱くて、息をふきかけているうちに眼鏡が曇った。シャツの裾で眼鏡を拭く僕に、伯母は、大学はどうかとかバイトは休んだのかとか、たくさんの質問をした。おもに「うん」か「別に」か「普通」で答えながら、頭の中では違うことを考えていた。

姉がおかしくなったとしたら、どのタイミングでそうなっていたのだろう。父の、肺の病気が発覚した時か。それとも、たすかる見込みがない、と医師に告げられた時か。あるいはもっと以前か。父に制服のスカートを鋏《はさみ》で切られた時か。携帯電話を折られた時か。この家で、父とふたりで暮らしながら、すこしずつおかしくなっていったのか。

向かいに座っていた伯母がはっと息を吞んだので、振り返った。黒いスーツの男が、戸口のところに立っていた。やたら整った顔をした、背の高い男だった。睫毛《まつげ》が濃過ぎて、目の下に翳《かげ》ができている。

黒いネクタイに手をやって、ちょっと来ていただけますか、と伯母に声をかける。胸のところに、葬儀社の名の入った名札をつけていた。雪野《ゆきの》、という名が冗談みたいに、肌の白い男によく似合っている。僕と目が合うと、軽く頭を下げた。かっこいい、ではなく、あくまで美しい、と表現したくなる外見だ。魔物じみた美しさ。

不吉な美しさ。

明日の通夜と明後日の葬儀に関する打ち合わせに、姉だけでなく伯母にも同席してほしいらしい。ふたりは連れ立って和室に戻る。残された僕は落ちつかぬ気持ちで、ようやくぬるくなったお茶を飲んだ。

テーブルの下で、こそこそとスマホを開いた。今ここには誰もいないけど、父親が死んだばかりなのにスマホをいじるという行為は、あまり褒められたものではない気がする。

メッセージの受信を告げる緑色のランプが点滅している。小窓にメッセージが表示されていた。連絡をくれるような友人は、今のところ恵吾くんだけだ。

父が死んだことを知らせておいたから、その返信だった。返信は「そうか」という短いひとことのみだった。ご愁傷《しゅうしょう》さまです、的なことを言われなかったことにかえってほっとする。

伯母はまだ戻ってこない。手持ち無沙汰《ぶさた》のまま、なんとなく数年前に閲覧《えつらん》用として登録したSNSにログインしてみた。あかつきんのアカウントはやっぱり今日も更新されていなかった。以前は、イベント出演情報なんかをまめに載せていたのに。

僕があかつきんを知ったのは大学に入ってすぐの頃だった。あかつきマーケットに行ったら、そこにいた。いつも舌がちょっと出ているところが、昔、中学校に住みついていた猫に似ていてかわいかった。

あかつきん、で検索をかけると、失踪について話している人が何人か見つかった。けっして多くはないが、中学生らしきアカウントが投稿した動画が拡散されたことで有名になりつつある。クリスマスの夜に、あかつきんが酔っ払ってしゃがんでいるおじさんの背中をさすっている短い動画だ。

しっぽを摑むと幸せになれるという噂も、依然として流れ続けている。

その他、新たな目撃情報もある。夜中、駅前のベンチで寝ていた酔っぱらいを介抱していた。公園でゴミを拾っていた。そのいくつかは画像とともに投稿されている。

あかつきんには、相棒がいるらしい。誰かがあかつきんに話しかけると、どこからともなく男が現れてあかつきんを連れ去ってしまうのだという。

動画もある。「【大阪】あかつきんを捕まえて質問攻めにした結果」と題された動画を再生してみた。スマートフォンで撮ったらしい。画面がはげしく揺れる。こんなところでなにをしているのか、なんの目的なのか、ちょっとでいいから着ぐるみを脱いでくれないか、と質問攻めにしている、というかほとんど絡んでいるようにしか見えない。

見ているだけで、胃がきゅっとなった。

数名の男たちに囲まれたあかつきんの表情はしかし、まったく変わらない。着ぐるみだからあたりまえだ。ちいさな舌をぺろっと出したままの顔が、左右に揺れる。

ただ、手のかたちがグーになったりパーになったりしている。グー、パー、グー、パー。どういう意味なのだろう。猫が甘えている時に、よくこんな仕草をするらしいけど。

はいはい、ちょっとすいませんね、という声が入って、画面が揺れる。サングラス姿の男があっというまにあかつきんを連れ去っていく。その後ろ姿で動画は終わっていた。どうやら、これがあかつきんの相棒らしい。さっきのグーパーグーパーは、なんらかの合図だったのかもしれない。

もてそうだな、と思う。あかつきんの相棒のことだ。着てる服も、髪の色も、今どきな感じで、僕とはまったく違う。あかつきんの中の人もこんな感じなんだろうかと思ったら、なぜかさびしいような気分に包まれた。

あかつきんは、どうして街中で善行を積んでいるのか。そんな議論もなされている。「売名ちゃうの」という、とあるアカウントの投稿にいくつも「いいね」がついている。

気になる投稿も見つけた。あかつきマーケットが閉鎖されるらしい、と書いてある。

あの薄暗い、古い市場やろ。そうそう、ちょっと入りづらい感じ。でも最近、微妙に客増えてるらしいでwあかつきん効果? ますます売名くさいよな。

マコちゃん。ちょっと、マコちゃん。足音とともに、伯母が僕を呼ぶ声がして、急いでスマホをポケットにつっこんだ。

父は姉にきびしかった。きびしい、というのとはちょっと違ったかもしれない。高校を卒業するまで、姉の門限は六時だった。当然、クラブ活動はできない。姉の通っていた高校では、当時短いスカート丈《たけ》が流行《はや》っていたらしい。部屋で裾を上げていたところ、父に見つかって取り上げられた。

足を見せて、男を誘おうとしている、薄汚い、反省しろ、と言い募って、父は姉のスカートに、縦にじょきじょきと鋏を入れた。こんなものを穿《は》くぐらいなら学校になんか行かなくていい、と。

それから鏡台の抽斗を開けて、なかみを全部ごみ箱にぶちまけた。今思えば、他愛ないものばかり入っていた。色つきリップだとか、爪みがきセットだとか。だが父は「不潔だ、不潔だ」と喚《わめ》きたてた。

姉はその頃、県外の大学を志望していた。父は「女はどうせ嫁に行くんだから、これ以上勉強させる必要はない」と言い放って、知り合いのコネを使って町役場に姉を就職させた。就職してからも、携帯電話を持つことを禁じていた。一度こっそり持っていたのが見つかって、ふたつ折りの携帯電話をばっきりと折られていた。

あの赤い振袖は、姉が就職してから貯めていたお金で、自分で買ったと記憶している。けれどもそれを着て成人式に出席することはかなわなかった。父が「ひらひらした、夜店の金魚のような下品な色の着物」と激怒したからだ。だいたいお前みたいな不器量な娘に、こんな着物は似合わない、とも言った。姉は結局、成人式そのものに行かなかった。

「これ、そんなに下品かな」

衣桁にかけた着物を前に十一歳の僕に向かって呟いた姉がどんな顔をしていたか、思い出せない。たぶん、正視できなかったのだろう。過剰なまでの束縛を受けて、いまにも窒息しそうになっているであろう姉を、助けることができない自分が情けなくて。

父に意見しようとしたことが、何度かある。だけど結局、言えなかった。僕は、声が小さい。子どもの頃からずっと、通知表にそう書かれてきた。もっとはきはき、大きな声で喋りましょう。

思ったことを、言葉にするのにもひどく時間がかかる。考えに考えて、やっと口に出すと、みんな呆れた顔をする。その話もう終わったんだけど。え、まだそのこと考えてたの？　そんな反応が苦痛で、言わずに呑みこむようになった。

「きれいな着物、だと、思うよ」

ようやく言えた時にはもう、姉はその着物を畳み終えていた。

「ありがとう、真人」

ぽん、と僕の頭に手を置いて、姉は微笑《ほほえ》んだ。ひどくぎこちなかったが一応、微笑みであることには違いない。

「真人は、この家を出らんね」

遠くの大学に入って、そのまま就職して、お父さんになんて言われても絶対帰ってきたらいかんよ、と一息に言った。

姉には親しい友だちがいない。恋人もいない。外に遊びにいくことを、父が極端に嫌がったからだ。仕事が終わればまっすぐ家に帰って食事の支度をし、家の掃除をした後は本を読んだり、父の囲碁《いご》の相手をしたりして過ごす。休日は父のみかん畑を手伝う。それが清く正しい娘のありかたであるという教えに、従い続けた。

お前みたいな不細工な娘に嫁の貰《もら》い手はなかけん、せいぜい料理の腕ば磨《みが》いとけ。お前みたいな賢くもない娘はどこに行っても務まらんけん、精一杯町役場の仕事をがんばれ。お前みたいな気の利かん娘は、よその土地に行ったらきっと騙されてぼろぼろにされる。ここにいるのがいちばん幸せっていうことを、忘れるな。

父が姉に投げかける言葉には、必ず「お前みたいな」が重たい冠のようにかぶせられている。

周囲の人は姉を、孝行娘、と呼ぶ。ひかえめ。無口。奥ゆかしい。そうして彼らは、父が姉を放さないのではなく、姉が父のもとを離れられないのだと、なぜか思いこんでいる。

節子ちゃん、お父さんが心配かもしれんけど、ずっとお父さんの傍におるつもりね？　はやくお嫁に行きんしゃい、などと近所の人から声をかけられているのを、帰省の際に何度か目にした。姉は曖昧に笑って答えなかった。

家、出たら？　僕は一度だけ、姉にそう言ったことがある。そがんわけにはいかんとよ。だってお父さんは、ひとりでなんもできんけん。姉はそう答えた。

大人やけん、いざひとりになったらなったでなんとかやっていくよ、という僕の言葉がすべて終わらぬうちに、姉は「真人、やめて」ときびしい声を出した。

「あんたちょっと生意気よ。誰のおかげで大学に行かせてもらえよるか、わかっとると？」

お父さんのおかげ。お父さんのおかげ。こんな窮屈《きゅうくつ》な世界に閉じこめられてなお、そう言い続ける姉がすこし、薄気味悪くもあった。

父は去年の夏頃に肺を悪くして、入退院を繰り返していた。姉は甲斐甲斐《かいがい》しくその看病をして、ますます孝行娘の評判は高まった。

何度目かに僕が病院に行った時、父は「就職できそうか」と問うた。わからん、と答えると、ふん、と目を閉じて笑った。それ以上質問されることはなかった。

昔から、僕は透明人間だった。身体つきが貧弱で、運動はからきし駄目で、すごく勉強ができるわけでもない、なによりはきはきしたところがない。そのくせ、従順ではない。おとなしいくせに妙にがんこなところがあると、伯母からも学校の先生からも、よく言われた。

うちもあげなふうやったらよかったとになあ。

小学校最後の運動会を見に来た父が、帰りに漏らした言葉だ。視線は同級生の吉《よし》井《い》に向けられていた。僕と父と姉の数メートル先を行く吉井とその家族は、笑いさざめきながら歩いていた。あげなふう、とは、町会議員をしていた吉井の父のことを指していたのだろうか。運動会で選手宣誓をし、その後リレーのアンカーをつとめて、みごと一着でゴールした吉井のことを指していたのだろうか。たぶん、後者だろう。

思い描いた理想の息子と僕との相違点があきらかになるたびに、父の瞳にうつる僕の姿は薄くなって、しまいには透明になった。なんと言われても帰ってきてはいけないと姉は言ったけれども、父が僕になにか言ったことなどほとんどない。

家でつくったみかんや野菜、あるいはタオルや食料品、そんなものを僕に送ってくるのは姉だ。父からは電話ひとつ、かかってきたことはなかった。

遺影に使う写真を選ぶため手にしていたアルバムをめくる手を止めて、また大振袖を見た。

一時間前に、伯母は帰ってしまった。あの大振袖を着る、着ない、をめぐって、姉とはげしく口論したのだった。

「着るて決めたけん」

ひかえめ。無口。奥ゆかしい。そう言われ続けた姉が、一歩も譲《ゆず》らない。伯母はとうとう頭に来たらしく「勝手にしなさい！」と叫んで、出ていってしまった。

部屋の隅に正座している、雪野という男を見る。さっきこの人は、ふたりが言い争うのをただ黙って見ていた。

「あの、普通は、喪主は喪服を着るんですよね」

おずおずと、僕は雪野に声をかけた。あなたが姉を説得してくれ、と言いたかったのだが、雪野は平然と、でも、ご本人がそうしたいと仰っているので、と答える。

信じられない。まともな葬儀社ではないのではないだろうか。記された社名を二度読んでみたが、しかしそこがまともな企業であるかどうかを判断する材料を、なにも持っていなかった。

「形式にとらわれない葬儀をしたい、というかたは多いんです。先日担当した葬儀では、故人がずっと社交ダンスを習っていらして、だからお棺《かん》に入る時にも白い着物ではなくドレスを」

「でも喪主はドレスじゃなかったんですよね」

「まあ、そうですが」

雪野の声には特徴がある。蜜をじっとり含んだような重みのある声。

ふたたびアルバムに目を落とす。父の写真は少ない。外に出かけたり、人と会ったりすることが極端に少なかった人間には、写真を撮る機会がない。僕もそうだから、よくわかる。

お前、なんで生きとると？　それは、中学三年生の時、吉井が言った言葉だ。すこし離れたところで、吉井の仲間がにやにや笑っていた。

休み時間はいつも僕にとって、授業中よりずっとつらい時間だった。自分の机に突っ伏して、ただひたすら時間が過ぎるのを待つ。教室は水槽で、僕は魚だった。大きな魚やきらびやかな魚といっしょくたに放りこまれて、隅っこのほうでひっそりと泳ぐ小魚。食われないように必死な魚。

突っ伏していた机を、軽く蹴られた。顔を上げると、吉井が机の前に立ち、ポケットに片手を突っこんで、僕を見おろしていた。そして、「お前、なんで生きとると？」と言ったのだった。

なにが楽しくて生きとると、お前。僕が答えないので、吉井はすこし、言いかたを変えた。表情を変えないように、吉井から目を逸《そ》らさぬようにするだけで、精一杯だった。怯《ひる》むな。傷ついた顔をしたり、俯いたりしたら負けだ。吉井のつるりとした皮膚や、見苦しくなく整えられた短めの髪を見続けた。陸上部に入る約束で県内の高校に推薦が決まっている吉井。隣のクラスの女子から送られてきたという「つきあってください」というメッセージをクラスの男子数名の前で読み上げていた吉井。

「俺がお前だったら今ごろ自殺しとるけん。絶対、人生つまらんやん」

吉井の仲間がどっと笑う。僕が反応を示さないので、吉井は「リアクションもつまらん」と吐き捨て僕の席を離れた。

冬の川に飛びこめ、と言われたこともある。両側から肩を摑まれ、川に落とされかかった。そんなことをしたら死ぬ、と思って川岸に踏ん張って必死に抵抗した。その時吉井は途中で「やめとこうぜ。こいつ溺《おぼ》れる時もおもしろくなさそうやん」と言い放った。

死にたくなかった。吉井たちが去った後も、死にたくない、と、何度も思った。死んだら負けだという感覚がどこから湧いてきたものなのか、自分でもわからなかった。でもそれは、びっくりするほどの性急さで僕の心を満たした。吉井たちに負けたまま死ぬのは嫌だ。

「真人、いいのあった？　遺影に使う写真」

姉の声で我にかえる。これはどうかな、とようやく選んだ写真は、ずいぶん若い頃のものだった。姉はろくにその写真を見もせずに、これでお願いします、と雪野に渡した。

お預かりします、と雪野がアルバムから抜き取られた写真を茶封筒にしまう。ではいったん社に持ち帰りますので、と立ち上がった。一瞬、雪野と姉が視線を交わしたような気がした。

「疲れた？」

雪野が出ていった後で、姉が僕を見る。目を逸らして、首を振る。

「お風呂入って、今日ははやめに寝なさい。明日も明後日も、たいへんよ」

入浴を済ませ、布団に入る前に時計を見たらまだ午後九時前だった。さきほど風呂から出ると、姉が布団を用意していた。父が寝かされている部屋の隣だ。

怖い？　と枕にカバーをかけながら姉が言った。

「すぐ隣の部屋に死人がおったら怖い？　ここで寝られる？」

「知らない人じゃないから大丈夫」

姉はどこで寝るのかと問うとふしぎそうに「自分の部屋に決まっとるでしょ」と答えた。そうだよね、と頷きながら、なんでそんなことを訊いてしまったんだろうと思った。僕の寝室兼勉強部屋だった二階の部屋は現在、物置と化している。

「おやすみ、真人」

姉が出ていく。襖を閉める直前、衣桁にかけられた着物の赤い色が視界の隅にうつった。

振袖は姉の、復讐《ふくしゅう》なのかもしれない。ずっと自分を縛りつけていた父に、最後の最後で逆らってやりたい、とか。あるいは、これが姉にとっての成人式なのかもしれない。父の葬儀が。

寝るにはさすがにまだはや過ぎるだろうと思いながらも、掛布団をめくる。布団に手が触れた途端に、眠気をおぼえた。一気に疲れが出たのかもしれない。横たわり、目を閉じて、掛布団を鼻の下までひきあげる。なぜかいつも、こうしなければ眠れない。

昔、姉とよくやっていた遊びがある。目を閉じたまま、ふいに思い出す。ひとことで言うと、連想ゲームのようなものだ。最初に姉が言う「大きな」とか「長い」とかいうような言葉を受けて、僕がそこから連想した単語を言う。「山」とか「棒」とか。姉がその続きを言う。「のぼる」とか「つつく」などと。ひとつの文章ができあがる。大きな山にのぼる。長い棒でつつく。喋るのが苦手な僕のために、なんらかのトレーニング的な意味でやってくれていたのかもしれない。

スーパーマーケットや商店街に買いものに行く途中、歩きながらよくやった。十秒以内に言えなければペナルティとして飴一個だとか、そんなふうに取り決めてゲームをする時もあった。焦って答えたりするとたまにすごく妙な文章ができて、そういう時の姉はとても楽しそうだった。まずいお菓子を投げた。しかくい風船を食べた。あはは。姉が声を上げて笑うのは、珍しいことだった。

「白い」

「星」

「見えた」

雨の日だった。土手の上を、縦に並んで歩きながら、前方の姉がさしている傘からいくつかのまるい雫が転がり落ちるのを見ていた。

「黒い」

「傘」

「買った」

その日はなぜか色に関する言葉ばかり、姉は口にした。

「赤い」

姉が言った時、僕は「魚」と続けた。なぜか姉が振り返って「魚？」と問い返した。うん、と答えながら、なにかまずいことを言ったのだろうかと思った。姉が眉根をぎゅっと寄せていたから。

だが姉は、すぐにまた前を向いた。おもしろいね、と僕は言ったが、姉は答えなかった。

赤い魚が逃げた。だんだん瞼《まぶた》が重くなる。どうしてあの日のことがこんなにひっかかるのだろう。考えようとしたが、睡魔に負けた。引きずりこまれるように眠りに落ちた。


話し声で目が覚めた。何時だろう。枕元のスマホを手繰《たぐ》り寄せる。話し声は隣から聞こえる。雪野だとすぐにわかった。蜜を含んだずっしり重たい声。姉と話しているらしい。また来たのか。まだなにか打ち合わせをしなければならないようなことがあったのか。布団から抜け出し、襖に近づく。畳はひんやりしていて、布団によって高められた僕の体温をまたたくまに奪う。

「来月、誕生日なんです」

姉が言うのが聞こえた。わたし、男の人とちゃんとつきあったことがないんです、と続ける。

「おかしいでしょ、もういい年なのに」

雪野がなにか言ったが、それは聞き取れなかった。

手探りで眼鏡をとって、かける。音を立てぬよう、ゆっくりゆっくり、襖を開く。三センチほど開いて、片目を当てた。部屋の向こうは電気がついていて、眩しさに一度目を閉じる。ゆっくりとまた開いて、はじめに視界に入ったのは黒と赤だ。黒いのは雪野のスーツで、赤いのは姉だ。姉は例の大振袖を羽織っている。

半身をこちらに見せるかっこうで、ふたりは向かい合っている。姉は横に足を投げ出して座り、雪野は正座をしていた。

「ずっと前に一度だけ、恋人がいました。おなじ職場の人。父に内緒で携帯電話を買って、こっそり連絡とって」

夢の中にいるような、ぼうっとした口調で姉が話し続ける。

部屋に押し入ったほうがいいのかもしれない。そんなかっこうで、そんな人となにをしているのかと声をかけるべきなのかもしれない。でも僕の身体は動かない。姉がなにを話そうとしているのか、知りたい。

「わたしがその人に会いに行く時に、父がこっそり後をつけてきて、その人を殴ったんです。娘にかかわらないでくれって。家に帰った後に、携帯電話を折られました。お前みたいな不細工な娘、身体目当てにもてあそばれとっただけぞって、そうに決まっとろうもんって。そしたら翌日から、へんな噂が流れ出しました。わたしと父が近親相姦《そうかん》みたいな関係だとか、気持ち悪い話ばっかり。殴られた人が流したんです。でも信じてください。父は、父はたしかにまともな人ではなかったかもしれんけど、そんなことはしません。ほんとです。いつも清く正しくって、そういうふうに育てられたんです。信じてください」

信じますよ、と雪野が答える。この着物ね、と姉が袖を持ち上げた。

「この着物、成人式に着ていけなかったんです。あんなごてごて着飾った女どもが集まるくだらない行事に出る必要なか、って言われて。金魚みたいな赤い色、お前にはぜんぜん似合わんって」

「とてもよく似合っていますよ」

姉の手を取っている雪野の横顔を、信じられない気持ちで見つめた。ふたりの奥には、横たえられた父の亡骸《なきがら》がある。すぐ傍に死人がいる部屋で、しかも隣で人が眠っている部屋で、女の手を握る男。完全に僕の理解の範疇《はんちゅう》を超えている。

これも葬儀社の仕事なのだろうか。まさか。

「一度でいいから、男の人に抱いてもらいたかった。髪を撫でて、いろんなところに触ったり、歯を立てたり、してほしかった。自分よりずっと大きな身体をした人に、息ができないぐらい、骨が折れてしまうぐらい、抱きしめられてみたかった」

襖に添えた手が震える。心臓がすさまじい速度で鳴っていて、吐きそうだった。

「いつだってそうできたのに」

雪野が言い、姉は首を振る。

「こわかったんです。父の言うとおりです。わたし、不細工ですから。男の人に拒まれるのとか、男の人の目に自分の貧相な身体を晒《さら》して、がっかりされるのとか、こわかった。なにより父の傍を離れるのがこわかった。大嫌いだったのに。父はわたしをこの家に縛りつけました。押さえつけられて、大嫌いでした。死んだ今でも、大嫌い。でも家の外は、もっとこわかった。家の中にいれば、今まで以上に傷つくことはないでしょ。なにか失敗して、ほら俺の言うたとおりやろうがって、父に言われたくなかった。だから、おとなしくここにおりました。金魚には狭い鉢が似合う。広い水の中に出たら死ぬ」

外の水はつめたくて暗くてこわい。そういう言いかたをする横顔が、まるで知らない女のように見えた。

「わたし、これから、どうすればいいかわかりません。今さら外に放り出されても、どうしたらいいか」

姉の声が一瞬甲高くなり、語尾が震えた。

「目を閉じてください」

やけにはっきりとした口調で、雪野が言った。

「こわがらないでください」

目を閉じてください、こわがらないでください。懇願の口調でありながら、それはあきらかに命令だった。催眠術にでもかかったようにやすやすと、姉は目を閉じる。雪野の口が大きく開いたと思ったら、その中に姉の指が吸いこまれた。第二関節あたりまで咥《くわ》えられている。

姉が眉根を寄せて、かすかに呻《うめ》く。痛みに耐えるように。歯を立てたのかもしれなかった。このまま、雪野に食べられてしまうのではないか。

最初に見た時に雪野にたいして抱いた「魔物じみている」という感想は、あながち大袈裟《おおげさ》でも的外れでもなかった。魔物なら、助けなければ。でも、そうしなかった。開けた時の何倍もゆっくりと静かに襖を閉めて、掛布団を頭まで被った。助けない。食べられてしまうことを、たぶん姉自身が望んでいる。

耳を塞いで隣の声や音が聞こえないようにしているうちに、いつのまにか眠ってしまったようだった。

ごく短い夢をいくつも見た。つめたい水の中を泳いでいた。なんで生きてんの、とせせら笑う吉井も出てきた。なんでなんだろう、と目が覚めた僕は思った。ほんとうだ。僕は、なんで生きているんだろう。うまく泳げるわけでもないのに。

手首に触れて、指の下で自分の身体が脈を打っていることをたしかめた。生きている。こんなにも。

姉の指を噛んでいた雪野の横顔がよみがえる。僕はまだ、女の人を抱いたことがない。

考えることに疲れて、また眠った。さっきの続きのような夢を見た。

水の中に姉がいた。魚のような身体を得た姉は、赤い尾びれを動かしながら泳いでいって、すぐに見えなくなった。

カーテンのむこう側の世界がすっかり白くなった。目を覚ましてからも布団から出られずに、しばらく天井を見ていた。

襖が突然勢いよく開いて、姉が顔を覗かせる。食べられてしまってはいなかった。

「真人は、朝はパンのほうがよかとやろ?」

パンがいい、と天井に視線を向けたまま答える。姉の顔をまともに見ることができない。

十三時頃に斎場にお父さんを運ぶけんね、お通夜は十八時からよ、と姉はカーテンを開けながら、きびきびと言う。

「お布団畳むけん、もう起きてくれん?」

開け放たれた襖のむこうに、なにも掛かっていない衣桁が見える。振袖が、ない。

部屋中見まわしたが、やっぱりどこにもなかった。

昨日のことは全部、夢だったような気がしている。姉が振袖を着ると言い出したことも。雪野が夜中に、ここに来ていたことも。

「喪服をレンタルできるって、ほんとうに便利ね」

気がつくと、姉が背後に立っていた。驚いて振り向いたので、期せずして僕はその顔を真正面から見た。

「私も結局、レンタルすることにしたとよ。昨日の夜中に言うたけど、今日持ってきてくれるって。前に買った喪服は虫食いで着られんようになっとったけんね」

僕のよく知っている姉の顔だった。毎日ごはんをつくってくれた姉。連想ゲームが好きだった姉。この家を出ろと言ってくれた姉。

姉ちゃん、と呼びかけると姉は黙ったまま、ふしぎそうに首を傾げる。姉ちゃん。もう一度呼びかけながら、僕は次に言うべき言葉を必死に探している。

声の色

人の声には色がある。比喩ではない。目をつぶって誰かの声を聞く時、わたしの瞼の裏にははっきりと色が浮かぶ。母の声は赤みがかったオレンジ色。友人の声はうす桃色。礼司《れいじ》の声は、透明感のある青。その青は礼司が嘘をつく時だけ、灰色がかって濁る。だから、礼司がついた嘘はぜんぶわかる。

朝起きてカーテンを開いたら、世界が白かった。夜のうちに雪が降り積もったらしい。きれいだと思うより先に、うんざりした。きっと、朝のバスは遅れる。あるいは運休する。

雪が積もりました。遠い町に住む恋人にメッセージを送る。窓際に立ったまましばらく画面を眺めていたが、既読通知はつかなかった。まだ眠っているのかもしれない。礼司の寝顔の美しさを思い浮かべた。長い睫毛が目の下に小さな翳をつくる。唇はかたちよく結ばれ、まるで微笑んでいるかのように、いつも静かに眠っている。明けがたに目が覚めて、枕に片肘をついてその顔を飽かず眺めていたことを思い出す。

家業である葬儀社を継ぐため、一年前に勤めていた会社を辞め、故郷の町に帰った礼司は仕事柄、決まった時間に起床・就寝するのが難しいようだった。死人が出ればいつでも呼び出しに応じなければならないので、休日はあってないようなものだとも聞いた。わたしと会っている時にも突然電話で呼び出されて、「行かなきゃ」ということが数回あった。周囲にコンビニもないようなつまらない田舎《いなか》の町のホテルで、わたしはひとり、礼司の帰りを待った。そういえば礼司の住む町まで会いに行っても、家に連れて行ってもらったことはない。

テレビをつけたら、画面の上部にやはり電車の遅延を伝えるテロップが流れていた。雪が数センチ積もればニュースになる。そういう土地に、わたしは住んでいる。仕事にも影響が出るだろう。

今日はきっと、荷物の到着の遅れを訴える電話がいくつもかかってくるだろう。想像しただけで、更にうんざりした。宅配便の営業所で働いていると、雪が降ろうがなにがあろうが自分が待っている荷物が届かないことの理由にはならない、お前らそれが仕事なんだろう、ちゃんとやれ、と言い出すような人にたくさん出会う。

粉末のスープを溶かして飲んだ。マグカップの底に溜《た》まる粉末をごりごりとスプーンでかき混ぜていると、つまさきが段ボールに当たった。なかみはぜんぶ、みかんだ。みかんは礼司が住む町の特産品で、複数のご近所さんからもらうらしい。特産品ならおいしいんやろ、よかったやん、とフォローするつもりで言ったら、礼司はおすそわけだと言ってたくさん送ってきた。使い捨てカイロをおなかと背中に貼って、レインブーツを履く前に靴下を重ね穿きする。いつもより三十分はやく家を出ることにした。

アパートの外階段をおりてすぐに、雪で足をすべらせた人が転ぶ瞬間を目撃した。サラリーマンだろうか。実家の父よりすこし若いぐらいに見えるその男の人は、仰向けに倒れたまま数秒、動かなかった。

たすけたほうがいいんだろうか。躊躇《ちゅうちょ》していると、目の前を巨大なものが横切った。水色の着ぐるみ。赤い頭巾を被っている。

え、着ぐるみ？

ぽかんとしているわたしをよそに、着ぐるみは倒れたおじさんに手を差し伸べている。ええっという頓狂《とんきょう》な声をおじさんが発した。気持ちはわかる。

着ぐるみは声を発さない。差し伸べた手をおじさんが取らずにいると、着ぐるみの後ろに立っていた男の人がすっと前に出て、おじさんの脇の下に手を差し入れた。着ぐるみは反対側から背中を支えて、おじさんはようやく立ち上がった。白い雪の中で見る着ぐるみは薄汚れてみすぼらしかった。おしりのあたりはずいぶんけば立ってもいる。どこかで見たキャラクターのような気がしたが、思い出せない。長いしっぽは猫のようだし、大きな耳はネズミのようだし、意表をついて犬、という可能性もあった。

おじさんを助けると、着ぐるみと男の人は手を繋いで歩いていった。手を繋ぐ、というか、男の人が着ぐるみをひったてるようにして歩いていた、というほうが正しいかもしれない。男の人はニット帽にサングラスとマスク、という防寒なのか変装なのかよくわからないかっこうで、顔はよく見えなかった。

着ぐるみが、とつぜん振り返った。ぴこぴこと頭を動かしている。会釈《えしゃく》をしているのだと気づくまでに時間がかかった。頭部が大きいので、小刻みに揺れているようにしか見えない。

「なんやったんや……」

雪で背中を濡らしたおじさんが、ぼうぜんと呟いた。同感です、と見ていたわたしも心の中で呟く。

バス停の金属製のベンチにはうっすらと霜《しも》がおりていた。その場で小さく足踏みしながら、来ないバスを待つ。吐いた息が凍ってしまいそうだった。耳がじんじんしてきて、さっき自分が見たものは幻覚だったんじゃないかという気がしてきた。雪の日にとつぜん現れて転んだ人を助ける着ぐるみ。意味がわからない。

空からまた、白いものがふわりふわりと降ってきた。通りの向こうの洋菓子店はシャッターが閉まっている。窓のところに、バレンタインデー用のチョコレートケーキのポスターが貼ってあった。礼司は甘い食べものを好まない。毎年、二月十四日の贈りものに苦労する。

職場では、女子社員数名でお金を出しあって宅配ドライバー全員に小さなチョコレートを贈ることになっている。今年はチョコレートを誰が買いに行くことになるのかなあ、去年はじゃんけんで負けてわたしが行ったんだけど、わたしじゃんけん弱いからなあ、などとぼんやり考えていたせいで、背後から声をかけられたことに最初気づかなかった。

「山口《やまぐち》さん」

わたしの名を呼んでいたのは、浦上《うらがみ》だった。二年ぐらい前にドライバーとして入ってきた。中途採用で、たしかわたしよりひとつかふたつ年下だったはずだ。バスですか、と浦上が言うと、白い息が零れ出た。そう、と答えるわたしの唇からも。

浦上はわたしの住んでいる町からすこし離れたところでひとり暮らしをしているらしかった。いつもは自転車だが、今日はあぶないので歩いて出勤するつもりだということを、わりあい要領よく説明した。へえ、と思う。営業所では、浦上が「はい」「違います」「ありがとうございます」「おつかれさまです」以外の言葉を発しているのを聞いたことがない。

ちゃんと喋るんや、と思いながら浦上を観察する。背が高く、無駄な肉がない。どこに触れても、ごつごつとかたそうだ。

「バス、来る気配がなさそうですね」

浦上が車道に目をやる。

「わたしも一緒に歩いて行こうかな」

ためすような気持ちで、浦上を見上げた。営業所で私語をしない浦上。つまり誰とも仲良くなる気のなさそうな浦上は、ひとりで歩きたいのではないか。迷惑そうな顔をするかもしれない。ほんのすこし意地悪な気持ちがなかったと言ったら、嘘になる。

「あ、歩きます？　ここからならあと、三、四十分ぐらいで着くと思いますよ」

別段嫌がる様子でもなく、腕時計を覗きこむから拍子ぬけしてしまった。

「行きましょうか」

浦上の長い腕が、進行方向にむかってすっと伸びる。

浦上の自転車は、緑色をしているらしい。休みの日には、それに乗って遠出をすると言う。

「何度も行って、よく知ってるはずの場所でも、別の方向から走ると新しいものを見つけたりするんです」

「たとえば？　お店とか？」

「へんな看板とか」

浦上がなにかを思い出したように、唇の端を持ち上げる。

「へんな看板ってなに。どんなん」

「言えません」

「なんで、教えてよ」

「だめです。ちょっと女の人の前では言えないです。絶対だめ」

普段の様子からは考えられないぐらい、よく喋る。雪の中を歩いて出勤するという状況が浦上を饒舌《じょうぜつ》にさせているのかもしれない。

背が高いので、隣を歩きながら顔を向けてもコートの胸元しか見えない。しばらく喋っていて、気がついた。浦上の声には色がない。

顔を上げたら、鼻の頭を赤くした浦上と目が合った。なんですか、というふうに、小さく首を傾ける。なんでもない、と言うかわりに、視線を外した。


礼司が電話口ではじめて嘘をついた時、わたしは泣きながら問いつめた。その前日、礼司は電話に出ず、メッセージも未読のまま朝まで放置されていて、いったい何をしていたの、と問うたのだった。

昨日は急な通夜が入って、と言った時の礼司の声の色は灰色に濁った。

なにか隠してるんやろ、遠距離になってただでさえ不安でいっぱいやのに、なんで嘘つくの。わたし、礼司が嘘をついたらわかるのに、と責めたてた。

声の色が見える話はしていない。言ってもきっと信じてもらえない。

問いつめられて、礼司はようやく白状した。昨日は女の人の家に泊まった、と。

相手は総合病院の看護師だそうだ。

病院で死人が出ると、葬儀社に連絡が入る。病院に出入りするうちに、何度となくむこうから誘われるようになった。その都度はぐらかしていたのだが、とうとうどうしても断れなかった、と。

むこうから誘われたというのはきっとほんとうのことだろう。声の色を確かめるまでもない。だって礼司は昔から女の人にとても好かれる。どことなく翳があって、でもそこに色気がある。

その看護師の女の人のことが好きなのかと問えば、けっしてそんなことはない、と礼司は言う。ただ時々、葬儀を終えた後や遺体をはこんだ後にどうしても我慢ができなくなることがある、生きている人間のやわらかい皮膚と体温に触れたいという欲求がおさえきれなくなるのだそうだ。

たくさん泣いたけど、別れるとは言わなかった。別れるもんかという気持ちだった。だって、好きだから。

友人たちは呆れていた。そんな理由で浮気する人なら、絶対またやるよ。彼女たちの言ったことは正しかった。電話をかけるたび、礼司の声の色は灰色に濁る。わたしのこと好き？　いつもそう、訊ねる。

好きだよ、と答える声は今もきれいな色のままだけれど、もし礼司の声がきれいな青色でなくなったら、わたしはどうするのだろう。

「浦上くんの声には、色がない」

色、ですか。隣、というか一歩半ほど斜め前を歩いていた浦上が振り返る。浦上の歩幅が大きいので、すこしずつわたしと浦上の距離は広がっていく。浦上はそれに気づいたらしく、ほんのすこし速度をゆるめた。

浦上が腕時計を覗きこむ。たぶん遅刻ですねこれは、と呟いたが、焦っている様子はない。

「そうかも」

さっきからちらちらと舞っていた雪は、ようやくやんだようだった。靴下を重ね穿きしたにもかかわらず、すでにつまさきの感覚は失われつつある。

「で、色ってなんですか」

「人の声に、色がついて聞こえるの」

礼司にも話したことがないのに、なぜかぜんぜん親しくない浦上にこんなことを喋っている自分がふしぎだった。わたしもまた、非日常的状況にやや興奮しているのかもしれない。

「つきあっている人がおるんやけど」

歩道のいちばん端の、足あとのついていない場所を選んで足をのせる。やわらかいと思われたそこは存外かたかった。ざく、というような音がする。

「その人が嘘をつくと、声の色でわかる」

浦上はなんと答えるのだろう。えっ、まさかー、と軽く受け流す。あるいは、へえ、おもしろそうっすね、と半信半疑ながらも話を合わせてくるか。

「それは」

浦上はすこし考えるように空に顔を向けて、また下を向く。

「しんどいですね」

しんどいですね。なにがどうしんどいと思うのかと訊ねようとしたが、喉から苦しげな息が漏れただけだった。

浦上はちらりとわたしを見て、また歩調をゆるめた。気を抜くと早足になってしまうらしい。歩幅の違う人間とともに歩くことがすくないのかもしれない。

「おれは昔」

ずーっと昔、中学生ぐらいですかね、と浦上は首を傾げる。

「人の心が読めたらいいな、と思ってました。この人はこう言っているけど、心の中では違うことを考えてるのかもしれない。それを知りたいって。だけど今は、そんなふうには思わないですね。人の心なんて読めたら、ぜったい疲れます。喋ってくれることだけでじゅうぶんですよ。心の中まで手におえないです」

その色、見えないようにする方法ないんですかと浦上が訊ねる。無色透明の声で。

「どうだろう」

じゅうぶんだ、と思っている浦上ははたして、相手にもそう思わせることができるほど自分の考えていることをたくさん、喋っているのだろうか。

それとも親しい友だちや家族を相手にした時には喋るのだろうか。今のように。あるいは今よりもっと饒舌に。

中学生の頃の浦上は、誰の心の内を知りたかったのだろう。好きな女の子だろうか。友人だろうか。

「浦上くんみたいな人ってめずらしいよな」

レアキャラですね、と言った後、顔をくしゃっとさせた。笑ったのだ、とすこし遅れて気がついた。はじめて見たから、一瞬わからなかった。

あーあー、とマイクのテストのような声を出してみた。わたしの声はどんな色をしているのだろう。昔からいつも、自分の声の色はなぜかまるでわからない。

「浦上くん」

「なんですか」

「わたしの恋人って、いつも嘘つくねん」

非日常的状況に興奮しているのではない、と喋りながら気がついた。浦上の声に色がついていないから、喋りやすいのだ。渡された言葉の意味だけ受け止めればいいのはなるほど楽だ。他人の嘘がわかってしまうのは、たしかにしんどい。しんどい、という自覚がなかった。今までは。

こんな無色透明の声を持つ人を、他にあとひとりだけ、知っている。彼の外見も、思えば浦上にちょっと似ていた。背が高くて、身体つきが全体的にごつごつしていて、つまり礼司とはまったく違うタイプ。でも彼は普段からよく喋る人だったから、そこは浦上とは似ていない。

ちょっと休憩しませんか、と浦上が、すこし先に見えている自動販売機を指さす。

「うん。確実に遅刻するけど」

休憩しなくても、遅刻はどうせしますよ、と言いながら、ポケットを探っている。

「おれらが行けないあいだの仕事は、今会社にいる他の人が代わりにやってくれます」

浦上は財布を覗きこんで、百円玉を取り出している。

「自分の代わりなんていくらでもいるって思ってないと、しんどいですよ」

また「しんどい」が出た。

小銭を投入しながら、なににしますか、とわたしに訊ねる。あたたかい緑茶は売り切れていて、あまい紅茶を選んだ。浦上は長いこと迷ったのちに、コーンポタージュのボタンを押した。自動販売機が設置されている後ろの、おそらくマンションであろう建物には広めの軒があり、その近くの雪はきれいに除《よ》けられていた。

シャベルを持った、マンションの管理人とおぼしきおじさんがこちらにむかって出てくる。ちょっとここで飲んで行っていいですか、と浦上が声をかけると愛想よく、いいよー、缶はちゃんとゴミ箱に捨てていってね、と笑って、ビルの裏手のほうにまわっていった。雪はもう降っていなかったけれども、缶のぬくもりを逃さぬように両手でしっかりと握りしめながら軒下に入った。

雪の日は空気がきれいで、遠くまで見える気がする。わたしが言うと、浦上は気がするだけじゃなくてほんとうにきれいなんです、と答えた。

「雪が空気中のゴミをつかまえて落ちるから、空気がきれいになるんです」

浦上はコーンポタージュの缶を、円を描くようにぐるぐるとまわしていた。コーンの粒がうまいこと出るようにがんばっているのだろう。

「山口さんの恋人は、嘘をつくんですね」

やや唐突に、話題が戻った。訊ねるわりに、興味はさほどなさそうだった。さっきわたしが喋っている途中で「休憩しませんか」と遮ったことを気にしているのかもしれない。

「うん、そう。嘘つく」

礼司が嘘をつくたび、わたしは窓際にみかんを置く。おすそわけ、と言って礼司が送ってきたみかんだ。もう五つほど、並んでいる。最初に置いたみかんは皮が縮まって、かちかちになっている。裏返してみたら、底のほうが黒くなっていた。

わたしの声はきっと、あんなふうに黒いに違いない。他の人みたいにきれいな色をしているわけがない。嘘をついていない時でも、いつでも。心がきれいじゃないから。

礼司とはじめて会った日のことを、わたしはよく覚えている。大学の中庭のベンチに、ひとりで座っていた。泣いているように見えた。あの、だいじょうぶですか、と声をかけてしまった。え、と顔を上げた礼司は別に泣いてなどいなかった。

「すみません、泣いてるみたいに見えたから」

礼司は「こういう目なんです、もともと」と言って、笑った。笑った顔もやっぱりきれいだった。ベンチの隣を指して、座りますか、とわたしに訊ねた。座ろうとすると、むこうのほうから大股で近づいてくる人が見えた。それが、浦上にちょっと似ている、色のない声をした彼だ。

「すごいな、雪野」

その人は「お前、ただ座ってるだけで女の子と知り合いになれるんか」とげらげら笑った。浦上に似ていた彼はわたしを見て「こいつ、めちゃくちゃ女にもてるで。競争率高いから俺ぐらいにしとき」と親指で自分を指した。そんなんじゃないです、と狼狽《ろうばい》しているわたしを見て、礼司はくすっと笑った。

雪野礼司。教えてもらった名を、その晩何度もノートに書いた。書いたあと、うっとりとその文字を指でなぞった。中学生みたいなことをしている自分が、すこしおかしかった。今どうしているんだろう。どんなことを考えているんだろう。思うだけで地団駄を踏みたくなるほど苦しくなった。会いたい。数分おきに願いもした。恋人になれた時には夢じゃないかと思った。

あの頃ほんとうに、たくさんの女の子が礼司の恋人になりたがっていた。どうしてあんたが、と見知らぬ女に突然絡まれたこともある。あんたみたいな別にかわいくもなんともない普通の女が、と罵《ののし》られても、わたしは傷つかなかった。むしろ誇らしかった。

かわいくもなく、とりたてて目立つところがないにもかかわらず、礼司に選ばれたわたし。それは他の人にはない「なにか」がある、ということではないか。「なにか」を持っているわたし。住む場所が遠く離れても、何人の女と寝ようとも、礼司は依然、わたしを「恋人」の地位に置いている。わたしには「なにか」があるからだ。

君の代わりなどいない、と言ってほしい。自分の代わりなんていくらでもいると思っていたほうが楽だと浦上は言うけれども、わたしはそんなふうには到底思えない。だって、わたしにはなんにもない。なんにも持ってない。礼司に愛されている女でなくなれば、わたしは、ただのかわいくもなんともない普通の女になってしまう。

浦上に似た彼と、一度だけふたりきりで会ったことがある。ちょっとさ、映画観に行かない、と誘われた時はてっきり礼司も一緒に三人で行くのだと思っていて、だからふたつ返事で「行く」と答えた。待ち合わせ場所の駅の壁にひとりで寄りかかっている彼を見て、あれっという声を上げてしまった。

映画ってもしかしてふたりで？　と言ったら、そう、となんでもないことのように頷いた。それを聞いたわたしはたぶん、困った顔をしていたはずだ。

雪野に申し訳ないとか思ってる？　彼が、首を傾げた。

その前日に、わたしは礼司に好きだと伝えたばかりだった。僕も、と礼司が答えてくれたから、昨夜《ゆうべ》からずっと有頂天だった。彼と向かい合っているその瞬間もまるで宙に浮いているように、足元がふわふわしていた。

わかった、わかった、じゃあ散歩するだけ、それぐらいならええんちゃう、どう？と言われて、なんとか頷いた。

ふたり並んで、ただただ歩いた。ちょうど今日みたいに。

雪野と、つきあうの。彼は前を向いたまま、言った。

うん。答えると、俯いた。それから、あいついろんな女の子と遊んでるけど、と続けた。そんなこと、その時はまったく気にならなかった。

それは昨日までの話。礼司は「僕も」と言ってくれたのだから。これからはもうそんなことしなくなるはずだと、無邪気に信じていた。

そんなに雪野が好きなん、と問われたから、大きく頷いた。好きだ。好きだ。このまま走って会いに行きたいぐらい。

山口さんはあほやなー、俺ぐらいにしといたらええのになー、と彼がぼやいた時にもやっぱり答えることができなかった。彼の笑っている口もとだけを見つめて、真摯なまなざしに気づかないふりをした。それでも、やっぱりまた困った顔をしてしまったのだと思う。

もう冗談にきまってるやん、冗談冗談。彼が笑って、だからようやくわたしも笑えた。やめてよ、もう、と。

バイバイ。じゃあね。手を振りあって、わたしはあの日、歩いてきた道を引き返した。

「行きますか?」

缶のなかみを呷《あお》った浦上が、わたしに向かって手を伸ばした。過去から現在に引き戻される。空き缶を受け取ると、浦上は慎重な仕草でそれをゴミ箱に捨てた。

紅茶のおかげで身体の内側はすこし温まったが、足はつめたいままだった。こたつに入りたいですね、と浦上は言う。朴訥《ぼくとつ》な雰囲気の浦上には、こたつがよく似合うだろうと思った。

「会社、休みたくなってきた」

わたしの呟きに、ああ、と浦上は大きく頷く。上体が前に傾ぐほどに。

「休みたいです。めちゃくちゃ、休みたい」

でも、行く。声がそろった。わたしたちは、わたしたちでなくてもできる仕事をしている。だからといって簡単には放り出せない。

「遅刻はするけど」

「それぐらいは許してほしいですよね」

うんうん、と頷き合って、また歩き出した。あとどれぐらいで、会社に到着するだろう。会社に足を踏み入れたら、もう浦上はこんなふうには喋ってくれないのだろうな、という気がした。明日でも、来週でも、もうきっと。

そしてわたしは会社の誰にも、今日のことを話さない。浦上くんって意外と喋るんですよ、なんて誰にも教えない。ひそやかな記憶としてしまっておく。

あの日、彼とふたりで歩いたこと。俺ぐらいにしといたらええのに、と言われたこと。あの真摯なまなざし。それらのことも、今まで大事に心の奥にしまって生きてきた。

先月彼から送られてきた年賀状には、写真があった。まんまるな顔をした赤ちゃんと、その赤ちゃんを抱く妻と、その妻の肩を抱く彼。もう片方の手は、赤ちゃんのかわいらしい足に添えられていた。きっと礼司にも、同じものが届いたはずだ。

元気ですか？　またみんなで集まりたいね。下のほうに、手書きでそんなメッセージが添えられていた。たぶん礼司への年賀状にも、同じことを書いたのだろう。かつては親しかった、でも今は遠い友人たちへ書き送るためだけに連ねられた言葉。

「山口さんのその、声の色、見えないようにする方法はないんですか」

浦上は先ほどと同じようなことをまた問う。目を開けてたら見えへんよ、と今度は、ちゃんと答えられた。

「目を閉じている時に瞼の裏に色が浮かぶから、目が開いてる時にはわからへん」

じゃあずっと、目を開けてればいいと思いますよ、と浦上はまじめな顔で言う。

大股《おおまた》でわたしから数歩前に進んだ。

「だって、好きなんでしょ。その人のこと」

好きなんでしょ、という言葉に答えようとして、うまく声が出せない。一メートルも離れていない浦上との距離が、果てしなく遠く感じられた。

「恋人でいたいんでしょ、その人と。これからも」

なぜだかまた、窓際に置いたみかんを思い出した。礼司が送ってきたみかんを、わたしは食べたことがない。

みかんは嫌いだと、かつて礼司に何度も何度も話したことがあったはずだ。でも、礼司は送ってきた。わたしの嗜好を、いつまでたっても覚えられない。覚えてくれない。

どうしてと訊ねたら、終わるような気がしている。なにかが終わってしまう。

黙っているわたしから目を逸らして、浦上は空を見上げた。

「ほんとに、空気がきれいですね」

あの日、俺ぐらいにしといたらええのに、と言った彼とそのまま一緒に歩きつづけたら、今とは違う場所に行けたのだろうか。選ばなかった道は、白くまぶしい。選ばなかったからこそ、なのかもしれない。

わたしはこれからもきっと、礼司の恋人であるというただひとつの事実にしがみついて生きていく。時々、あの日の彼の真摯なまなざしを思い出して、あんなふうに言ってくれる人が自分にもかつてはいたのだと、古い記憶で身体を温めて。震えながら、凍てついた道を歩いていく。

ざくざくと、雪を踏みながら歩きつづけた。浦上はもうそれ以上、なにも話さなかった。いろんな大きさとかたちの靴に踏まれた雪はもう白くも美しくもなく、どろどろに汚れていた。

澄んだ空気のむこうに、会社の看板が見えてきた。

「思ったより遠かったですね」

振り返った浦上が白い息を吐く。

「そうやね」

遠かったね。そう答えたが、声が震えて困った。ほんとうに。思っていたよりずっと、遠かった。

ひなぎく

突然鼻先に真っ黒な物体がつきだされたから、思わずのけぞってしまった。わっという声も出る。なんだこれは。

「どうしたの、これ」

おれの正面に座っていた笛木《ふえき》がアキコさんに向かって訊ね、サリーをまとったアキコさんは「あかつきマーケットの和菓子屋さんで買ってきた。お彼岸《ひがん》だから。サービスね」と答えた。真っ黒な物体の正体はおはぎだった。

なんだおはぎか、と椅子に座りなおすおれを見て「浦上は意外とビビリなとこがあるよな」と笛木は笑い、まあでも予期せぬタイミングで現れたら確かに驚くビジュアルかもな、真っ黒やし、と続けた。本場インドのカレーの味、と銘打った店で、きらびやかな神様の像やらタペストリーやらにかこまれてナンをちぎっているタイミングでの登場は確かに「予期せぬ」だ。アキコさんは「このお店のおはぎ、おいしいよ。うちの夫も大好き」と厨房《ちゆうぼう》のほうを見る。

アキコさんの夫はインドから来た人だが、もう二十五年以上日本に住んでいるのでどうかすると純日本人のアキコさんよりずっと日本語を知っているというが、めったに厨房から出てこないため、おれは話をしたことがない。笛木とともにおよそ五年以上、月に一度か二度ほどのペースでここでカレーを食っているが、いまだに。

　これまでは接客はおもにアキコさんがおこなっていたが、先月からバイトの女の子が新しく入った。

「けっこうおなか目立ちはじめたと思わへん？」

　アキコさんは自分の腹部に手をやるが、まだそこまで変化はないように思える。現在、妊娠二十二週目だという。きたるべきアキコさんの出産・育児にそなえて雇い入れられたという葉山ひかりちゃんは今、厨房に近いテーブルでおしぼりを補充している。会社員をやっていたのだが、ちょっと前に辞めたらしい。調理の学校に入るためだ。

　二十四歳にもなって自分のやりたいことがようやく見えたって、なんか遅過ぎて恥ずかしいんですけど、でも頑張ってみようと思うんです、とひかりちゃんは目を伏せていたが、なんとなく宅配ドライバーの仕事を続けているおれと、「食うためと割り切って」スイミングスクールに勤めている笛木はみょうに感激してしまい、「遅くない、遅くないって。すごいよ、すごい」と何度も繰り返した。

　笛木がおはぎを食べながら、ひかりちゃんをちらちらと盗み見ているのがわかった。

中学時代から数えて十数年来のつきあいだが、その間笛木が女の子に惚《ほ》れる瞬間を何回も目撃し、ほぼ同じぐらいの回数その女の子にふられた笛木をなぐさめるということをやってきた。残念だが、今回もきっとそうなる。

笛木は見た目も悪くないし、性格だって悪くない。多少粗忽《そこつ》なところがあるだけで、いたって気のいい男だ。でも、ふられてしまう。「いい人なんだけどねー……」と、女の子たちはきまって語尾をあやふやにする。

おしぼりの補充を終えたひかりちゃんは機敏な動作で厨房へ入っていく。小柄で薄い眉がなんとなく幼い印象を与える彼女がまめに立ち働く様子はいかにもけなげで、笛木がそこに惹かれていることはまちがいなかった。

「あーあ、いいかげん彼女欲しいなー。浦上、俺ひとりぼっちでさびしいー」

先日、アキコさんの店ではないチェーンのカレー屋で笛木がぼやいていた。ひとりぼっちって、とおれはちょっと驚いた。

「今おれと一緒にいるのに」と答えたら、笛木は「いや、浦上は男やん」とむくれた。その時ちょうど店員がカレーを運んできたから、その笛木の発言にたいしてそれ以上言葉を返さずに済んで、だから良かった。

「食べへんの、それ」

おはぎを食い終えた笛木の唇の端がちょっと黒くなっていた。箸がなかったらしく、おはぎの脇にはフォークが添えられている。半分に割って口に入れた。薄暗い通路。骨の匂い。螺鈿《らでん》のきらめき。

取り落としたフォークが皿の端にぶつかって、いやな音を立てる。

「……どうした？」

笛木が心配そうに、おれを見ている。咳きこみながら、なんとか頷く。

「ちょっと昔のこと思い出して」

十数年ぶりに食べたおはぎの味で、古い記憶がよみがえったのだろう。薄暗い通路。骨の匂い。螺鈿のきらめき。母は彼岸には、かならずおはぎをつくって螺鈿の重箱につめた。

浦上家の先祖代々の墓は、山の上にあった。母はまず、バケツやらほうきやらを携えて、そこへ向かう。野ざらしだから、掃除は楽じゃなかった。それを「よめのやくめ」と言う父は、自分では数えるほどしか墓の掃除をしたことがない。

ごく幼い頃おれは「よめのやくめ」を墓の掃除を言いあらわす単語だと思いこんでいて「よめのやくめ、ぼくもいく」と母にくっついていき、墓石をタオルで拭いたりほうきで落ち葉をあつめたりしたものだった。そうちゃんはやさしいのね、と母はよく言った。聡也《そうや》というおれの名を、母はそのころそんなふうに呼んでいた。

ひとりっ子のおれは、母に用事がある時は、たいていついていった。墓参りじゃなくっても、だめだと言われないかぎりは。大人の用事に参加しても静かにしていられる子どもは、ただそれだけで褒められる。それが嬉しくて留守番を拒《こば》んでいたのかもしれない。そういう子どもだった。

「よめのやくめ」が終わると、今度は母の実家の墓参りに行く。そちらは公園墓地の中にあって、たいてい母のきょうだいの誰かが先に来ていて掃除を済ませてあるから、線香を供える程度で済む。

そして最後に、ある寺に行く。山の中にある寺だ。そこは墓ではなかった。納骨堂というのだと、母がおれに教えた。

ずらりと位牌《いはい》が並ぶ薄暗い通路を進んでいく。山に面しているせいで、昼でも光があたらないのだ。幼稚園、家、公園、先に行ったふたつの墓、その他どの場所でもけっして嗅《か》いだことのない匂いが漂っていた。線香とかびと、供えられた干菓子のほの甘い匂いが混じった、わけのわからない匂い。当時のおれはそれを骨の匂いだと思いこんでいた。この細長い空間には無数の人間の骨がおさめられていると知って。

母は螺鈿の重箱からおはぎをひとつ、紙皿にうつして供える。さきの二つの墓でしたのと同じように、線香を立てる。ただ手を合わせる時の横顔だけが違っていた。薄暗い納骨堂で目を閉じて両手を合わせる母はいつも、知らない女の人のように見えた。

あれ、誰におまいりしてるの？　あそこに入っているのは、誰の骨なの？　一度だけ母に訊ねたことがある。さきの二つの墓の下にいる人たちについては「お父さんのおじいちゃんとその家族」とか、「お母さんのお父さん」とか、そういう説明がなされていた。

ひなぎくのような人や。母はそう答えた。そうちゃんの知らん人や。

アキコさんの店を出た。

いきなり口数が減ったおれに、笛木はなにも訊ねなかった。思い出した「昔のこと」についても。そのくせ、どっか遊びに行こうや、などと誘ってくる。日曜日の午後で、道は空いていそうだった。

「ああ、うん、行こうか？」

車のキーを取り落としそうになりながらも、なんとか平静を装った。

笛木とおれは会っても飯を食うか酒を飲むか、ただそれだけで、店を出た後には「じゃあ、またな」と別れるのが常だった。笛木が遊びに行こうと言い出すことなどめったになかった。

「男とふたりで映画観るとか買い物するとか、ぜんぜんおもんない」と口ぐせのように言う笛木がこんなことを言い出すのはだから、おれに気を遣っているのに違いなかった。

助手席に乗りこんだ笛木は、車の中を見まわし、飾りっ気ゼロやな、と呟いた。

たしかに車の中にはなんにもない。そもそもおれは、父親から譲り受けたこの車に滅多に乗らない。通勤は自転車だし、休みの日もよほど遠くに行くのでない限りは、自転車で事足りてしまう。

「どこ行く？　浦上」

寺とか、とおれはキーをまわしながら答える。

「お前、寺とか興味あんの」

渋いなあ、と笑った笛木はそれから「まー、ええけど。寺でも」と窓の外に向かって呟いた。

滅多に乗らないけど、でも今日は、車に乗ってきてよかった。笛木が助手席にいる。車の中に、生け捕りにした。いつでもおれのすぐ近くにいるくせに、けっしておれの隣に留まろうとはしない笛木を。

車が動き出す。このままどこかに連れ去ることもできるんだ、などと、不穏なことを考えるおれの心中など知るよしもない笛木は楽しそうに窓の外を眺めている。

「俺も車買おうかな。そしたらドライブとか誘えるよな」

「ひかりちゃんを？」

前を向いたまま訊ねた。運転に集中しているんだ、というふりで。

「うん。あの子、いま彼氏おらんらしい」

へえ。ちっとも興味はないけど一応、という態《てい》で頷く。

「浦上はどうなん」

最近どんな感じなん、と主語を省いて笛木は言い、あの図書館の子と別れてどれぐらい経《た》った？　と続けた。図書館の子、とおうむ返しに呟いてから、ああ長崎《ながさき》さんか、と思った。

「一年、ぐらいかな」

一年かー。笛木は窓の外を見ている。長いと思っているのか、なんだまだその程度か、と思っているのかは判断ができかねる。

「会社で、出会いとかないの」

なぜか、山口さんの顔が浮かんだ。

「ないよ」

山口さんには、遠くに住んでいる恋人がいる。たくさんの嘘をつくらしい、恋人。あの子、ちょっとイタいとこあるよな。以前、会社の女の人たちが、そう話しているのを聞いたことがある。山口さんって思いこみが激しいっていうか、なんか、見てると心配になるんですけど、等々。

声の色が見える、と山口さんは言っていた。おれの声は透明なのだと。ほんとうかどうかは知らないが、透明だというのはきっと勘違いか、それこそ山口さんの思いこみなんだろう。透明なんていう、そんなきれいな声を持っているはずがない。あさましいことばかり考えている、このおれが。

あの雪が降った日。ひとりでバスを待っていた山口さんはなんだか、迷子の子どもみたいに頼りなく見えた。ふだんは職場の人とは、あまりプライベートなことは喋らないようにしている。噂好きな人が多いな、という印象があるし。でもあの日の山口さんは、なんとなくほうっておけなかった。

しばらくはとりとめのない話をしていたが、一時間もしないうちに笛木の口数が減った。信号待ちで見たら、目を閉じていた。

笛木、と呼んでみる。返事はなかった。寝てしまったらしい。首が傾いて、前髪が揺れた。信号が青に変わり、しぶしぶ前を向く。

浦上くんは私のことが全然好きじゃない、と長崎さんは泣いた。長崎さんは、笛木が一時期片思いしていたフラワーショップの女の子の友だちだった。

どこかに遊びに行こうや、と誘った笛木にたいして、そのフラワーショップの女の子は「ふたりでは無理だけど、大勢でならいいですよ」と答えたそうだ。

その時点で脈はなさそうだったが、笛木は「あきらめたらそこでゲームオーバーや」とかなんとか言い出して男女四人での花見を計画し、そこでおれと長崎さんは出会った。

あの長崎さんって子、浦上のこと気に入ったらしい、と後日笛木に耳打ちされ、電話番号を教えてもいいかと問われた。おれは「いいよ」と答えたと思う。すぐに長崎さんから電話がかかってきて、何度か会った後に「つきあってください」と言われて、やっぱり「いいよ」と答えた。

浦上くん。長崎さん。初対面の時の呼びかたが別れるその日まで変わらないような、そういう関係だった。

その長崎さんはある日突然、怒り出した。連絡するのもいつも自分からだし一緒にいてもちっとも楽しそうじゃないし全然自分のこと話してくれないし、つきあってるのに片思いみたい、というようなことを一気にまくしたてられて、なんと答えてよいかわからずに黙りこんでしまった。そしたら長崎さんは「浦上くんはきっと、ほんとに人を好きになったことがないんやね」と去っていったのだった。

太陽がまぶしくて、日除けをおろす。眠っている笛木の眉間にかすかなしわが寄る。唇がむにむにと動いて、また結ばれた。まぶしくない方向に向かって走ろうと、車を左折させる。このましばらく、眠ってくれたらいい。そのほうがいい。

長崎さんのことは、好きじゃなかったわけでは決してなかった。というか、好きになれるような気がしていた。一緒にいるうちに、いつか。すこしずつ。

長崎さんが「読書が趣味というより本という物体そのものが好きで、好みの装幀《そうてい》に出会うと二冊買ってしまう」というような話をしている時の様子や、白いシャツのボタンをいちばん上までとめて着るのが似合う外見や、いつもハンカチにぴしっとアイロンがかかっているところを好ましく思っていた。

だけど君の身体に触れたいとは思わない、と正直に言ったらやっぱり、長崎さんは泣いたのかもしれない。

触れたいと思わないのは、別に長崎さんに限ったことじゃないんだ。そう言えばよかったのだろうか。高校の頃にひとり、社会人になってから長崎さんを含めずにあとふたり、女と「つきあう」をおこなったことがあるが、いずれも同じだった。女は、おれの欲望を引き起こさない。男も試してみたが、同じことだった。

ほんのすこし疲れた。コンビニの看板を見つけて、駐車場に車を停める。ワンボックスカーの奥に車を入れたから、助手席側に壁ができたようなかっこうになった。笛木はまだ目を覚まさない。いよいよ、生け捕りにした、という気分が高まる。

六歳の頃からスイミングに通っていて、今も毎日プールに入っている笛木はいつ会っても髪がさらさらして、頬《ほ》っぺたはつるつるで、水で洗われ続けるとこんなきれいな生きものができあがるのか、という感動をおれに与えてくれる。

ほんとに人を好きになったことがないんやねと言われた時、思い浮かんだのは笛木の顔だった。

笛木のことを、誰よりも近くで見ていたい。笛木の発する言葉を一語も漏らさず聞きとりたい。笛木が笑うと嬉しい。隣にいる笛木が他の誰かのことを考えているとわかる時、地団駄を踏みたくなるほどくるしい。

けれどもやっぱりその笛木にも触れたくない。きっとなにかが著しく欠損している。好きな相手の身体にさえ触れたいと感じないのは、きっと普通じゃない。

長崎さんは悪くない、おれが普通じゃないだけなんだ、そう言えばよかったのかなとも思ったけれども、違うんだろう。長崎さんだって、自分に落ち度がなかったことぐらいわかっている。

笛木の眉がぎゅっと寄った。うう、と小さく呻く。目が開かれて、ひどくまぶしそうにおれを見る。

「え、もしかして寝とった？　今」

うわー寝る気なかったのに、ごめんな、と狼狽している。別にええって、と視線を逸らした。

浦上と一緒におったらリラックスし過ぎて、すぐ寝てしまう。笛木はあくびまじりに言って、目をこすった。

寺へは結局、行かなかった。ただぐるぐる車を走らせて、笛木を家まで送って、それで終わった。

帰り際、明日ひかりちゃんを映画かごはんか花見に誘う、と笛木は言い、おれは花見はやめとけ、と答えた。笛木は花粉症気味で、長崎さんたちとの花見の際にもずっとティッシュの箱を抱えて鼻をずびずび言わせていた。フラワーショップの女の子に振られた理由がそれだとは思わないが、まあんまりかっこいいもんじゃなかった。

ひとり暮らしの部屋に帰って、棚から英和辞書を引き抜いた。辞書の裏表紙には、浦上聡也ではなく、母の名が書いてある。中学生の頃、母にもらったものだ。家で高校受験の勉強をしている最中に、友だちの家に辞書を忘れてきたことに気づいた。そうしたら、母が学生時代につかっていたという英和辞書をくれたのだった。

「お母さんはもうつかわへんから、あげるわ」

自室に戻って、ぱらぱらめくったら、写真が一枚挟まっていた。古い写真だった。たぶん、母もそこに挟んだことを忘れていたんじゃないだろうか。

セーラー服の女の子がふたり。教室で、ひとりは椅子にすわり、もうひとりは行儀悪く机にすわっていた。なんと、行儀の悪いほうは母だった。目鼻立ちは変わらないのに、いたずらっぽく微笑む口もとや瞳の強い輝きが、おれの知っている母とはまったく違っていた。

両脇にも誰かいたようだった。ようだった、というのは、両端が切り取られていてよくわからないからだ。それぞれ、腕と肩の一部だけ残っている。ふたりきりの写真が欲しくて、母は写真の両側の人物を切り落としたのだろう。

【dai-sy】という単語に、赤い線が引いてあった。だから、わかった。ひなぎくのような人。

椅子に深く腰かけ、背筋を伸ばして、膝の上で両手をきちんと揃《そろ》えて微笑む少女は、可憐《かれん》だった。かわいい、ではなく。可憐という使い慣れぬ言葉がしっくりくる少女と母の写真からは秘密の匂いがした。こんなの挟まってたよ、と気軽に言えない匂いだ。

居間を覗いてみると、父が野球中継を見ていた。ビール、と画面に目を向けたまま言い、傍《かたわ》らの母が台所に立った。栓《せん》を抜いた瓶と伏せたグラスを盆にのせて運ぶ。見慣れた光景だった。特別に仲が良くも悪くもない両親だと思っていたが、あの写真を見た後ではなにもかもが気になってしかたがなかった。父が「ビールを持ってきてほしい」ではなく、ビール、と単語で母に命令をくだすこと。ビールを運ぶ母の視線がけっして父の顔に向かないこと。

ひなぎくのような人はいつ、どうして死んだのか。母は彼女が好きだったのか。相手はそれを知っていたのか。好きだったのは間違いないだろうが、その「好き」はどんな種類のものだったのか。

ずけずけと訊ねることは憚《はばか》られた。だからわからないままで、写真は今もここに挟んである。ゆっくりと、辞書を閉じた。

アキコさんの店に行きたい、と思いたったが、定休日だった。笛木は、あれから連絡がない。気まぐれなドライブをした日からもう、一週間以上過ぎた。

今日はどうしてもカレーが食べたい。商店街やあかつきマーケットがある方向とは逆にむかって歩いていく。自転車に乗るとけっこう遠くまで行ってしまうから、アパートの周囲のことはかえって知らない。まあなんかあるやろ、と思いながら歩いていく。

赤い頭巾をかぶった水色の、たぶんクマの着ぐるみが、ティッシュを配っていた。なんじゃありゃ、と思ってから、それがあかつきマーケットのキャラクターであることを思い出した。事務所の女の人たちがいつか話していた。あかつきマーケットは経営不振で、取り壊しがきまっているらしい。取り壊された後にはマンションが建つという。再開発、というやつだ。

暁町には、まだ多くの文化住宅が残っている。これらをすべて取り壊してどこにでもあるようなマンションがいくつも建てられた街がきれいかというと、それもまた違う気がした。

水色のクマは、よく見ると犬のようでもある。手押し車を押したおばあさんがふたり、あらあら、とか、まあまあ、と言いながらクマのような犬のような着ぐるみからティッシュを受け取って、がんばってねえ、と傍らの眼鏡をかけた若い男に声をかけた。

若い男が、おれにティッシュを差し出した。あ、と口の中でもごもご呟いて受け取る。ふだんは受け取らないのだが、呆気《あっけ》に取られていたせいでさりげなく距離を取るのを忘れていた。

「ありがとう、あかつきん。さっきのが最後の一個だよ」

通り過ぎたら、背後でそんな声が聞こえた。見ると、眼鏡の若い男は頬を真っ赤にして、着ぐるみに何度も頭をさげている。あかつきん、と呼ばれた着ぐるみは「いえいえ」というように、片手を振っていた。

「あ、握手してくれる?」

「あかつきん」が自分の胸に手を当てる。身体が斜めに傾ぐ。「握手? あなたとわたしが?」と訊ねているように、おれの目には見えた。

「握手、お、お願いします」

おずおずと、若い男が手を差し出す。「あかつきん」は、もこもこした手を、自分の腹あたりにしきりにこすりつけている。手汗? 手汗を気にしているのか?

若い男の手が、「あかつきん」のもこもこの手に包まれた。

「ありがとう」

わたしこそありがとう。そう言っているかのように、「あかつきん」が頭をちょこまかと動かした。

へんてこなものを見てしまった。交差点にさしかかり、横断歩道の向こうで、うつむき加減に立っている女に気づく。ひかりちゃんだ。

「浦上さん、こんにちは」

向こうも、俺に気づいたらしい。休日のひかりちゃんは、ごくふつうのワンピースを着た、ごくふつうの女の子だった。エコバッグから長ネギがのぞいている。

「この近くに住んでるんです、わたし。浦上さんも？」

「いや、カレーを食べられる店を探しつつ、ぶらぶらしてた」

「だったら、おいしいお店ありますよ。隣町ですけど」

ひかりちゃんは場所を口頭で説明するのが苦手らしく「途中まで案内しますよ、ひまだし」と返事も聞かずにどんどん歩き出す。

「ええの？　家に帰る途中やったんちゃう？」

「お昼ごはんの材料買っただけなんで。つくるのも食べるのも、わたしひとりですし」

「ひとり、なんや」

部屋で待っている笛木の姿を勝手に想像していた。

笛木とひかりちゃんがうまくいくといいなと、本気で思っている。笛木が喜ぶなら。でも同じぐらい、そうなったらいやだ、という気持ちもある。相反する感情がそれぞれ、おれの両肩にのっかって、てんびんみたいに水平を保つ。いっそどっちかに傾くほうが、楽なのに。

「そうですよ、ひとりです」

ひとりでいいんで、と言うひかりちゃんは、おれの斜め前をずんずん歩いていく。

「ひとりでいい、か」

「彼氏とか友だちとかそういうのは、ちゃんとひとりで飛べるようになってから。

そう、決めてるんで」

「飛ぶ」

飛ぶの？　ひかりちゃん鳥なん？　面食らって立ち止まったら、ひかりちゃんも足を止めた。

「鳥じゃないです、わたしは蝶です」

笛木。心の中で名を呼ぶ。この子、けなげで良い子というだけじゃないのかもしれない。結構かわってるぞ。だいじょうぶか。

「そうか。蝶……蝶なんや」

おれは慎重に頷いた。蝶です、とひかりちゃんは至ってまじめな顔で頷く。

「あの、ひとりでいいんだってことは笛木さんにもちゃんと、言ったので」

それでようやく、理解した。笛木は、ひかりちゃんにふられた。

「……そうか」

「はい」

どちらからともなく視線を外して、また歩き出す。隣町のカレー屋へは、もうすこし距離があるようだ。

「……うーん」

なにを喋って良いのかわからない。笛木のどこがだめだったかなんて訊ねたらひかりちゃんにへんなプレッシャーを与えてしまうかもしれない。

「ごめんなさい」

突然、ひかりちゃんが頭を下げる。

「なんで謝るの」

「浦上さん、笛木さんの友だちだから」

怒ってるかな、と思って。ひかりちゃんは長ネギ入りエコバッグを持ちかえる。

「浦上さんの友だちを傷つけた、ということだから」

「そんな、小学生やあるまいし」

中途半端に期待をもたせるほうがよっぽど笛木を傷つけるんやで、と言った瞬間、風がふいた。どこからか花の匂いがした。なんの花だろう。おれは花の名前を、あまり知らない。

「たしかにおれは笛木が好きかもしれんけど」

いきなりなにを言ってるんだ、と自分でもびっくりしながら、それでも続けた。

「それは友だちとして、とはたぶん違って」

「違う……違うんですね」

ひかりちゃんはなにかを考えているように視線を動かして、それからまじめな顔でうなずいた。

「はじめて会った時からずっとそうやった。自分でもようわからへん。ただ笛木は他の男とも女とも違う。おれにとっては」

言ってしまってから、知ってほしかったんだと気づいた。母のようにひっそりと思いを英和辞書に挟んで終わらせるのではなく。笛木本人じゃなくてもいい、誰かにおれの気持ちを知っていてほしかったんだと。

その相手がどうしてひかりちゃんなのかというのは自分でも謎だったが、たまたま目の前にいた相手だったからとも言えるし、笛木が好きになった女の子だからこそ、とも言えた。

君があっさりとふった男のことを何年も見つめてきた男がここにいるんだよとあえて知らせたくなった衝動に、ほんのすこしの悪意がからんでいることは否めない。おれはもともとそんなに、心の清い人間ではない。

自分の欲望が誰にも向かわないこと。ほんとに人を好きになったことがないとかって責められたこと。誰にも言えなかったことを、ひといきに喋った。

ひかりちゃんは黙ってそれを聞いていたが、やがてためらいがちに口を開いた。

「……いいんじゃないですか、わからないまま好きでいても」

「友だちとして」とか、「恋愛対象として」とか、いちいち分類しなくても。というひかりちゃんの言葉に、そうかな、と首をひねる。

「ずるいような気がする」

「ずるい、ですか？」

自分でもよくわからないようなものを抱えているくせに、友だち然とした面《つら》で笛木の傍にいるのは、なんだかすごく、フェアじゃない。

「……わたしにも、います。とても好きな人が」

前に勤めてた会社の人です、と言われてようやく、笛木がふられた理由を理解した。しかしひかりちゃんは両手を振る。

「あ、笛木さんとつきあえないことと、その人は関係ないです。その人、結婚してるし、お子さんもいらっしゃるので。電話番号も知りません。辞めたから、もうずっと顔も合わせてませんし」

「……でも、あきらめられない、っていうこと？」

ひかりちゃんは首を傾げる。おれの質問の意味をはかりかねたらしい。しばらくして、ああ、とうなずく。

「そういうんじゃないんですよ。つきあいたいとか」

自分自身「わたしはこの人の恋人になりたいと思っているんだ」と思いこんでた時期があったんですけど勘違いでした、と話す。一語一語たしかめるように、ゆっくり発声しながら。

「おかしいですよね、自分の気持ちなのに、自分で勘違いするって。一度、好きですって伝えたこともあります。困った顔してた。でもその時やっと、奥さんから奪いたいとか、わたしのことを好きになってほしいとか、そういうふうに思ってたわけじゃなかった、と気がついたんですよね。今になって考えると、ドラマとか漫画とかでよくある『妻子ある男性を好きになった女の人』の感情のパターンに、自分から寄せてたような気がするんです、無意識のうちに。こういう立場に置かれたら、普通こう思うでしょ、みたいなパターンに。普通はこうでしょって」

その人に誇れる自分になりたいと思って、会社を辞めた。もしも会えた時には胸をはって、ちゃんと自分の翅で飛べています、と言えるようになりたいのだそうだ。

わたしにとってはその人は、神様とか、太陽とか、そういうものに近いかもしれません、とひかりちゃんは言って、おれの顔をじっと見ていたが、やがて大きく息を吐いた。

「……浦上さん、笑わないんですね」

「え、今の笑うとこやったん？」

びっくりして問うとひかりちゃんは首を振った。以前、人に話したら笑われたのだそうだ。そんなのはきれいごとだと。ほんとに好きならば、自分のものにしたいと思うのが「普通」だ。そうでないなら、それは「好き」とは言えないのだと。やせがまんをしているだけなんじゃないのかと。

さっきのは、安堵のため息だったらしい。

母はどうだったのだろうか。ひなぎくを手折って、自分のものにしたい、とは願わなかったのだろうか。今さらたしかめることもできないけれども。

「でもわたし、いいと思うんです。浦上さんの『好き』は、ただの『好き』で。『友だち』とか『恋愛対象』とか細かくパターンを分類しなくても。その人の好きは、その人だけのものです。わたしたちの『好き』はわたしたちのものです。世間にすでに存在するパターンに当てはまらないからって、ほんとに人を好きになったことがないなんて決めつけられたくない。そう思いませんか」

すぐに声が出なかった。何度もうんうんと頷きながら、よかった、と思った。笛木が好きになった相手が素敵な子で、よかった。

また風がふく。花の匂いはもうしなかった。

あ、カレー屋さんが見えてきましたよ、とひかりちゃんが前方を指さして、えっどこどこ？　と応じるおれの声はむやみに弾《はず》んでいた。目指すカレー屋のものらしきスプーンを描いた黄色い看板が視界に飛びこんできて「おー」と思わず声をあげる。それからふたりして、ちょっとだけ、歩くスピードをあげた。

消滅した王国

返却カウンターの上にちょこんとあごをのせるふたりの女児。時折もれる、謎の笑み。あなたたちの親は、いったいどこにいるのかな？

バーコードリーダーをあつかう私の手と顔に交互に視線を注ぐ四つの眼がきらきらしている。目鼻立ちがよく似ているから、きっと姉妹だ。服装も同じような、フリルのついた黒いＴシャツにチェックのスカートだし。

「おねーさん、けっこんしてないの？」

「ゆびわ、してなーい」

来たぞ来たぞ。身をかたくする。図書館で働くようになってからの五年で知ったことは、子どもは結構知らない大人に話しかけてくる、ということ、そして、しょうもないことに興味を持つ、ということだ。結婚してないのって？　どうでもいいじゃないですか。ほっといてほしいです。

「本、ぜんぶ返した？」

そう声をかけたふたりの女に、女児たちが駆け寄る。帰りにドーナツを買っても良いかとか喉がかわいたとか、てんでんばらばらに喋りはじめた。ねーねーママ、と呼びかける相手がそれぞれ違うところを見ると、そっくりなふたりは姉妹ではなかったらしい。

目が合うと、母親のひとりが天井を指さすような仕草をして「十時からですよね?」と言った。私は頷く。この市立図書館の二階では毎週土曜日に、絵本の読み聞かせイベントがおこなわれている。四人はどやどやと階段を上がっていった。

ふう、と息を吐きながら腕時計を見る。今日は午後から半休をとっているのだった。玲実《れみ》の家に行く予定になっている。

なにがあったというわけでもないけどなんだかばたばたしていて、今年は桜を見に行けなかったの、と言っていた玲実のために、あかつきマーケットの中の和菓子屋さんに行った。小学六年の頃からの友人である玲実は、以前は大きな音楽教室に講師として勤めていた。

結婚してまもなく「これからはのんびり教えるのもいいかなって思いはじめた」という理由で、その音楽教室を辞めた。みんながピアニストをめざしてるわけじゃないもんね。そう言って、自宅マンションの一室で個人ピアノ教室をはじめた。生徒は多くない。習いに来る子も趣味なら、教えてるほうも趣味みたいなもんだね、と笑っていた。

あかつきマーケットの入り口のはり紙に足を止める。

九月末日をもちまして、あかつきマーケットは六十一年の歴史に終止符を打ち、閉店することとなりました。皆様永らくのご愛顧をありがとうございます。戦後まもなく生まれた市場を「あかつきマーケット」と命名し云々。

「閉店するんですか」

桜餅《さくらもち》のパックに包装紙をかけていた和菓子屋の店員さんは、私の質問に顔を上げて、すぐに伏せた。

「そうなんですよ。うちは移転の予定で今物件探し中なんですけど、商売じたいやめちゃうお店も、いくつかあるみたい」

まあ、古い市場だし、みんな年寄りで後継ぎもいないしね、今時はやらないですよねー市場なんて、時代の流れですよ、という言葉に、俯く。なぜか、すみません、と言ってしまいそうになる。めったにあかつきマーケットを利用していなかったくせに、なくなるのはさびしいと思うのは、ずうずうしい気がする。

「あの、お花屋さんは」

「ああ、あそこもうちと一緒、移転組」

「そうですか、よかった」

あのお花屋さんでは由奈が働いている。帰りに覗いたけど、姿が見えなかった。

今日は出勤日ではないのかもしれない。

あかつきマーケットを出たところで、もう一度はり紙を読む。余白には、あかつきんという、見ようによってはかわいいと言えなくもない、みょうちきりんな生物の絵が描かれていた。

商店街にさしかかったら、ふしぎな匂いがした。

あのお店だ。歩きながら発見した。商店街のカレーのお店。ふしぎな匂いは、スパイスの匂いなのだろう。何度かこの商店街を利用しているけど、あのお店に入ってみたことは一度もない。

いつもそうだ。入ったことのない店。食べたことのないメニュー。どうしても、尻込みしてしまう。

髪形はもう八年ぐらいずっと顎《あご》のラインで切り揃えたボブで、眼鏡のフレームはいつも黒。服を買う店も、そこで買う服の色も、だいたい同じ。同僚と外でごはんを食べる時も「期間限定」みたいな料理を頼むことはけっしてない。だって、はずれだったら嫌だから。がっかりしたくないのだ。

そんな生活してたら一生新しい出会いなんかないよ、と言ったのは由奈だ。だってあんた、判で押したような毎日ってやつをおくってるでしょう。

由奈とは、玲実を通じて仲良くなった。由奈と玲実は料理教室で知り合ったのだそうだ。玲実は明るくて優しいからみんなに好かれる。まるで呼吸をするかのように自然にどんどん友だちを増やしていく。

由奈のその言葉に「今のままの私じゃ、だめだ」とひどく焦った時期もあった。新しい出会いを探さなければ。自分の世界を広げなければ。強迫観念にも似た思いを抱えて、由奈に連れられ初対面の男女複数名で飲食するような場に参加するようになった。でも慣れぬことを続けて、くたくたになってしまった。二週間に一回ぐらい、原因不明の熱にうかされもした。

玲実と由奈と三人でお酒を飲んだ時、酔って「世界って広げなきゃだめなん?」と泣いたことがあって、今考えると私の精神はその時すでに限界を迎えていたのだと思う。

玲実は「広げなくていいよ」と言いながら背中をさすってくれた。だって世界って、果てしないんだよ。どんなに頑張ったって人間ひとりが広げられる領域なんてたかが知れてるよ、と。

「長崎めい」という自分の名が、子どもの頃から気に入らなかった。あまりにかわいらしすぎて似合わない気がしていた。小学生の時、玲実が「長崎だからサキちゃんね」と命名してくれて、それ以来みんなからサキ、と呼ばれるようになった。

広げなくていい。玲実のその言葉に、すうっと心が楽になった。

由奈の誘いには「気が向けば行く」と答えるようになった。由奈もそんな私にとやかく言うことはなく、じゃ気が向いたら来てよ、と笑ってくれた。

浦上くんと出会ったのは、そういう時期だった。

浦上くんは、一年ぐらい前にちょっとだけつきあった男の人だ。由奈からフラワーショップのお客さんにお花見に誘われたんだけど、ふたりきりで会いたくないから私を助けると思って来て、と言われて「そういう理由なら」という感じで承諾したのだった。

　そのフラワーショップのお客さんが連れて来た友だちというのが、浦上くんだった。

　第一印象は、やたら背が高くて地味な顔の人だな、悪くはないな、という程度だった。

　浦上くんは自分からはあまり喋らないけど、みんなの話はうんうんと興味深そうに聞いて、さりげなく飲みものを補充したり、寒くないかと訊いてくれたりした。「悪くはないな」を「この人、好きだ」に変化させたのは、蜘蛛《くも》だ。

料理の上に大きめの蜘蛛が落ちてきたのだ。虫嫌いの由奈が半泣きになった。浦上くんが、さっとその蜘蛛をつまみあげた。ポケットからハンカチを出して、その上に蜘蛛をのせた。

　ちょっと人がいなそうなところに逃がしてくるよ。そう言って、歩いていった。後ろ姿を見ていて、背中がとても広いことに気づいた。

「つきあってください」という私の言葉に、「いいよ」と答えてくれた時は確かに嬉しかった。でも後になって、彼は誰にそう言われても「いいよ」と答えるんじゃないか、と思った。つきあっている女にそう思わせてしまうような人だった。

よく動物園に行ったり、水族館に行ったりしたけど、浦上くんは目の前の動物や魚を、ちっとも見ていなかった。本人は見ているつもりだったのかもしれないけれども、いつもどこか、目の前のものを通り越してその先にある遠くのなにかを見ているように見えた。むろん、隣にいる私のことも見ていなかった。

なにか質問をするといつも、あいまいに濁される。スマートフォンに登録されている私の名前はいつまでたっても「長崎さん」のままだった。

庭に囲まれた一軒家のような人だな、とも思っていた。庭には誰でも自由に入れるけれども、家の扉には鍵がかかっていて、ごく一部の人しか入れない。

私は浦上くんの家に入ることのできる「ごく一部の人」ではない。これから先もたぶん、そうなれない。いったん気づいてしまったら、もうだめだった。浦上くんにずいぶんひどいことを言って泣いてなじった。なじられた浦上くんはただ困った顔をしていただけで、去っていく私をひきとめようともしなかった。

その後、恋人はいない。結婚の予定ももちろんない。でも、そういう相手は無理して見つけるものでもないから、と最近は思っている。たとえ図書館にやってくる子どもに指輪の有無についていじられようとも焦るまい。

商店街を抜けて、電車に乗った。玲実の住むマンションは、五つ先の駅にある。マンション購入時に、電車一本で玲実の実家に行けるところ、という立地にこだわって、旦那《だんな》さんが探してくれたのだそうだ。

マンションの玄関でチャイムを鳴らすと、インターホンごしに玲実のほがらかな声が聞こえる。自動ドアが開いて、エレベーターに乗りこむ。「8」のボタンを押した。

エレベーターの扉が開いた。ちいさい女の子とその母親らしき人が立っていて、同時に「こんにちは」と言い合った。

廊下に玲実が出てきていたが、私を出迎えたわけではなく母娘を見送っていたらしい。

「では、また来週」

「生徒さん？」

そう。玲実はにっこりと頷く。またきれいになったなあ。まぶしく、その顔を見つめる。栗色の髪が肩のうえでやわらかくカールしている。羽織っているカーディガンも、手首で揺れている細いブレスレットも、シンプルなデザインなのに玲実が身につけているとすごく、素敵に見える。

ピアノ教室の生徒の半数は同じマンションの住人らしい。サキと約束した時間の三十分前にはレッスンが終わる予定だったんだけど、お母さんのお仕事の都合で時間がずれちゃったのよ、ごめんね、と両手を合わせる。いつ訪問してもきちんと片づいている居間のテーブルに、いろんなものが散乱していた。生徒台帳、と題されたカードが目に入る。白川結。しらかわゆい、とふりがながふってある。さっきの生徒さんだそうだ。

「新一年生なんだって」

へえ、年中さんぐらいかと思った、と呟くと、玲実は「うん。早生まれで身体がちっちゃいって、あの子のお母さん、いつも気にしてる」と肩をすくめた。

いけないい。他人の外見のことを口に出すのは、品のないことだ。

玲実はテーブルの上を片づけはじめた。本を持ち上げた時におこった風が、あわい水色の便箋《びんせん》を床の上に落とす。

「手紙書いとったん？」

文面を見ないように顔をそむけて拾いながら訊ねる。

「うん。生徒さんにね」

先月からぱったりとレッスンに来なくなった十一歳の生徒がいるのだという。家に電話したら父親が出て、レッスンに行っていないなんて知らなかった、と驚いていたらしい。

「今、妻がアレで、ちょっとごたごたしてます」というようなさっぱり要領を得ぬ説明をされて、アレがなんなのかまったくわからぬまま一方的に電話を切られてしまったのだという。

美麗《みれ》ちゃんっていうんだよ、その子、と台所に立った玲実が言う。はじめてのレッスンの時、先生の名前は「れみ」で、あなたは「みれ」ちゃんなんだね、おもしろいね、と盛り上がったのだそうだ。

「いつも、練習をばっちりしてくる子だったの。レッスンも休んだことなかった。……なにがあったんだろうと思ってね」

それで、手紙を出そうと思いついたらしい。カウンター越しに目が合う。玲実のかたちのよい眉がひそめられている。のんびりやっているピアノ教室にも、いろんな問題が持ち上がるらしい。

「……まあ子どもにも、いろいろあるよね」

私に答えられるのは、しょせんこの程度のことだ。「いろいろある」なんて、月並みな。

子どもは無邪気だ、と思っている人は、自分の子どもの頃を忘れてしまった人たちなのだろうか。私は忘れていない。子どもの頃の私には悩みごとや怖いものが常時三十個ぐらいあって、よく眠れぬ夜を過ごした。明日授業中にお腹がいたくなったらどうしようとか、お母さんとお父さんの喧嘩《けんか》が明日も続いてたらどうしようとか、今思うと些細なことなんだけど、当時はおおごとだった。

「今日暑いからつめたい緑茶にしたよ」

玲実が皿にのせた桜餅とガラスのポットを持ってきた。翡翠《ひすい》の色が、ポットからおなじくガラスのうつわに注がれる。

「手、洗わせてね」と断ってから、洗面所を借りた。

洗面台の上で黒くて小さな何かが動いたような気がした。虫かと思って飛びのいたらただの糸くずだった。飛びのいた拍子に、なにかを踏んだ。見ると、鉛筆が一本、床に転がっていた。

拾い上げてみる。もう半分ほど使った形跡のある色鉛筆。昔は肌色と呼んでいたけど、最近は「ペールオレンジ」と呼ぶらしい。

居間に戻って「落ちてたよ」と玲実に見せると、玲実は「結ちゃんの忘れものかなあ」と首を傾げる。でもなんで洗面所で色鉛筆出したんだろうね、と笑い合いながらつめたいお茶を飲んだ。桜餅の味を、玲実は褒めた。

玲実は、最近太ったことを気にしている旦那さんに合わせて甘いものを食べない日が続いていたから、今日はひさしぶりに和菓子を食べられて嬉しいという話をし、私は図書館に来る迷惑な人たちの話をしていたけれども、話が途切れるたびに、意識がテーブルに転がった色鉛筆に向いた。

午前中に「けっこんしてないの?」「ゆびわ、してなーい」と話しかけてきた女児二名が顔も服装もそっくりなのに姉妹じゃなかったからびっくりした、という話をしたら、玲実はうんうんと頷いた。

「仲良しだと、似てくるのかもね」

私も最近、マサキに似てきた気がする、と夫の名を出した玲実を「のろけだー」

と笑いながら、内心ぎくりとしていた。仲良しだと、似てくる。

姉妹みたいにそっくりね、と言われていた。あの頃、文乃《あやの》と私は。九歳から十一歳までの時期を、恋人のようにべったりと過ごした。毎日のようにお互いの家に遊びにいき、休み時間はかならず一緒にいた。

文乃の部屋には本がいっぱいあった。ここにある本ぜんぶ読んだの、と訊いたら文乃は「あたりまえやん」と胸をはった。自分がなにも知らない子みたいに思えて、恥ずかしかった。もっともっとたくさん本を読もう、と決心した。

ふたりとも同じように、髪を背中まで伸ばしていた。おこづかいをもらった日に一緒に雑貨屋さんに行って、おそろいのヘアゴムを買うという習慣がいつのまにかできていた。

人間ってたぶん、いくつかの色に塗りわけられると思うねん、と文乃がいつか、言っていた。社会の授業で、地図を色わけして塗った日のことだった。

あの人たちは、ピンク。窓際で喋っている、派手な女子のグループをこっそり指し示す。あっちは黒、と隅っこでじゃれあう男子たちを顎でしゃくる。

「私たちは、水色」

文乃は水色が好きだった。ピンクや赤は「押しつけられた女の子らしさの色」として遠ざけていた。この教室の中で、いやこの学校の中で、水色は私たちだけ、ときっぱり言い切った。私たちは特別。他の子たちとは、違う。

「みんなバカばっかり。でもめいちゃんは違う」

本をたくさん読んでいて、私の知らない言葉をよくつかう文乃にそんなふうに言われて、ちょっとこそばゆかった。

「文乃ちゃんのほうがすごいよ」

私たちは他の誰とも違う。そう言い合うのは、楽しい遊びだった。私たちは他にもたくさんの、私たちだけの遊びを知っていた。先生を尾行するゲーム。カタカナの言葉をつかわずに喋るゲーム。思っていることの反対を言うゲーム。

私と文乃は王国に住んでいた。小学校というちいさな世界をちいさく区切った「クラス」というちいさな世界の中で、更にちいさな王国をつくりだし、そこで楽しく暮らしていた。ふたりの王女のように。

私たちは教室では、まるで目立たない少女だった。他の子より本を多く読んでいるなんて、小学生の世界ではなんの価値もない。かわいくもない、勉強やスポーツができるわけでもない。

でもほんとうは、私たちは特別ななにかを持っている。なにがどう特別なのか、それは自分たちにもまだわからない。でもきっと、いつかどこかでそれが露呈し、みんなを驚かせる日が来る。そう思いこむことで、懸命にプライドを守っていたのだ。

でも私はひそかに、自分自身のそれよりも、文乃の「特別さ」があらわになる瞬間を心待ちにしていた。文乃はきっと将来すごい人になるんだと思っていた。私の考えるすごい人とは、才能とかセンスとかそういうものを武器にして生きる人たちのことだ。文乃はきっと、そうなる。本気でそう、信じていた。


「サキ?」

玲実に呼ばれて、はっとする。

「色鉛筆、そんなに気になる?」

「あ、うん。そうそう」

大人のぬり絵とかあるでしょ、だから、とごまかした。玲実は頷き、「私も持ってるよ」と立ち上がった。マガジンラックから一冊引き抜いて、見せてくれる。花や観覧車や小鳥や、そんなかわいらしい絵に、きれいな明るい色が塗られていた。

「やってみる?」

興味ありそうに装った手前断れず、頷く。玲実が三十六色入りだという色鉛筆を出してきた。並んで座り、メリーゴーラウンドの絵に色を塗りはじめる。

「書店のPOPに、心のバランスをととのえる、って書いてあったから、買ってみたの」

玲実は言う。

「玲実みたいなしっかりした人でも、心のバランスが崩れることなんかあるの?」

玲実は黙って、メリーゴーラウンドの一角獣《いっかくじゅう》の角をオレンジ色で塗り続けた。

「心のバランスが崩れたことがない人なんているの？」

はっとするほど、強い口調だった。

「ねえ、いるのかな？」

間近で顔を覗きこまれて、息を呑む。そうだよね、ごめん。ちいさな声で答える。

私は今、玲実という人間に、勝手に色を塗ろうとした。

玲実はでも、それ以上はなにも言わずに、ぬり絵を続けた。

色鉛筆を走らせながら、また気持ちが過去に飛ぶ。

六年生になった始業式の日に、玲実が転校してきた。私のすぐ後ろの席だった。

私はその日、文乃とクラスがわかれてがっかりしていた。王国にこもっていた私には、文乃の他に友だちがいなかったから。

その後ろで、玲実は転校初日からみんなに囲まれていた。かわいい子が転校してきたら、そりゃあ、取り囲む。

みんな玲実と喋りたがってそわそわしていたのに、なぜか玲実はその後、ことあるごとに私に話しかけてきた。背中をちょんちょんと指でつついて、目が合うとうふふと笑うのだ。そうしてすこしずつ、言葉を交わすようになった。

それでもやっぱり休み時間になると、私は文乃のクラスに行った。文乃も私と同じように、ひとりでいたから。

玲実はいつもふしぎそうだった。どうして、あの隣のクラスの子としか仲良くしないの？とはっきり訊かれたこともある。

わからないんだろうな、と思った。王国を守らねばならない私の気持ちなど。転校してくる前から、いや生まれてこのかた人気者だったに違いない玲実には。

「なんかめいちゃん、最近、楽しそう」

廊下で並んで喋っている時、ふたつにわけて結んだ髪のひと房を指に巻きつけながら、文乃が言った。

「クラスで新しい友だちができた、とか？」

まあ、うん、と答えた。悪いことをしているわけじゃないのに、どうしても文乃の顔が見られなくて、自分の上履きのつまさきを必死に見ていた。

ちょうどその日の朝、玲実に貸した本を返してもらった。短い手紙が挟まっていた。「すごくおもしろかった。ありがとう。また、おもしろい本教えてね」というきれいな、硬筆のお手本みたいな字を、授業中こっそりと何度も指でなぞった。かわいい子犬の絵がついたピンクの便箋だった。かわいらしいものをふつうに使える玲実は、まぶしい。

「でも、いちばんの友だちは、文乃ちゃんやし」

「へえ、じゃあ二番もおるってことやな」

自分の上履きから目がそらせなかった。文乃の足がすっと伸びて視界に割りこんできたと思ったら、私の足にのってきた。痛い、と顔をしかめたらさらに強く踏まれた。

疎《うと》ましい、と思うようになったのは、それがきっかけだったのかもしれない。たとえば二クラス合同でやる体育や家庭科の授業のたび、文乃は探るような視線を私に向けるようになった。玲実と喋るたび、眉間にぎゅっとしわが寄る。

三人で遊んだらいいんだ。そう思いついて、実行しようとしたこともある。図書室に行こうと誘ったのだが、文乃は「あの子も一緒なら、私は行かへん。ふたりで行ったらええやん」と顔を背けて帰ってしまったから、結局玲実と私のふたりで行くことになった。

図書室で玲実が「この本、読んだことある？」と指さしたファンタジー小説のシリーズを、私は文乃に薦められて、全巻読破していた。

すごい、と玲実は両手を叩《たた》いた。作者が、自分の子どもを寝かしつける時に即興でつくったお話がもとになってるらしい、という知識を披露すると、めいちゃんなんでも知ってるんだね、すごいね、とまた褒められた。文乃の受け売りだった。けれどもそのことは黙っていた。

「私、『めい』っていう名前、嫌いやねん」と打ち明けたのも、その時だった。図書室には私たちと司書の先生以外は誰もいなくて、夕陽が傷だらけの床をマーマレードの色に染めていたことを、なぜだかはっきり覚えている。

以前、文乃にも、自分の名前が好きじゃないと話したことがあった。文乃は私の悩みを笑い飛ばした。読めないとか意味不明な名前とかそんなのより全然ましだから、ぜいたくな悩みだと。

だからその時玲実が「じゃあ明日からサキって呼ぶね、長崎のサキ」と提案してくれたことに救われた。

一冊ずつ本を借りて、校門を出た。ほんとうは十字路で私は右に、玲実は左に曲がるのだけれども、なんとなくまだ一緒にいたくて玲実の家があるほうに歩いていった。文乃の家も同じ町内にあったから、そのへんの地理はばっちりだった。

ふいに玲実が立ち止まった。視線を辿っていくと、犬がいた。どこからか逃げてきたのか、リードをずるずると引きずっている。飼い主の姿は見当たらない。

「犬、苦手なの」

玲実が青ざめているので、びっくりした。ランドセルの肩ベルトをぎゅっと摑んで、立ち尽くしている。ちっちゃなかわいらしい小型犬を、ひどくこわがっている。

「子犬の便箋使ってたのに」

「子犬?」

えっ、あれクマじゃないの? このタイミングでみょうにずれたところを発揮する玲実に、思わず笑ってしまった。だから、ごく自然に手を取ることができた。

「よし、逃げよ」

同時に、駆け出した。遊んでもらえるとでも思ったのか、犬は舌を出して追いかけてきた。私は何度も振り返って「しっ、しっ」と追っ払ったが、どこまでもついてくる。ランドセルのなかみがやかましく音を立てた。

手をしっかりとつないだまま、走り続けた。後方で、自転車に乗った人が犬の名を呼んだようだった。

犬、もうついてきてへんで。私がそう言っても玲実は走るのをやめなかった。手も離さなかった。だから私も走るしかなかった。

いつのまにか、笑い出していた。笑って、走って、しまいにはお腹が痛くなってきて、歩道にへたりこむようにして止まった。それでもまだ、私たちは笑っていた。

「怖かったけど、なんか途中から楽しくなっちゃった」

楽しい時には楽しいと、言える子だった、玲実は。文乃は、そうではなかった。

「結構これ、無心になれるでしょう」

ぬり絵を続けている私の沈黙を集中しているためと勘違いした玲実が、にっこり笑う。

「コーヒー飲みたくなった。サキも飲むでしょ？」

台所へ向かい、食器棚を開けてマグカップを取り出している玲実の名を呼んだ。

ん？　なに？　私を見ずに、玲実は答える。

「文乃って覚えてる？　小学校と中学校で一緒やった」

　玲実が、ゆっくりとこっちを見た。


　あの日の翌日、文乃と一緒に下校した。下駄箱で待っていた文乃はかたい表情をしていて、話しかけても答えない。

　十字路に差しかかった時、ようやく文乃が口を開いた。私たちは、同時に立ち止まった。キャーキャーはしゃぎながら走っとったけど、と文乃は唇を歪めた。

「昨日、見たよ」

「走ってたけど、それがなに」

　文乃は顎を上げて「開き直るんだ？」と小石を蹴っている私を睨んだ。なんでこんな、責められてるみたいな状況になっているんだろう。文乃を仲間外れにして玲実と一緒にいたわけじゃないのに。

「ねえ、めいちゃん、なんか勘違いしてるんちゃう？」

　文乃が、フンと笑う。

「あの子がさ、本気でめいちゃんと仲良くしたがってると思う？」

　あの子、たぶんいつも自分がいちばんでいたいタイプやで。自分よりかわいくない子とかできない子を傍において、引き立て役にするつもりなんや。それなのにはしゃいで、みっともないで、と文乃は言い募った。

「違うよ、玲実ちゃんはそんな子やない」

「そんな子やない？」

外国人みたいに大仰に肩をすくめる文乃の仕草を見たのははじめてではなかったが、なぜ今まではなんとも思わなかったのだろう、とふしぎになるほど憎たらしく見えた。

外国人じゃないのに外国人みたいな動作をする文乃は、滑稽《こっけい》でもあった。

「私はあの子をよくわかってますってこと？」

うける、と文乃は口に手を当てた。ひとしきり笑ってから「ねえ、めいちゃん。あの子とめいちゃんは同じ色では塗られへんのやで。ぜんぜんタイプ違う」と諭すような口調になった。

めいちゃんはな、とまた何か言いかけた文乃の言葉を、私は遮った。

「もういい。わかった」

同じ色で塗れない。反論したいのに、言葉が出なかった。

文乃に背を向けて走り出した。家に着くまで、一度も立ち止まらなかった。

二階の自分の部屋に入って、ランドセルを床に叩きつけた。

同じ色で塗れない。そんなことはわかっている。玲実と一緒にいても引き立て役にしかならないことぐらい知ってる。でもそれをなんで文乃から言われなければいけないのか。

嫌いだ、と思った。声に出して言いもした。文乃なんか大嫌いや。もうずいぶん前からそう思っていたような気がした。もうあの子となんか、二度と喋りたくない。

ゆっくりとこっちを見た玲実の頭が、縦に動く。

「文乃さんね。友だち申請が来たから、承認したよ。去年かな」

玲実が口にしたSNSのアカウントを、私は持っていない。

玲実いわく、互いの投稿に「いいね！」を押すことはあるが、特にやりとりはしたことがない、とのことだった。そうなんだ、と答えながら、胸がどきどきしていた。

あの後、文乃は私を露骨に避けるようになった。その後まもなく、いつも同じ女の子と行動を共にするようになって、新しい友だちができたのだと知った。眼鏡をかけた、おとなしそうな女の子だった。

中学に入ってからも、文乃と話すことはなかった。廊下ですれ違っても、目も合わせなかった。

私を恨んでる？　勝手に王国を出ていった私を。文乃本人にはぶつけられないその問いを、大人になってからも何度か、舌の上で転がしてみることがあった。あなたは今も、そこにいるの？

「ほら。これだよ」

玲実が差し出したスマートフォンをおそるおそる受け取って、大人になった文乃の画像を見る。

登録されているフルネームの名字は、私の知らないものだった。かっこ付きで旧姓が書かれている。

文乃は、三歳ぐらいの子どもを抱いて写っていた。

夫と三人で、水族館デビューしてきました。保育園の発表会でした。娘の成長した姿にびっくり。私たちは特別、とうそぶいていたあの頃の文乃からは想像できないほど、他愛なく平凡な日々が綴《つづ》られている。

「そんな、大人になっても自分は特別だとかそんなこと考えてる人、めずらしいよ」

私の話を聞いた玲実が、おかしそうに笑う。

そうだよね、と私は、ちいさな声で答える。大人になった文乃はどこにでもいるような普通の女の人で、そして、幸せそうだった。

小学生の頃に仲違《なかたが》いした相手のことを引きずっているとは、とうてい思えない。

王国は、もうとっくに消滅していたのだった。

「会いたい？　文乃さんに」

スマートフォンの画面を凝視している私に、玲実が問いかける。首を横に振ってからすこし考えて、わからない、と答え直した。

そっか。頷いて、玲実はコーヒーを差し出す。冷めていて、苦かった。

同じ色で塗れない。

あの時はなにも言い返すことができなかったけれども、今ならきっと、「そうだよ」と答える。だって人間は、タイプ別に色を塗り分けられるような単純なものじゃないから。

一色で塗りつぶせるような単純な人間なんかいない。澄んだ色、濁った色、やさしい色、きっぱりとした色。あらゆる色が、ひとりの人間のなかに存在しているのだ。

「この人はこういう人」と簡単に色分けできると思いこんでいた私たちは世間知らずで、傲慢《ごうまん》だった。王国が消滅したのは、あたりまえのことだった。

でもね、文乃。あの日のあの子に、伝えたい。文乃、私が本を読むのを好きになったのは、あなたの影響だった。今歩いているこの道のはじまりはたしかに、ふたりで過ごしたあの日々だった。

もしもまた会えたら、私たちはどんな言葉を交わすのだろう。むきだしの言葉で傷つけあうこともなく、無難な会話に終始することに心を砕くのだろうか。だって私たちはもう、子どもではないから。

でも、消滅した王国の遺跡を眺めるように「あの頃」を懐かしむことができるほどには老いてはいない。

「コーヒー、冷めちゃってるね。淹れなおしてくる」

私は、いったいどんな表情をしていたのだろう。立ち上がった玲実の手が一瞬、いたわるようにやわらかく肩に触れた。

はこぶね

　歩道橋の階段をころげおちた千《せん》ちゃんは頭を打ったらしく、五時間すぎた今もまだ目を覚まさない。おばあちゃんは病院のベッドにしがみついて泣くわたしの頭をなでながら「千は、ほんとうにどうしようもない」と何度もくりかえしている。落ちつきがないから階段を踏みはずすんや、とも言う。

　ちがう。そう言いたいのにしゃくりあげているせいでうまく言えない。いいや、それもちがう。ほんとうはこわくて言えないのに、泣いているから言えない、というふりをしている。わたしはずるい。

　千ちゃんは階段を踏みはずしたわけじゃない。わたしに、つきとばされたのだ。

　お姫さまがいました。きれいでかしこいと評判でした。けれどもお姫さまは、自分のことをきれいでかしこいとは、一度もおもったことがありませんでした。

小学校の校門を通りすぎて、後ろから「みれ」と声をかけられた時、ふりむかなくても千ちゃんだとわかった。千ちゃんの声はざらざらとしゃがれているのに、ときどきみょうに甘く響く。

千ちゃんは色のあせた長袖のTシャツに、ぼろぼろのデニムをはいて、百円ショップで売っていそうなぺらぺらしたトートバッグを肩からさげていた。着ているTシャツも一枚五百円ぐらいしかしなそうだ。

三十二歳の女の人にふさわしいものはなにひとつ身につけていない。いつも全体的に安っぽいかっこうをしている。

千ちゃんはお母さんの妹だけど、お母さんにはまったく似ていない。おばあちゃんとも、おじいちゃんとも。

異分子。いちど、おばあちゃんがそう呼ぶのを聞いた。

「なに」

わたしはたぶん、ぶすっとした顔をしていたはずだ。でも千ちゃんはただ「ランドセル、重そう」と言っただけで、すたすた歩き出した。しかたなくわたしも歩き出す。

千ちゃんの態度が相手のきげんの良し悪しに左右されることはけっしてない。じつに堂々たるものだ。おばあちゃんに言わせればそれは、「鈍感なだけや」ということになるんだけど。

「みれ、つきあってよ。お花と、あとお菓子買うの。一緒に選んで」

「なんで？　わたし、千ちゃんみたいにひまじゃないんですけど。塾もあるし、ピアノの教室も」

「どっちもずっとサボってるくせに？」

千ちゃんはふりむいてわたしを見て薄く笑う。知ってるよ、という顔で。

まっすぐに千ちゃんを見つめて、まあね、と言ってやった。千ちゃんに知られていたって、どうってことない。

わたしのお母さんはおばあちゃんたちにとってはじめての子どもだった。「聡美《さとみ》」という名をつけたのはおじいちゃんだという。聡明な美しい子になるように。どんな願いをこめたか、訊かなくてもわかる。

おばあちゃんがふたりめの子どもを身ごもった時には「次こそ男子を」という期待が高まっていたと聞く。けれども生まれてきたのは、また女の子だった。おじいちゃんはとてもがっかりした。

「今度はお前が名前をつけろって言われたんよ。男の子じゃなかったから、どうでもよかったんやろね」

死んだおじいちゃんの話をする時、おばあちゃんはいつも唇をゆがめる。

「ひどい話でしょう。せやから新聞をばさっと開いて、目をつぶって文字を指さして決めてやったの。おくやみ欄に載ってたおばあさんの名前。千」

ひどい話でしょう、とおばあちゃんはもう一度言う。ひどいのはおばあちゃんだ。そんな名前のつけかた、あんまりだ。

中学校の先生をしていたおじいちゃんと市役所勤めのおばあちゃんの娘であるわたしのお母さんは、優秀な成績で高校・大学を卒業し、誰もが名を知る企業に就職した。学生時代からの恋人であるわたしのお父さんと結婚してからも、仕事を続けた。

自慢の娘。おばあちゃんはわたしのお母さんの話をする時、いつもそう口にする。それにくらべて千は。そのあと、決まってそう続ける。勉強はてんでだめ。結婚もしないでシェアハウスだかなんだかいうわけのわからないとこに住んでる。だいたいあの服装はなんやの。ずだ袋みたいなコートとか、ひざのすりきれたきたない服。お化粧もしてへんし。

千みたいになったらあかんよ、とおばあちゃんはいつも言う。なるわけないか、と続けて笑う時もある。だってみれはいい子やもんね。

おばあちゃんは、ほめて育てる主義よ。そうも言っていた。もちろん、ほめるべきところがある子はね。

かわいくて、かしこくて、いい子。それがわたしだ。みれは漢字で「美麗」と書く。そんな名前をちょうだいしたわたしは、落ちこぼれることなど許されない。テストで九十点をとってもほめられない。それが当然だし、むしろなぜ百点じゃないのかと質問される。ぶくぶく太ってもいけないし、きたない言葉もつかっちゃいけない。

お姫さまは、ひとりでした。お城には王さまも王妃さまもいましたが、やっぱりひとりでした。お姫さまは、いつも、いつも、ひとりでした。

「着いた。ここ」

どこに行くのかと思ったら、あかつきマーケットの中のお花屋さんだった。一緒に選んで、と言ったくせに、千ちゃんはわたしをほったらかしにして熱心に店員さんと話しはじめる。

「母の日のお花をおねがいします」

はいはい、とあいそよく出てきた店員さんのエプロンに名札がついている。「あしだ」とひらがなで書かれた名前の横に、コスモスのシールがはってあった。

「母の日向けのアレンジメントはこのあたりですねえ」

店員さんが広げたカタログを、千ちゃんはふむふむとのぞきこむ。わたしは所在なく、バケツにほうりこまれた名前のわからない花を見つめる。

「母は、カーネーションがあんまり好きじゃないらしくて」

「花の種類にこだわらず、お母さんの好きな系統の色でまとめてもいいですね。それか、お母さんご自身の雰囲気にあわせてつくるのも、おもしろいです。『やさしい』とか『アクティブ』とか。お母さん、どんな感じのかた？」

雰囲気？　そうですねえ。千ちゃんが苦笑いしている。わたしを「異分子」と呼ぶ母です、とは、いくらなんでも言えないだろう。

「最近はこういうのも人気ですよ、ハーバリウム」

へえ、と千ちゃんが大きな声を出したので、わたしもつられて見た。ガラスの瓶の中で、色とりどりの花がゆらゆら揺れている。きれい、と思わず言ったらあしださんはにっこり笑った。

「ねえ、きれいでしょう」

外が、なんだか騒がしい。叫び声や、笑い声が聞こえてくる。千ちゃんはまるで気にならない様子で「じゃあこの、なんとかリウムにします」とカタログを指さしている。

千ちゃんが注文票を書いているあいだに、外に出てみた。

人だかりの中心にあかつきんがいた。ほとんどが中学生だ。みんなで取り囲んで、わーわー騒いでいる。

「あかつきんがおった」

中に戻って、千ちゃんに教えてあげた。

なぜかあしださんが「あらっ」とのけぞる。見にいきたそうに、何度も自動ドアのほうを気にしている。でも、わたしたちがいるのでどうすることもできないようだ。

「なんなん、あかつきんって」

怪訝な顔の千ちゃんに説明してあげた。あかつきマーケットのゆるキャラであること。そのあかつきんが最近街のいたるところに出没していること。困っている人を助けてくれるらしいこと。そのあかつきんのしっぽを摑むと幸せになれるらしい、という噂は学校で聞いた。むしりとった毛をお守りにして好きな人に告白すると成功する、なんていう噂もあるようだ。

「しょうもなって感じ」

あかつきマーケットは今年じゅうに閉店してしまうらしいから、宣伝なんかしたところでむだだ。しっぽを摑むと幸せに、なんて、関係者が流したデマに決まっている。デマを流す大人も、それに踊らされる子どもも、みんなばかだ。

「見せてあげる」

スマホを出して、千ちゃんに動画を見せてあげた。すると、あしださんものぞきこんでくる。ちょっとびっくりしたけど「見ないでください」と言うのもへんなので、黙っていた。もしかしたらファンなのかもしれない。さっき「しょうもな」と言ってしまったので、きまり悪い。

質問攻めにされているあかつきんの動画を、あしださんが食い入るように見ている。

「今もこんな感じで囲まれてたよ」

とつぜんあしださんが「ごめん、ごめんなさい、あの」とわたしと千ちゃんのあいだにぐいぐいと割りこんできた。

「ね、ごめんなさい、ちょっと今のところもう一回見せてもらえません？」

「あ、はい」

なあなあなあ、どうなん？　動画の中の男たちは、笑いを含んだ口調であかつきんにつめよっている。

「この手……」

あしださんは、取り囲まれているあかつきんの手に注目しているらしかった。たしかに、むすんでひらいてのようなみょうな手つきをしているが。

「ぐっぱぐっぱしてる……」

あしださんは口もとに手を当ててなにやらおろおろしている、ように見えた。ていうか、ぐっぱぐっぱってなんだろう。そんな日本語はじめて聞いたんだけど。

ふと気づいたら、千ちゃんはいなかった。あわてて外に出ると、ちょうど千ちゃんが人だかりに飛びこんでいくところだった。

通りかかる人はみんな、笑っている。スマホで撮影する人もいる。うまく言えないけれど、なんだかすごくいやな感じ。

「ちょっとちょっとちょっとー」

千ちゃん、なにしてんの。あわてて後を追う。千ちゃんが両手を大きく広げて、あかつきんの前に立ちはだかった。

「いやがってるやんか」

あかつきんが、ちょっと舌を出したいつもの表情のまま大きく首を縦に振る。よく見るとその舌の部分はメッシュ生地になっていて、そこから中をのぞきこもうとする中学生の肩を、千ちゃんがぐいっと引き戻した。

「しっぽを掴んだら幸せになるって言うけど、掴まれるほうは幸せなん？」

中学生たちは「はあ？」とか「意味わからんわ」と口々に言って、顔を見合わせる。

「教えてほしいんやけど。ねえ、他人の気持ちを無視して手に入れる幸せってどんなもんなん？」

ねえねえ教えて。千ちゃんはきっぱりと言って、中学生たちを見据える。

「どんなって」

ひとりが、おずおずと口を開いた。めんどくさいやつに絡まれちまったな、という顔をしている。

「そもそも幸せってなによ」

千ちゃんが中学生相手にフモウな議論をふっかけていると、「はいはいちょっとごめんなさいよ」という声がして、男の人が割って入ってきた。さっきの動画に出てきた人だ。割って入る時の言葉まで一緒だ。

おばあちゃんならきっと一目見るなり「今どきの子はチャラチャラしてるねえ」と眉をひそめそうな感じの男の人だ。ピアスとかしてるし。

あっけにとられているわたしたちをよそに、男の人はあかつきんの腕をぐいっと摑んで歩き出した。数メートル進んでから振り返って、千ちゃんに向かって「お姉さん！」と叫ぶ。

「はい」

「ありがとう！」

男の人が片手を上げると、あかつきんもおじぎをした、ように見えたが、ただ傾いただけかもしれない。

「あーあ」

「行こう」

中学生たちはしらけた顔で言って、散らばっていく。すこし離れたところから千ちゃんを指さす人もいた。

こんな人の連れだと思われているなんて屈辱的だ。さっきより距離を置いて歩き出す。

「なんでいつもそんななん」

「そんなって？」

「だいじょうぶなん、そんなんで」

「だからそんなんってなに？　まあ、だいじょうぶよ。最近降霊術もマスターしたし」

　意味がわからない。ぜんぜん、だいじょうぶじゃない。わたしは「ちゃんとやっていけてるのか」ということを訊きたかったんだけど。

　千ちゃんはいちおう「作家」であるらしい。でもぜんぜん売れていないみたいで、いつもアルバイトをしている。千ちゃんは自分の本について「大きな書店に行けば置いてある」と言うけれども、暁町の本屋さんでは一度も見かけたことがない。

　おばあちゃんは千ちゃんが小説を書いていることも気に入らないみたいだ。千が書いているのは三流の小説やないの。書いてる人間と同じ、だめな人ばっかり出てくるし。たとえば教科書に載るような立派なものと違うんやから、といつも言っている。

　おばあちゃん、ご近所の人にも内緒にしてるのよ、千があんなもの書いてること。恥ずかしいもん。だいたい作家になるなんて、わたしは社会で使いものにならない人間です、と言うてるようなもんよ。

　どうしようもない子や、千は。おじいちゃんの三回忌《さんかいき》の席でも苦々しげにそう言い放った。みんな、ぎょっとしていた。当の千ちゃんは「ねー。どうしようもないねー。困ったねー」と他人事みたいな顔でお寿司を食べていたけど。

私の心の支えは聡美だけ。むしろそう言われたお母さんのほうが、顔をひきつらせていた。

お父さんとお母さんは、わたしが生まれる前に家を買った。家の頭金はおばあちゃんが出した。おばあちゃんと同じ町内に住むことを条件として。

どうしてそれを知っているのかというと、カズエおばさんに聞かされたからだ。「頭金」という言葉はその時覚えた。

「姉さんは、ずーっとそばに置いときたいんやなあ、聡美ちゃんを」

カズエおばさんはおばあちゃんの妹だ。長女と四女だから、年はけっこうはなれているというが、わたしには同じぐらいの年齢に見える。

カズエおばさんは「姉さん」の話をする時、いつも口をぎゅっとすぼめる。すぼめた時に鼻の下に寄るたてじわを見ると、ぞっとする。誰にも言ったことはない。「いい子」はそんなことを言ってはならない。一度だけカズエおばさんの家に行ったことがあるのだけど、その時ティーカップに茶渋というのだろうか、茶色くて汚らしいものがこびりついていて、どうしても口をつけることができなかったこともあわせて思い出す。

「誰の霊呼びたい？　みれなら」

千ちゃんはまだばかみたいな話をしている。ちょっと前まではたしか「はかりをつかわずに手に持った感覚だけで百グラムを量れるようになった」と自慢していた。お惣菜《そうざい》の店でバイトしていた時に「会得した」のだそうだ。そんなことがいったい人生でなんの役に立つと言うのだ。ましてや降霊術なんて。

わたしは千ちゃんを無視して、ずんずん歩いた。千ちゃんは「よし、じゃあおじいちゃんの霊を呼んであげる」と言い出す。

「いいって、呼ばんといて」

「なんで？」

「……そんなん嘘に決まってるし」

「嘘じゃないんじゃよ」

千ちゃんが突然、低い男の人のような声を出した。向こうから歩いてきた人も、なにごとかという顔でこっちを見た。

「おじいちゃんじゃよ。大きくなったのう、おまえ」

死んだおじいちゃんになりきって、千ちゃんはにこにこ笑っている。

「千ちゃん」

わたしは千ちゃんを睨みつける。

「子どもだと思ってばかにせんといて」

千ちゃんは肩をすくめて「あ、そう」とつまらなそうに呟き、とぼとぼ歩きはじめる。聞こえるように、大きな溜息をついてやった。

雨ふりの夜のことでした。お姫さまは眠っていました。お姫さまのベッドは箱のようなかたちの、屋根と扉がついたもので、しめきってしまうと、まっくらになります。お気にいりのベッドなのです。

雨はどんどんはげしくなりました。しめ忘れたお姫さまのお部屋の窓から雨がどんどんふりこんできましたが、お姫さまは気づきませんでした。ベッドの扉をしっかりしめて眠っていたからです。

千ちゃんがケーキ屋さんで選んだのは、焼き菓子のつめあわせだった。マドレーヌ、フィナンシエ、ダックワーズ、フロランタン。ショーケースを見ているうちに、おなかがすいてきた。お店の中は甘い香りでいっぱいだ。

「カフェスペースもある」

千ちゃんがわたしを振り返る。ケーキ、食べていこうか。

「……お金、あるの?」

ケーキを食べることにはもちろん異存はないけれども、いちおう確認しておく。

千ちゃんはぷっと吹き出した。

「あるよ、今朝《けさ》銀行でおろしてきたから。子どもが何を気にしてんの」

わたしはいちごのレアチーズケーキと紅茶、千ちゃんはレモンパイとコーヒーを選んで、窓際の席に座った。

「……ねえ、千ちゃん」

それぞれのケーキと飲みものが目の前に置かれ、ごゆっくりどうぞと店員さんが去った後、わたしは思いきって口を開いた。千ちゃんが学校の近くでわたしを待ち伏せしていた理由はわかっている。

「わたしの様子をさぐりに来たんやろ」

「さぐる？　なんの話？」

テストで〇点をとったのは、先週のことだ。白紙で出したのだから、あたりまえだ。先生から呼び出され、具合でも悪かったの、と訊かれた。そうです、と答えたけど先生は嘘だとわかったようだった。お家の人に電話をするから、と言っていた。

電話を受けたはずのお父さんは、いまだになにも言ってこない。

お父さんはいつもそうだ。めんどうなことはいつだって「お前にまかせる」と、お母さんに押しつけてきた。押しつけている、という感覚すらないのかもしれない。だって、「家庭のことをとりしきるのはお前の役目やろ」とずっと前お母さんに言っていたのを聞いた。

最近、お父さんは家の中でわたしと顔を合わせるだけで困った顔をする。目も合わせようとしない。塾とピアノ教室をサボり続けていることも知っているはずなのに。

ピアノ教室の玲実先生からは、何度か手紙が来た。でも、ずっと無視している。さぐりに来たくせに、千ちゃんはまだすっとぼけている。だんだん、いらいらしてきた。

「どうせお父さんから頼まれたんやろ」

千ちゃんはフォークでレモンパイをふたつに割ろうとしているところだった。え、お義兄《にい》さん？　と顔を上げた唇の端に、白いメレンゲのかけらがついていた。

「お義兄さんとなんて、もう何年も喋ってないけど」

「じゃあ、おばあちゃん？」

いや。千ちゃんは首を振って、コーヒーを飲んだ。

「なんにも言ってなかったよ、あの人は」

そうなんだ、と答えた後に、いやな気持ちになった。

なんにも、言ってなかったんだ。なんにも。

千ちゃんは大事そうに焼き菓子のつめあわせが入った紙袋のふちをなでている。それを見ていると、だんだん腹がたってきた。

「帰る」

ケーキは半分残っていたけど、わたしは立ち上がった。ランドセルを背負っていると、千ちゃんは別段あわてた様子でもなく「ゆっくりしていこうよ」と声をかける。ぷいと顔を背けて出口を目指した。

早足で歩いていると、千ちゃんが追いかけてきた。

「待ってよ、みれ」

無視して歩道橋の階段をのぼる。

みれ、待ってよ、と背後から千ちゃんの声が追ってくる。

「千ちゃんも千ちゃんや」

いちばん上までのぼったところで、ふりむいて、どなった。

「普段あんなにばかにされてるのに、なにが母の日よ。機嫌とってまで好かれたいの、おばあちゃんに。お花とお菓子？　そんなん渡して喜ぶわけないやろ。おばあちゃんは、千ちゃんに、誰でも知ってるような会社で働くとか、そういうところで働いてる人と結婚することを期待してるんやで、お花なんかあげたって無駄！」

ひといきに言ってやった。歩道橋にたどりついた千ちゃんは息を切らしながら、ようやくあと数段、というところまでのぼってきて、みれ、と呼んだ。

「千ちゃんもお母さんも嫌い！」

千ちゃんがわたしに向かって手を伸ばした。反射的にそれを払いのけたから、結果的につきとばすかっこうになった。千ちゃんの身体がぐらりと揺れる。あわてて今度は手を伸ばしたけど、千ちゃんはわたしのその手を摑まなかった。階段を転げ落ちる千ちゃんの姿はスローモーションの映像のように見えた。

雨はどんどんはげしくなって、世界は、大きなひとつの海のようになりました。お城は海の底に沈みました。お姫さまのベッドはゆらりと浮かんで窓から浮かび出てしまいました。

波にゆられて、目を覚ましたお姫さまはびっくりしました。王さまも王妃さまも、どこに行ったのでしょう。あたり一面、まっくらな海。お姫さまはひとりです。ひとりでただよっているのです。お姫さまは泣きました。心細くて、しくしく泣きました。


頭を打った千ちゃんはけれども、幸運にも骨折などはしていないらしかった。ただ意識がまだ戻らない。

「もう一度、聡美に電話をしてくるわ」

おばあちゃんが病室を出ていった。

病院に到着してすぐ電話をかけたけどやっぱり出なかったと怒っていた。

千ちゃん。小さな声で、呼んでみる。白いベッドで眠っている千ちゃんのまつげは長い。こうして見ると、千ちゃんはお母さんによく似ていた。ふしぎだ。普段はまったく似て見えないし、他の人たちも口をそろえて「聡美ちゃんは美人やけど、千ちゃんは……まあ、ねえ」と言うのに。

お姫さまは、ひとりでした。どうしてだか、『はこぶね』を思い出した。

『はこぶね』というのは、わたしが九歳の頃に書いたお話だ。おこづかいで買ったノートに、こっそり書いていた。

そのお話は、算数の授業中にとつぜんわたしの頭の中に舞いおりてきた。舞いおりた物語を、秘密の宝物みたいに時々手にとってこっそり眺めていた。けれどもある日、これを書いてみようと思いついた。

大雨が降って、大洪水になって、お城の部屋の窓を開けて寝ていたお姫さまの部屋にも雨がどんどん入ってきて、ベッドが水に浮く。そういうお話だった。

『はこぶね』を書いているあいだ、すごくたのしかった。

なんでわたしこんなことしてるんやろ、とよく思う。学校で勉強していても、家でピアノの練習をしていても。劇の役を演じているような、不自然な感じがする。でもお話を考えている時やノートに向かっている時だけは、ぜんぜんそんなふうに感じなかった。

誰かに読ませる気はなかった。もし読ませるとしても、おしまいまで書いてからだと思っていた。

それなのに、引き出しの奥にしまっておいたノートを、お母さんが勝手に引っぱりだして読んでしまった。

「勉強してるふりして、こんなもの書いてたの？」

とがめるような口調だった。

「みれは、小説を書く人になりたいの？」

「わからへん、そんなん、まだ」

勝手に読まれたことも恥ずかしかったし、それになによりお母さんに「こんなもの」と言われたのが、すごくみじめだった。わたしが夢中で書いていたのは「こんなもの」と呼ばれるようなものだったんだ。

「千みたいになりたいの？」

お母さんはそうも言った。

「おばあちゃんが知ったら、なんて言うやろね」

ちがう。必死で首を振った。でもなにがどう「ちがう」のか、うまく説明できなかった。千ちゃんみたいになりたいとか、そういうんじゃない。ただわたしは。

必死で説明しようとしたけど、あまり意味はなかった。だってお母さんは、わたしの話なんてろくに聞いていなかったから。

お母さんはぼろぼろ泣きながら、ノートをびりびりに破きはじめた。

「こういうので一流になれるのは、特別な才能のある人だけなんやで。千を見なさい。あんなふうになりたいの？　デビューできましたって言うけど、ただそれだけやんか。あの子、お勤めしてた頃より生活苦しいのよ。みれ、千のファンだって人に会ったことある？　私はないよ。一回もない。そんなみじめな人生がいいの？　みれは」

だから『はこぶね』の続きは、書いていない。目を覚まさない千ちゃんに、ねえ千ちゃん、と呼びかけたら、また新たな涙があふれてきた。

おばあちゃんはまだ戻ってこない。お母さんが電話に出ないことで、さぞいらいらしているだろう。

すこし前から、お母さんは誰の電話にも出られない。数か月前に突然、そうなった。それを知りながら、わざとみたいに電話をかけ続けるおばあちゃんは、こわい人だ。あらためてそう感じる。

お母さんは今、電車に乗ることすらできなくなっている。スーパーやコンビニに行くことも。

無理にそうしようとすると、身体が震え、涙が止まらないのだ。会社も辞めてしまった。最近は、日中はたいてい、寝室で横になっている。

お父さんは「すこし休めばよくなる」と、風邪かなにかのように言った。なんとかなるよ、と。その態度は、どっしりかまえているというよりは、深く考えることを拒否している、というふうに見える。

おばあちゃんは、そんなふうになるのは心が弱いからだと言った。「なんでそんなふうになってしもたん、情けないなあ」とも言った。子どもまで産んだ女がそんなことになるなんて恥ずかしい、母親でしょしっかりしなさい。そう言われ続けて、お母さんの体調はますます悪くなった。

甘えやろ、結局。そう吐き捨てて、それから「みれは違うよなあ」とやさしい声で言った。期待を裏切ったりする子じゃないよなあ、と。

みれはいい子。かしこい子。できる子。期待を裏切らない子。おばあちゃんの期待を裏切ったお母さんは切り捨てられた。

おばあちゃんは、ほめて育てる主義。たしかに、わたしはたくさんほめられてきた。いい子。できる子。

でもそれは同時に、脅迫でもあった。いい子でなければ、できる子でなければ、愛してもらえなくなる。

だから、いい子でなくなろうとした。

千みたいになりたいの？　お母さんのその質問は、じつはけっこう、いいところをついている。だって、千ちゃんは自由だ。おばあちゃんから早々に見捨てられたから。

でも、かんちがいだったのかもしれない。お花とお菓子を楽しそうに選んでいた千ちゃん。おばあちゃんに愛されたいと願い続けていたのかもしれない。今日まで、ずっと。

千ちゃん、千ちゃん。わたしは、どうしたらいい？

かけぶとんの上に、涙がぽたぽた落ちる。マットレスをぎゅっと摑んで、泣き続けた。ここで手を離したら溺れてしまうような気がした。

「千ちゃん」

なに、という声がして、最初は空耳かと思った。顔を上げると、千ちゃんが目を開けていた。何回呼ぶのよ、と唇の端を持ち上げる。

「なんで泣いてんの、あんた」

し、死んだら、ど、どうしよう、と思ったから。しゃくりあげながら言うと、千ちゃんは「死なへんって、これぐらいで」と呆れたように鼻から息をもらした。

「ごめんなさい」

ごめんなさい、千ちゃん。

いいって。わざとやなかったことぐらい、わかるもん。そう言って、千ちゃんは片腕を伸ばしてわたしの頭を二度ほど撫でた。

「千ちゃん……わたし、お母さんみたいになりたくない。お母さんみたいになるの、こわい。でもどうしたらいいか、ぜんぜんわからへん」

頭に置かれた千ちゃんの手をとった。つめたくて、すこしかさついた手だった。

「みれのお母さんは……聡美ちゃんは、ちょっと休みが必要な時期なんや。ただそれだけ」

仕事でもなんでもすごいがんばってきたし、長年あのお母さんの子どもをやってきたんやで、そら疲れるわ、と千ちゃんは言った。

「お母……みれのおばあちゃんは、まあ、ああいう人やろ」

ああいう人。その言いかたは冷淡ではなかったが、やさしくもなかった。

「ああいう人やと思って観察してみると、なかなか興味深い存在ではあるけど」

「そうなん？」

かけぶとんの上にぺたりと頭をつけた。いまさらながら、泣き顔を見られたことが恥ずかしくて、顔を隠す。

「千ちゃん、おばあちゃんに愛されたかったんちゃうの」

伏せたわたしの頭の上に、千ちゃんがまた手を置いて、まあねえ、と呟いた。

「そう思ってた時期も、たしかにあった。そりゃそうやろ。……でもさ、もう卒業した。何年も前にな。あの人の娘を勝手に、卒業した。母の日にお花やお菓子を贈るのは取引先にお中元を贈るようなもん。実際お世話にはなったし、絶縁するのもそれはそれでめんどくさいし。今はめんどくさくない距離を保ってるつもり」

「娘を卒業って、どうやったらできんの？」

まあそれはおいおい聞かせてあげる、と千ちゃんがわたしの頭をぽんぽんと叩いた。

「長い長いお話やからね」

おばあちゃんがまだ戻ってきませんように、と願った。もうすこし、もうすこし、このままでいたい。

「なあ、みれ」

突然、千ちゃんが低い声を出した。

「おじいちゃんじゃよ。お前が生まれた時、わしは押っ取り刀で産婦人科に飛んでいったんじゃ。お前はちいさな身体を震わせ、真っ赤になって泣いておった。聡美の赤ん坊の頃にも千の赤ん坊の頃にもまったく似ておらなんだ。だからお前は、聡美とも千とも違う人生を歩めるはずなんじゃよ……」

またおじいちゃんが乗り移ったらしい。

「おじいちゃんは、そんな昔話みたいな喋りかたしてへんかったし。まじめに喋られへんの？」

「……でも、今言ったことはぜんぶ、ほんとの気持ち。みれが生まれて、わたしはうれしかった。この子が素晴らしい人生を歩めますようにって思った。きっとみんな同じ気持ちやったはず」

でも、自分にとってどういうのが素晴らしい人生か、その判断を他人に委ねたらあかんねん。わかる？　と千ちゃんがわたしの目をのぞきこむ。

「……今日会いにきたのは、聡美ちゃんから話を聞いたから。それだけ。聡美ちゃん、心配してたし。もちろんわたしも」

「お母さんが？」

自分のことで精いっぱいだと思っていたお母さんが、わたしのことを気にかけてくれていた。
「そう。みれの未来も、心も身体も時間も全部、自分のもの。他人の期待に応える
ために生まれてきたわけやない。他人に渡したらあかん」
「いい子」になんてならなくていいんじゃよ。またおじいちゃんが降りてきてしまっ
たらしい千ちゃんの手を、ぎゅっと握る。
「わたしの人生はわたしのもの。胸をはってみれがそう言えるんやったら、もうそ
れだけでじゅうぶん。それ以外のことはたぶんあとからついてくるから、だいじょ
うぶ」

ひとりぼっちで心細くて、だけどお姫さまは勇気を出して、ゆっくりと漕
ぎ出して行きました。海は暗くて広くてこわいです。でも見てみたかったの
です。この海を渡った、その先にあるものを。

家に帰ったら、『はこぶね』をまた書こう。だってあのお話はきっと、わたしに
書かれることを待っているから。

2

昼の月

＊＊

顔を上げたら、月が見えた。明るい空に浮かぶ月は頼りない。溶けかかった砂糖菓子のように、うっすらと白い。空を見上げながら自転車を押して歩いていたら、身体がぐらりと傾いだ。

ここ数か月、あかつきさんが街のあちこちに出没しているのだという。エスエヌエスだかなんだかで噂が広まっているらしい。由奈ちゃんは、あかつきマーケット商店会ぐるみの策略ではないか、と言っていた。

「話題になることで、最後の集客を狙っているとか、そういうことじゃないですかね」

そういえば最近あかつきマーケット内で若い人の姿を多く見かけるような気がする。けれどもあくまで以前に比して、ということであって、あかつきマーケットの閉店は避けようがない。悪あがき、なんて言ったら怒られるだろうか。

このあいだぐうぜん道端で来人くんに会った。あかつきマーケットで働いていても、意外と顔を合わせる機会は少ない。来人くんは「八波クリーニング」と書かれたワゴン車を路肩に停めていて、なぜか私の顔を見るなりぎくりとしたように顔を引きつらせた。

しばらく前から、店内の仕事は古参のパートと八波さん夫婦でこなしているらしく、来人くんは集配サービスを担当しているという。このあたりはお年寄りが多いから、需要はある。お年寄りじゃなくてもこたつ布団や毛布なんかも取りに来てもらえたら助かる。うちもこんどお願いしようかしら、なんて話をした。

「でも、たいへんやね。来人くん」

「いや、けっこう空き時間もあるし、楽な仕事ですよ」

「来人くんはその……知ってるんやろ？」

口の中でもごもごと「あかつきんの中の人のことを」という箇所をうやむやに発音した。

「え？　僕がなにを知ってるんですか？　サモサの作りかたとか？」

なにがサモサだ。来人くんのことだからきっととぼけるに違いない、とふんではいたが、サモサとは。

「柊と最近会ってる？　元気？」

質問を変えてみたけど、来人くんは笑顔を崩さなかった。屈託のない、それでいて相手が境界線を踏みこえて自分に近づくことをけっして許さない、鉄壁の笑顔。

この子はいつから、こんな顔で笑うようになったのだろう。

「元気？　って。本人に聞いてくださいよ。同じ家に住んでるんですから」

そこで、会話は終わった。

息子のことより、自分のことを心配しなければならないのは、わかっている。

あかつきマーケットの閉店に伴い、フラワーショップは移転することになった。

居抜きでいい物件が見つかったとかなんとか言っていたが、移転後も私が継続して雇われるかどうかの保証はない。由奈ちゃんは若いし、オーナーに気に入られているからきっとだいじょうぶだろうけど。

母さん、花の仕事辞めたらあかんで。闘病中、夫は何度もそう言った。フラワーショップに勤める前、私は専業主婦だった。

家の中を整えるのは、それなりに楽しい仕事だった。でも夫の目には「家にこもりがち」とうつっていたらしい。勤めはじめてから私の表情が明るくなったと何度も言った。働くことは、たしかに楽しかった。大好きな花に触れられるのも、外に出るのも。

「奥さん」とか「柊くんのお母さん」ではなく「芦田さん」と呼ばれるたびに、すこしずつ結婚して得た姓が馴染んでいった。馴染んでいくことがうれしかった。

パートを続けながらの病院通いは体力的につらくて、ほんとうは辞めたかった。でも、夫はわかっていたのだろう。自分がまもなく死ぬことを。

気分がすぐれなくても、身体が重くても毎日フラワーショップに出勤することは、結果として私を救った。なにもせずにじっとしていたら、じきに頭から呑みこまれてしまっただろう。夫の不在という事実に。

「芦田さん……?」

自転車を押して歩いていると、背後から声をかけられた。歌うようなその声だけで、もう誰だかわかってしまう。

「玲実ちゃん、ひさしぶり」

息子と同じピアノ教室に通っていた、玲実ちゃんだった。

小学生の時に東京から越して来た玲実ちゃん。三歳という年齢差によって、玲実ちゃんは息子の、頼りになるお姉さんのように見えた。レッスンの待ち時間に仲良くお喋りをしていた息子と彼女の姿を思い出す。

一度など、息子の誕生日に自分で編んだというマフラーをくれた。ピンクと白のボーダーという甘ったるい配色が気になったものの、これはもう実質交際の申しこみに違いないと、しばらく内心そわそわしていた。大人になったふたりの結婚式をうっとりと想像してもいた。そんな先走った想像をしていたことなど、恥ずかしくて誰にも言えない。

でも、息子がある日突然「ピアノ、やめる」と言い出して、それきりになってしまった。

その玲実ちゃんに、数年前にフラワーショップで再会した。

私ではなく、由奈ちゃんに会いに来た。もしかして柊くんのお母さんですか？と声をかけてきた玲実ちゃんは、びっくりするぐらいきれいだった。中学生の頃の少女らしい硬質な美しさは消えていて、かわりにベールをかぶせたようなやわらかさが備わっていた。彼女が立っている場所だけぽうっと明かりが灯っているかのような。

中途半端にやめてしまった息子とは違って、短大までピアノを続け、今は自宅でピアノを教えているという。話を聞いているあいだ、素敵ねえ、と三十回ほど言った気がする。

「芦田さん、お仕事の帰りですか」

いつのまにかこの子からも、柊くんのお母さんではなく、芦田さん、と呼ばれるようになっている。由奈ちゃんがそう呼ぶせいだろうか。今はもう彼女のほうがずっと、近しい存在なのだ。息子よりも。

「玲実ちゃんは、お買い物？」

エコバッグから、バゲットらしきものがのぞいている。

「はい、あかつきマーケットで」

自転車を押して、並んで歩き出す。

「閉店するんですよね」

「そうなのよ」

空気がじとじとと、まとわりつくようだった。そろそろ梅雨《つゆ》入りか。いやな季節がはじまる。背中にローマ字で学校名が入ったジャージを着た中学生がふたり、私たちを追い抜いていく。汗の臭いが鼻を掠める。息子たちが卒業したのと同じ中学校だ。

「良い市場だったのに残念だねって言ったら、由奈に怒られちゃいました」

玲実ちゃんが肩をすくめる。良い市場だけどしばらく買いものには来ていなかった、そうではないのか、と。

由奈ちゃんの気持ちもすこしだけわかるような気がする。みんなが利用しなくなった結果なくなってしまうのに、なくなると知るや、とたんに残念に感じる玲実ちゃんの気持ちもまた、わかる。私たちは、そこにあるものがいつかなくなってしまうという可能性を、いつだって忘れがちだ。なくなってしまう可能性にいつもおびえて生きていくのもまた、健全なことではないけれども。

「柊くん、元気ですか」

わからない。ついうっかり、正直にそう答えそうになった。私には息子のことがよくわからない。

「元気よ。たぶんね」

「たぶん？」

冗談だと思ったのかもしれない。玲実ちゃんの唇の端が持ち上がる。

「じゃあ、私、こっちなんで」

交差点で、玲実ちゃんが左側を指さす。はい、気をつけて、と数歩歩いてから、振り返った。後ろ姿さえも優美で、ため息をつきながら自転車にまたがった。

このあいだお店に来たお客さんが見せてくれた、あかつきさんの動画。あの、ぐっぱぐっぱする手の動きは、かつて柊がよくやっていた仕草にそっくりだった。

「ええか、柊」

夫の声がよみがえる。もう二十年近く昔のことなのに、ひどく鮮明に。

柊は、緊張しやすい子どもだった。幼稚園の発表会を控えていた頃、いつも先生から「柊くんは劇の練習の時、セリフを間違えると泣いてしまいます」と報告されていた。

「力を抜け。こぶしをこう、ぎゅっと握ったり、ゆるめたりするんや。かわりばんこに。手を開いたタイミングで息を吐く。そしたら力が抜ける。ほら、やってみ」

そうそう、そうや。ほら、楽になったやろ。そう言って夫が目を細めた時、なぜか横で聞いていた私のほうが泣きそうになった。

柊はもう大人だ。もしあかつきんの中に入っているとしても、私が口を出すようなことではない。

けど、ちょっとだけ心配なのよ。あかつきんになって、ゴミ拾いしたり、転んだ子を助けたり、なんでそんなこと。なんのために。あの子はいったい、なにを考えてるんやろか。

心の中で夫に話しかけても、返事はない。

もういない。尖ったもので突《つっ》かれたように、胸が痛む。夫はもういない。

いまいちそりの合わない息子でも、大事でないわけではない。いったい、どうしたら柊のことが理解できるのだろう。理解してほしいと柊が願っているかどうかもわからないまま、どうしたら、と考え続ける。

いっそもっとこう、私の心配をはなから寄せつけないようなたくましい息子だったらな、と思わずにはいられない。そう、たとえばあの子みたいな。道路の向こう側から歩いてくる若者がいる。短く切った髪に、鋭角的な眉毛。小柄で、百戦錬磨《れんま》の野良猫みたいな雰囲気が漂っている。

いきおいよくペダルを踏んだら、ぷすう、という間の抜けた音が足元でした。

「えっ」

あわてて自転車を降りて確認する。そのあいだも、ぷすう、ぷすう、は続く。

「パンクですね」

いつのまにか、野良猫みたいな若者がすぐ傍に立っていた。

「そうみたい」

近くで見ると、ますます野良猫じみている。ふてぶてしくきらめく生命力のようなものを感じる。

「俺、今自転車屋で働いてるんですけど、そこ出張修理サービスやってるんですよ」

「高いんでしょう」

まず値段を気にしてしまうあたり、私も骨の髄《ずい》まで主婦だ。

「そうでもないけど……あ、でもここからやったら電話して待つよりトキワサイクルに持ってくほうがはやいかも」

あの、トキワサイクルって知ってます？　若者は、遠くを指さすような仕草をする。えーと、向かいにスナックがあって、上がアパートで。高架沿いの。若者の説明はたいへんに稚拙《ちせつ》だったが、なんとか理解できた。

「ああ、うん。わかる、と思います」

そこに持って行こうと決めた。すると、なぜか若者もついてくる。ちょうど同じアパートに住んどる友だちんところ行くんで、とのことだった。

「親切なのね」

自分の勤める自転車屋を利用することを押しつけず、近くの自転車屋を提案してくれるなんて、見上げた若者だ。そう伝えると、照れたように肩をすくめる。

「自転車屋さんに勤めて長いの？」

「いや、先々月からです」

かわりますよ、と自転車のハンドルをさっと取って、歩き出した。

「トキワサイクルの爺さんって、ガリガリに痩せてるし、腰が曲がってるんですよ」

若者の頬が赤く染まっている。傾きかけた太陽のせいではないようだ。

「けどなんていうのかな、すごく良くて。うまそうに煙草吸う姿も、なんか良くて」

だから自転車屋で働くことにしたのだろうか。突如《とつじょ》自転車屋のお爺さんの魅力についてて語り出した意図はよくわからないが、まぶしく美しいものに触れたような気持ちで頷いた。角を曲がると、トキワサイクルが見える。

「真人」

若者が突然大声を出し、先を歩いていた青年が振り返った。

「恵吾くん」

真人と呼ばれた眼鏡青年は線が細く、二十代の男性をざっくりと分類したら確実に息子と同じ枠におさまる。こんなひ弱そうな青年が野良猫みたいなこの子の友だちなの……？　という私のフレッシュな驚きをよそに、ふたりはなにごとかを言い合って、声を揃えて笑った。

「そしたら、あそこが店なんで」

トキワサイクルの前で、自転車のハンドルはふたたび私の手に戻る。

「ありがとうね」

じゃれるように脇腹をつつき合いながら遠ざかっていく彼らを見送ってから「すみません」とトキワサイクルの薄暗い店の中にむかって、声をかける。はい、としわがれた声が返ってきて、それからゆっくりとした動作で、「なんか良くて」のおじいさんが姿を現した。

＊

お前、お母さんと仲悪いの？　来人が突然そんなことを言うので、飲んでいたコーラを吹きそうになる。

「は？」

「柊は元気？　ってこのあいだ訊かれてんけど。同じ家に住んでるんですから自分で訊いてくださいって答えといたで」

「あ、そう」

「で、仲悪いの？」

「……悪くないって」

「ふーん」

来人が椅子の背もたれに身体を預ける。夜中のファストフード店は、それでも半分ほど席が埋まっている。関係性のわからないグループに、ひまそうな男女。年寄りも存外多い。隣のテーブルでは、女の子がつっぷして寝ていた。

母と喧嘩をしたことは、一度もない。もちろん俺にも人並みに反抗期というものはあったが、うっさいんじゃババア、みたいな暴言は一度たりとも吐いていない。母がうるさくなかったから、吐く機会がなかった。

母の周囲にはいつも俺に対する「心配だけどどう言ったらいいのかわからない」という気持ちが霧のようにたちこめている、そんな印象を受ける。「あんまりしつこくしたら嫌な気分にさせるかも」という懸念がだだ漏れになってしまっているのだ。自分もそういうところがあるからわかる。

近親憎悪というやつなんだろう。母と対峙するとほんのすこしいらいらしてしまう。いらいらして、そのあと情けなくなる。

屈託のなさ。やさしさ。おおらかさ。落ちつき。死んだ父が持っていたいくつもの美点を、俺はひとつも受け継いでいない。

父がいた頃は、よかった。一を聞いて十を知る、という言葉があるが、父はなにも言わなくても俺や母の気持ちを汲《く》んでくれるような人だった。俺も母も結局、それに甘えっぱなしだった。お父さんはわかってくれるから、という理由でコミュニケーション能力の向上をおこたった怠《なま》け者である、俺と母。

眠っていた隣のテーブルの女の子の腕が動いて、バッグが床に落ちた。なかみが散らばる。化粧ポーチが開けっぱなしだったのか、口紅やらなんやらがあちこちに転がっていく。はっと目を覚ました女の子は、あわてて散らばったものを拾いはじめた。

手伝ってあげようか。いや、自分の持ちものを知らない男に触られるのは嫌かもしれない。下心があると思われたらどうしよう。逡巡《しゅんじゅん》しているうちに、来人がしゃがんで、手鏡やパスケースを拾って渡した。

「ありがとうございます」

女の子はとくべつ拘《こだわ》る様子もなく、素直に来人からものを受け取る。でもそれは来人だからだ。来人はぜんぜん気持ち悪くないし、ふつうにかっこいい。

「柊」

気づくと、来人が俺を見ていた。

「お前今、『気持ち悪いとか思われたらどうしよう』とか気にして、拾わんかったんやろ、どうせ」

「違うし」

違う、と答えても、図星だったことは見抜かれているんだろう。それでも「違う」と答えたい。

来人は俺の返事を待たずに、スマートフォンをいじりはじめた。画面を俺に向けてくる。

「あかつきんの動画、俺の動画の再生数超えてんねんけど」

「来人の動画、そもそも再生数少ないからな」

「少なくないわ」

来人は現在、洋服のいろんなシミの落としかたを実験する動画を配信するチャンネルを運営しており、（ごく一部の）視聴者に「クリーニング王子」と呼ばれている。再生数が少ないという指摘は、王子のハートをいたく傷つけたらしい。なに言うてんねん、少ない、少ないとか、そんなわけないやろ、といつまでもむくれている。

みんなが自分で服の汚れを落とせるようになったら八波クリーニングの客が減るんじゃないかと思うのだが、なぜか来人の両親も来人の活動を容認している。昔から「好きにしたらええ」の人たちだったので、ある意味ぶれていないとも言えるけど。テーブルに置いたスマートフォンの画面の中で、新しい動画の再生が自動的にはじまる。べつにもう、こんなもの見たくないのだが。

あかつきん（の着ぐるみを着た俺）が画面の中をちょこまかと動いて公園のゴミを拾っていく。

「こんなことして、ほんとに意味あんの？」

あかつきんが話題になって、拡散されて。それがなんになるのだろう。来人に頼まれて今日までやってきたけど、日に日にその思いが強くなる。

「かなりシェアされてる」

「それでもあかつきマーケットは閉店すんねやろ？」

古ぼけたマーケットが閉店するとか、そんなん誰も興味ないねんて、とあの日、来人は言った。ボタンひとつで簡単にシェアできて、ボタンひとつで気軽に「いいね」で済ませられるぐらいの情報しか、ほとんどの人間は欲しがってない、だからだ、と。

去年の八月に、会社を辞めた。

ちいさな印刷会社だった。名刺とか、商店街のポスターとか、同人誌の印刷とか、そういうのを請け負っていた。六十代の兄弟が社長と専務をつとめていて、四十代の事務員さんは「うちの女の子」と呼ばれていた。居心地は、最初はそう悪くはなかった。残業も多かったけど、そんなにつらいとは思っていなかった。

入社した翌年に、専務が身体を悪くした。入れ替わりのようにやってきたのが、社長たちの甥《おい》なる人物だった。役職はなかったけれども、とにかく「上司」としてあつかわねばならないということだけは雰囲気でわかった。「大きな会社でばりばりやっていた」らしい上司は、歓迎会の席で俺を「笑顔が気持ち悪い」と評した。

「暗いやつが無理してつくってる笑顔、って感じがする。もっと自然に笑えない？」

自然に、自然に。自然にでいいんだよ、なんでできないの？　毎日、そう言われた。自然に、ってなんなんだろう。これが俺の自然なのに、上司は不自然だ、不自然だと言い募った。

「気持ち悪いっていうのはべつに悪口じゃないからな」

何年も東京だかどこだかの街にいたという上司の言葉は切れ味が鋭くて、じきに俺は傷だらけになった。絆創膏《ばんそうこう》をはってもはっても、追いつかないほど。

もともと、仕事はけっこう好きだった。同人誌の印刷を頼みにくる人たちや、「自伝を自費出版したい」という老人の話を聞くのはおもしろかった。語られる内容そのものより、ひとりの人間にひとつずつ物語があることが興味深かった。他人からは「おとなしい」と言われがちだけど、他人と喋ったりすること自体は、苦痛じゃなかったし。

自伝なんて、とその上司は、笑っていた。

「誰が読むっていうんだよ？」

自己満足。自慰《じい》。そんな言葉で、客を陰《かげ》で罵った。

来人にはすべて話している。辞める直前からうまく笑えなくなったことも。眼鏡とマスクで顔を隠さないと、外に出られなくなったことも。

そいつはクソやけどな、と話を聞いた来人は言った。

「クソやけど『誰が読むっていうんだよ』のくだりは同意する」

来人は映画やドラマを見ない。小説も漫画も読まない。インタビューや評伝の類《たぐ》いも、いっさい。

他人の『物語』なんて興味ない、と言い切る来人に頼まれて、俺は今日まであかつきんをやってきた。あかつきんを利用して注目を集めて、最後にちょっとでも客が増えたら良いと考えているらしい。

あかつきんの動画を多くの人が見たし、シェアされた。でも、あかつきマーケットの閉店はもう決まっている。

「悪あがき、ってやつやんな、これ」

思いきって、そう言ってみた。すぐに、来人の強い視線に射すくめられる。

「悪あがきや」

悪あがきしたらあかんのか？　来人は視線をけっしてそらさないし、俺はその質問に、答えることができない。

グラニュー糖はきらきらひかる

雨と一緒に音がふってくる。まさしく、ふってくる、という感じで聞こえてくる。音は目に見えないけれども、隣家のピアノの音を聞くとわたしはいつも色とりどりのドロップを連想する。レモンにいちご、メロンに薄荷《はっか》。ドロップをあつめて、細かく砕いて高いところからふりまいたら、きっときらきら光る。高いところからふってくるきらきらした音。あのピアノの音は、舐《な》めたらきっと甘くておいしい。

隣家のお嬢さんは十一歳で、そのお部屋は二階にあるようだ。毎日ピアノを弾いていたのに、何か月か前からぱったり、聞こえなくなった。でも、先月からまたピアノを弾くようになった。しばらく具合でも悪かったのかもしれない。

このあいだ道でばったり出会った時には、元気に挨拶をしてくれた。こんにちは。美麗ちゃん、こんにちは。わたしも挨拶を返した。長いまっすぐな髪を揺らして彼女が通り過ぎる時、花のような、くだもののような匂いがした。

振り返って、しばらくその姿を眺めた。

娘はええよ。女の子も産んどいたほうがええよ。老後が安心やからね。わたしの周りの、娘をもつ人たちは、よくそんなふうに言った。たぶん、悪気なく。男の子は結婚すると、お嫁さんのものになっちゃうから。だけど息子をひとり産んだあと、わたしが女の子を授かることはなかった。男の子も。もう何十年も、むかしの話。

　壁の温度計を見て、エアコンをつけなければと思う。窓を閉める。ピアノの音が遠くなる。むかしは、六月にエアコンをつけるなんて考えられなかった。でも時代は変わる。

「年寄りと子どもはとくに要注意やで、部屋の中でも熱中症になるから。ちゃんとエアコンつけてや」

　わたしが産んだ男の子は大きくなり、わたしを「年寄り」と呼ぶようになった。

　エアコンのリモコンを手に取ると、ブロックで遊んでいた颯真《そうま》がちら、とわたしを見た。くちびるを真一文字に結んだまま。息子が心配しているのはわたしではなく、この子だ。息子の息子。わたしの孫。

　夫は仕事が大好きな人で、だから定年後の今も嘱託《しょくたく》で働いている。だから颯真を預かる時は、たいていふたりきりだ。

「颯ちゃん、牛乳飲まへん?」

　颯真はブロックに視線を落とす。首をごく小さく、左右に動かしたようだった。牛乳はいらないらしい。

　初孫だもん、目に入れても痛くないいんじゃないの。会う人、会う人、みんな颯真を見て、そう言う。そのたび、返事に困る。
たしかにかわいい。でもこの表情の変化に乏しく、なにを話しかけてもあるかなきかのごとき淡い反応しか返さない孫に、どう接したらいいのかわからない時が、わたしには多くある。

市の健診で、言葉に遅れがあることを指摘されたという。あまり笑わないことも気になる、と言われたのだと息子から聞かされた。それは去年の話だけれども、四歳になった今もあまり変化がないように見える。

「でもこれ、俺から聞いたって亜子《あこ》には内緒やで」

あいつ颯真のことになるとぴりぴりするから、と息子は肩をすくめていた。
嫁である亜子さんは、銀行に勤めている。妊娠すらしていない時期から「産後も変わらず仕事は続けるつもりだ」と何度も言っていた。周囲に言い聞かせるがごとく。

「ここなら通いやすいだろう」と息子と亜子さんがピックアップした、自分たちの住むマンションや職場の近くの保育園はどこも空きがなくて、結局うちの近所の保育園に通うことになった。仕事の都合がつかない時はわたしが代わりに迎えに行けるように。そうすべきだ、とわたしの夫が言ったのだった。どうせお前、暇やろ、と。

颯真は昨日まで、熱を出していた。今日は月曜日で、平熱に戻ってはいるけれども病み上がりだし、大事をとってもう一日休ませたいと亜子さんが言うので、朝から預かっている。

　預かる、と言っても、そんなに手のかかる子ではない。料理の最中にまとわりついてくることもないし、あまり泣きもしない。買い物に連れて行っても、ちいさい頃の息子のようにあれを買ってこれを買ってとだだをこねたりもしない。

　息子のちいさい頃とは違うわ、と、一度亜子さんに、しみじみそう言ったことがある。たいした意味はなかった。ひとくちに子どもと言ってもそれぞれ違うのねという、単なる感想だった。

　でも亜子さんは、さっと顔をこわばらせた。視線を逸らしながら「だって、同じ人間じゃありませんから。いくら親子だからって」と呟いて、颯真の肩を抱いて引き寄せた。

　たしかにぴりぴりしてるわ、と思った。

　同じような失敗を、何年か前にもしている。息子と亜子さんが結婚したばかりの頃、新居を訪ねた時に。

　４ＬＤＫのマンションはどこもかしこもモデルルームみたいにきれいに片付いていた。昼食にお寿司をとってくれた。かいがいしく皿やグラスを運ぶ息子におどろいて「あらあなた、そんなことするの」と言ってしまった。なにしろうちの家では、夫に倣って、自分の食べたあとの食器をさげることすらしない子だったから。

「私も働いてるので」

亜子さんはあの時も顔をこわばらせていた。同じように働いているのに夫婦の片方が家事をすべて担うというのは変だと私は思いますが、と気色ばんだ。

「ええ、そうね、もちろんそうよ」

しまった、と焦ったわたしは何度もそう言ったけれども、亜子さんの表情はかたいままだった。べつに、亜子さんを責めるつもりなんかなかったのに。

お前は、失敗が多いうえに、言い訳がましい。結婚したばかりの頃、夫によくそう言われた。

夫はわたしのちいさな失敗をよくとがめた。煮魚の味付けが濃すぎる。水道の蛇口がきちんと閉まっていなかった。トイレの電気を消し忘れていた。

煮魚の味付けはちょっと目を離した隙に煮詰まってしまったから。水道の蛇口がきちんと閉まっていなかったのは人差し指に切り傷があってうまく力が入らなかったから。トイレの電気を消し忘れたのは、ちょうど宅配便の人が来たから。

ただ理由を説明したつもりでも、夫には言い訳、と聞こえるらしかった。だからそのうち、わたしは夫の前ではあまりものを言わないように気をつけるようになった。ちょっとおかしいんじゃないのかなと思う時でも、わたしさえ黙って聞いていれば、家の中が不穏な空気になることもない。

外に働きに出ないわたしが会話をする相手はおもに夫で、気がつくとわたしは、喋ることがとてもへたになった。夫以外の人を相手にした時でも。

言葉の選択を、よくまちがう。言おうか、どうしようか、迷っているうちに声が出なくなってしまうこともよくある。

胸の中には、こんなにたくさんの言葉があふれているのに。自分で、自分にあきれる。情けなくもなる。だってもう、ちいさな子どもでも若い娘でもないのに。

六十代にもなって、毎日こんなに惑ったり、傷ついたりするとは思っていなかった。

物語の中の、六十を過ぎた人たちは、自分と比べてなんと堂々としているのだろう。懐《ふところ》の深さを垣間見せたり、含蓄《がんちく》のあるひとことを呟いたりして、若く迷える主人公たちを救う。どうしたらこんなふうになれるんだろう、なれたんだろう、と、いつも思う。二十歳《はたち》の時も四十歳の時も、そんなことを考えていたような気がする。本を読むたびに、映画を観るたびに。

亜子さんの第一印象は、すごく仕事ができそうな人、というものだった。切れ長のきれいな目をしていた。しっかりしていて、まじめなところに惹かれた、と息子が話していて、さもありなん、と思った。

だからなのか、とも感じた。だからわたしはこの人が、なんとなく苦手なのだと。夫や近所の奥さんたちと会話するのとはまた違う種類の緊張を強いられる。亜子さんは強くて、頭も良くて、たぶんわたしの百倍ぐらいしっかりしている。

居間で大きな音がした。颯真がブロックのバケツをひっくり返したのだった。テーブルの上に、颯真がブロックで組み立てた作品らしきものが並んでいる。近づいていって、声をかけた。

「颯ちゃん、これ、なあに」

ロボットかな。それとも、動物かな。灰色のパーツばかりあつめて組み立てられたひとつを手に取る。颯真は答えない。

「颯ちゃんは、ブロックで遊ぶのが好きね」

質問を変えてみた。そうすると、かすかに首を縦に動かす。

「いろんなものをつくるのがじょうずね」

颯真はわたしとの会話にもう飽きたらしく、また自分の手元に視線を落として遊びはじめた。あきらめて、台所に入る。

お昼ごはんはサンドイッチにしよう。ハムとたまごとチーズ、あとはなにがあっただろうか。

たまごをゆでて、フォークの背でつぶす。ハムとチーズはこまかく刻んでマヨネーズで和えた。五枚切りの食パンを半分に切って、軽く焼いてから切りこみをいれる。薄いパン二枚ではさむサンドイッチは、ちいさな子どもには食べにくい。ぽろぽろこぼしてしまう。だからこうやってポケットをつくって具を詰めると良いのだと、なにかの雑誌に書いてあった。

お昼ごはんを食べながら、颯真に「あとでおやつ、一緒につくろうか」と提案してみた。

亜子さんは、食べものにもすごく気をつかう人だ。颯真の離乳食にも、ベビーフードの類いは利用しなかったという。今も、スナック菓子とか炭酸飲料を与えないでくれと念を押されている。

食パンの残りを使って、ラスクをつくろう。このあいだ、パン屋さんのおまけでもらったラスクを食べて、颯真はめずらしく「おいしい」と笑顔を見せた。それをおぼえていたから。

「ラスク、つくろうか」

「ラスク？」

颯真のまるい頬が、ほんのわずかに持ち上がる。


男の人の車にひとりで乗ってはいけません。若い娘だった頃、いろんな人にそう言われた。二十歳を過ぎたら、まわりの人が「はやく結婚しなきゃね」と言うようになって、おどろいた。だってちょっと前まで、男の人に近づくのはいけないことだと言っていたのに。

結婚したら、はやく子どもを産まなきゃね、と言われるようになった。産んだら、すぐに、ふたりめはまだ？

男の子を産んだのなら、次は女の子ね。ひとりっ子はかわいそうだもん。ひとりっ子はわがままになるとも言うしね。

すごろくに似ている。この世に生まれ出たら最後、さいころをふり続けて前に進まなくてはならない。

だけど、このすごろくにはあがりがない。いつまでも、いつまでも、誰かになにかを言われ続けることには、終わりがない。みんな、際限なくいろんなことを言う。悪気なく。

そう。悪気はないのだ、みんな。

ちいさくまるいガラスの器にとったバターをスプーンで練って、やわらかくする。颯真の弱い力でも、パンの上に塗りひろげやすいように。

食パンは四つ切にして、天板に並べた。

「右から順番に、バターを塗っていくんやで。おばあちゃんは左から塗っていくから、どっちが先に終わるか競争」

颯真はなにか重大な仕事をまかされたように、きまじめな表情でバターナイフをつかっている。

「そうそう。じょうず」

窓を雨が打つ音が聞こえる。よくふるねえ、梅雨やもんねえ、と颯真に話しかけるが、返事はない。

この子、だいじょうぶなん?

このあいだ、近所の奥さんに、そう言われた。買い物の帰りに道で会った時、「こんにちは、は？」とうながしても奥さんに挨拶をしなかったことと、にこりともしなかったことが、「だいじょうぶなん？」と思った理由らしい。

人見知りしてるだけだと教えたけれども、奥さんは「この年齢になれば普通は、人見知りしなくなるもんやで。ちょっと気になるわ。普通やないよ、この子」と言い募った。それから、別の日に、颯真が外で転んだことがあった。膝をすりむいたのに、泣かなかった。「強いなあ、普通はもっと泣くで」と言う人がいた。この人もまた、近所の奥さんだ。

「この子はがまん強いのよ」

奥さんはなんだか、へんな笑いかたをした。

「でも、子どもらしさがないのと違う？　普通はもっと泣くからね。泣くのをがまんするて……なんか、ちょっとかわいそうやなあ」

普通は、普通は、普通は。

バターナイフを持つ手に力がこもって、パンの表面がへこんだ。

オーブンの、予熱の完了を告げる音が鳴る。

「バターを塗ったら、次はお砂糖をふりかけるの」

説明しながら冷蔵庫を開け、砂糖の容器を取り出す。颯真はやっぱり黙っている。

この子は「普通」じゃないいんだろうか。「普通」って、いったい、なんなんだろうか。

あかつきマーケットのおまつりに行ったのは、いつだったか。一年も経っていないはずなのに、ずいぶん昔のことのような気がする。あかつきんというかわいらしいマスコットが飴をくばっていた。ちいさな子どもたちはみんな、抱きついたり一緒に写真を撮ってもらったりしていたけど、颯真はわたしの手をぎゅっと握ったまま微動だにしなかった。

大きさに臆しているだけだ、とわたしは自分に言い聞かせた。ああいったマスコットというものはたいてい、嵩高《かさだか》い。こわがるのも無理はない。「普通の子」が鈍感なだけだ、きっと。

思ってから、はっとした。わたしもまた、颯真を普通の子から除外している。

グラニュー糖をスプーンですくって、ふりかける。きら。きら。お砂糖の粒が、きらきら光る。

そういえば息子は、言葉が遅いと言われたことはなかったけれども、運動能力については、よく「普通」より劣《おと》る、と言われた。たとえば赤ちゃんの頃、なかなか歩かなかった。

それ以前に、ハイハイをしはじめるのも、つかまり立ちをするのも、ぜんぶ他の子より時期が遅かった。

「おふくろに、いろいろ教えてもらってきたらどうや」

夫にそう言われたのは、息子がもうじき一歳七か月に達する頃だった。おふくろ、とはもちろん、夫の母のことだ。

「教えてもらうって、なにを？」

子どもの育てかたとか、世話のしかたとか、そういうのを、な。夫はその時、わたしを見ていなかった。そう、朝食をとっている最中だった。茶碗《ちゃわん》を片手に、広げた新聞に目を落としながら、夫はそう言ったのだった。息子はまだ眠っていた。

「だって俺は一歳の誕生日以前に、もう歩いていたらしいからな」

「わたしの育てかたが悪いから、歩かないって言いたいの？」

そんなことは言うてない。夫は新聞を畳みながら、不快そうに顔をしかめた。

「お前は被害者意識がつよい」

被害者意識がつよい。失敗が多い、言い訳がましい、の他にあらたに加えられた、わたしという人間の輪郭。

そんなことは言っていないって、言うたやないの、あなた今さっき。子どもの育てかたを教えてもらえって。

わたしは頼りない母親かもしれない。子どもを産んでからこっち、わからないことばっかりで、毎日右往左往して、育児書と首っぴきで、でも一年七か月のあいだ、ひとりで必死になんとかあの子の世話をしてきた。

他の子に比べてゆっくりでも、ちゃんと育っている。それを感じるたびに、自分もちゃんと「母親」になっていく、そんなたしかな喜びもあった。たしかに。

でもあなたは今更「育てかたを教えてもらってこい」と言ったのよ。それはわたしの一年七か月を否定したことになるのよ。そう言ってやりたかった。

でも、ようやくそこまで考えがまとまった時には、夫はもうかばんを小脇に抱えて出勤してしまったあとだった。茶碗や、目玉焼きの黄身がこびりついた皿をさげながら、涙がぽろぽろこぼれ出た。

教えてもらってこいって、なに。夫の母は、ただ男児をふたり産み、育てたという、それだけの人だ。俺は一歳の誕生日以前に、もう歩いていたって、それがなに。あの子は、あなたとは違うのよ。血が出そうなほど唇を噛みしめて、皿を洗った。

そこまで思い出して、天板を取り落としそうになった。

なんとか天板をオーブンにおさめてから、うずくまる。胸が、ぎゅうっと苦しくなる。

だって、同じ人間じゃありませんから。いくら親子だからって。亜子さんはあの時、そう言った。

わたしがあの日受けたのと同じ痛みを、わたしは亜子さんに与えた。悪気なく、という、いちばんたちのわるいやりかたで。

「おばあちゃん」

ぎゅっと目をつぶって胸を押さえたわたしの背中に、颯真が触れる。ちいさな、ちいさな手で。

「どしたの？」

颯真が顔を覗きこむ。

「……ううん、どうもしてないのよ」

答えながら、どうしてだか、涙がこみあげてきた。いけない。おさない子どもの前で泣いちゃいけない。

おびえたような顔で、颯真が後ずさっていく。居間まで後退した颯真はやがて、テーブルの上にあったティッシュを引き抜いて、戻ってきた。颯真がわたしの目元に、ティッシュを押し当てる。黙ったまま、すこし困ったように眉尻を下げて。


オーブンでじっくりと時間をかけて焼いたラスクを網の上で冷ます。食べごろになった頃には、颯真はソファーで眠ってしまっていた。へんな時間に眠ってしまって、夜寝られなくなるのではないか。そのことを心配しているというより、そのことで亜子さんの不興を買うのではないか、ということを心配している自分に気がつく。

颯真が目を覚ます前に、亜子さんが迎えにやってきた。仕事をはやく切り上げたのだという。

「あがっていかない？」

いえ、ここで、と亜子さんは表情をかたくしたまま、靴を脱ごうとしない。

「ちょっと待って」

ラスクをビニール袋に入れて、口を結んだ。

「これね、ふたりで一緒につくってみたの。良かったら食べて」

どうも、ありがとうございます。亜子さんは、頭を下げる。

「じゃあ、颯ちゃんを起こしてくるから」

さっきのことを、話そうかどうか迷った。亜子さんがかすかに眉間に皺を寄せて腕時計を覗きこむ。急いでいるのだろうかとしばらく逡巡したすえ、口を開いた。

「あのね、颯ちゃんがわたしの涙を拭いてくれたのよ」

は？　涙を、ですか。予想通り、亜子さんは怪訝な顔をする。

「あの子はきっと、いつも」

あなたにやさしくされとるから、他人にやさしくできるんやろうね。わたしが言うと、亜子さんの表情が歪んだ。瞳にうすい、水の膜がはる。

「……すみません」

すみません。すみません。亜子さんは泣きながら、うずくまって顔を覆った。

「亜子さん」

どうして。あわてて、背中をさする。どうして謝るの。

亜子さんはそれには答えず、泣き続けた。指のあいだから、くぐもった嗚咽《おえつ》がもれる。

取り乱してすみません、と真っ赤な目をして亜子さんは言った。とりあえず一回座りましょうと、居間に連れていった。亜子さんはまだ眠っている颯真の前髪にそっと手を触れる。

「颯真があんまり笑ったり泣いたりしないのは、私の育てかたに問題があるせいじゃないのか、って、いつも言われてて」

「誰がそんなことを」

紅茶を運んでいたわたしは、思わず大きな声を出してしまった。

「みんな、です」

言葉が遅いのは乳児期に話しかけが足りなかったせいだとも。童謡とか歌ってあげてる？　絵本の読み聞かせとかしてた？　颯真くんをちゃんと毎日抱きしめたり、好きだよって伝えたりしてる？

やってる、と答えたら、ではまだ足りないのだ、と言われる。まだまだ、まだよ。あなたの愛情は足りていない。まだまだ。

絵本なんて読んであげたこと、ほとんどないよ。同じ年齢の子を持つお母さんにそう言われたこともあるという。でもうち、言葉が遅いなんて感じたことないな。きょうだいが多いからかな。

ひとりっ子やもんね、颯真くん。さびしいんちゃう？

「あれが足りない、これが足りない、と言われることばかりで」

もっとがんばらなきゃ、もっともっと、って毎日。亜子さんが鼻の下にハンカチを押し当てる。でもうまくいかなくて。時々、颯真にもきつくあたってしまって。空回りしてる気がして。ますます焦って。

「だからなんだかさっき、はじめて認めてもらえた気がしたんです」

母親、として。亜子さんはそう言った。

ティーポットからカップに紅茶を注ぎながら、どうして気づかなかったんだろう、と思う。亜子さんがこんなにはりつめていることに。わたしのほんの一言で糸が切れてしまうほどに。

「母親」をやっているあいだ、かつての自分はあんなにも不安がいっぱいだったのに、どうして亜子さんだけは違うと思いこんでいたのだろう。

しっかりしているから。気が強そうだから。はっきりものを言いそうだから。自分と違うタイプの人だから。そんなことを考えるはずはない、と勝手に決めつけていたのか、わたしは。

自分の紅茶に、グラニュー糖をひと匙《さじ》落とす。亜子さんのカップの上で匙を傾けようとすると、亜子さんがあわてたように「あ、お砂糖は」と手で制した。

「摂らないようにしてるので。白砂糖は身体に良くないって」

カップの上にかざされた、肉の薄い手を見つめる。「身体に良くないもの」を徹底的に排した亜子さんの身体は、あまりにも細い。痛ましい、と感じるほどに。

「心には良いのよ、きっと。今の亜子さんに足りないものは、たぶん自分を甘やかすことよ」

お砂糖の甘さは、きっと亜子さんを甘やかしてくれる。匙を傾けると、グラニュー糖はきらきら光りながらこぼれ落ちていく。亜子さんが紅茶に口をつけて、甘い、と頰をゆるめた。

「でも、おいしい。なんだかなつかしいような味がします」

「そうやね」

お義母さんはふんわり、おっとり、した人だから、私のこんな気持ちなんて、わかってもらえないだろうって、勝手に決めつけていました。亜子さんが言って、わたしは首をふる。

しばらく黙って、甘い紅茶を味わった。

人生はすごろくみたいで、それなのに明確な「あがり」がないと、ずっと思ってきた。

「そんなすごろく盤、放り出したったらええのよ」

ソファーの上の颯真を振りかえる。かすかに口を開いて眠っている。やわらかな頰。わずかに茶色がかった髪。なんてかわいいんだろう。とつぜん、その気持ちがあふれ出てきた。この世にたったひとりしかいない、この子。

わたしたちは、生まれてたった数年の人間に、あまりにも多くのことを要求し過ぎているのかもしれない。

他の子みたいに笑わなくても、他の子みたいに泣かなくても。

「誰かの涙を拭いてあげられる子は、きっとだいじょうぶ。生きていけます」

すごろくなんて、と言ってから、息を吸う。くそくらえや、と大きな声で言った。

くそくらえ、ですか。亜子さんが目をまるくする。

「お義母さんがそんな言葉を使うなんて」

あははっ。亜子さんは身体を折って、おかしそうに笑った。わたしも笑った。そうしてふたりでしばらく、くそくらえよ、くっそくらえですね、と言い合った。

わたしたちの笑い声に反応したのか、颯真がうっすらと目を開いた。まま、と呼ぶ子どもの手を、亜子さんが握る。

立ち上がって窓を開けてみる。雨はいつのまにかあがっていた。

木々を風が揺らす。葉っぱの上を雨の雫がきらめきながら転がり落ちていく。西の空で雲が割れて、金色の光がさしていた。通りの向こうで水溜まりをうっかり踏んだ高校生の女の子が、きゃあと甲高い声を上げて笑う。目にうつるすべてが息を呑むほど美しかった。颯ちゃんおいで。手招きして、抱え上げて外を見せた。見て、あなたがこれから歩んでいく世界は、こんなにも美しい。

隣の家から、またピアノの音が聞こえる。きら、きら、きら、とその音は響く。目を閉じて、曲に合わせてハミングした。それから振り返って亜子さんに「良かったら紅茶のおかわりといっしょに、ラスクを食べていかない？」と声をかけた。いただきます、と亜子さんが答えた。

「はやく帰ってごはん作らなきゃと思ってたんですけど、たまにはお惣菜を買ってゆっくりしようと思います」

亜子さんがそう言うので、わたしはなんだかうれしくなって、いそいそと窓から離れた。

青いハワイ

最後にひとつ残っていたラスクの袋をトレイに載せて、お客さんがほほえんだ。

「孫が好きなのよ、ここの」

上品なおばあさん、と呼んでよいものか、まよう。孫がいても、最近の女のひとは若々しくて、おばあさん然としていない。この街にはとくに、きれいな年配のひとが多い。このベーカリーにつとめるようになってから、しみじみとそう思う。

定休日の日曜以外、私は赤い三角巾とエプロンを身に着けて、毎日レジに立つ。季節のくだもののデニッシュ。ぱりぱりと香ばしいバゲット。ガラスケースの向こうに、トレイに載って並べられている。

「そうちゃん、ですよね」

お孫さんの名を口にしたら、お客さんの顔がぱっと輝いた。

「あら、おぼえててくれたのね」

はい、もちろん、と私は頷く。何度も一緒に来てくれたから。でも、このお客さんの名前は知らない。お客さんは自分の孫に「そうちゃん」と呼びかけるけど、孫のほうは「おばあちゃん」としか呼ばないからだ。

親になると名を呼ばれる機会が極端に減ると、以前誰かが言っていた。孫まででできたらそれこそめったに呼ばれなくなるのかもしれない。もっとも出産どころか結婚もしていない私も、うちの家の中に限っては似たようなものだけれども。

会計を終えたお客さんがガラスの自動ドアの前に立つ。開いた瞬間にむわんと熱い空気とともに蟬《せみ》の声が冷えた店内に流れこんでくる。私の耳には「しゃーしゃー」と聞こえるが、柳田《やなぎだ》には「ズァーズァー」と聞こえるらしい。

ふたたびドアが閉まる。長方形に切り取られた風景の上部に、あざやかに青い空が見えた。

チョコクロワッサンあがりましたー、という厨房の声に振り返る。きっと店の外まで漂っているこの甘い香りにつられて、柳田が来るんじゃないかな、と思った。来たらいいのにな、と思った。今日の夕方には会えるけれども、それでも。

柳田、柳田、と呼んでいるけれども、ずいぶん年上だ。十六か、十七か、それぐらいの年の差がある。勤めている会社では「課長」と呼ばれているらしい。一度、ぐうぜん外で見かけた。「柳田課長」は紺色のネクタイをしめ、髪を後ろになでつけ、部下らしき若い男を従えて歩いていた。若い男は「柳田課長」になにやらしきりに謝っていた。すみませんでした。もっとよく確認しておけば。

こういうこともあるよ。すうっと風が吹くような言いかたで、柳田は答えていた。いつもはあんな感じなんだ、と思った。私と会う時の柳田の髪はいつもぼさぼさしている。ちょっと眠そうにもしている。別人みたいだった。

トキワサイクルで、はじめて会った。勤務先のベーカリーには自転車で通っている。一度その自転車がパンクして、遅刻をしたことがあった。土曜日だった。店長から、近くに自転車屋があるから帰りに寄って修理してもらえばいい、と教えてもらった。それがトキワサイクルだった。

小柄なおじいさんがひとりでやっているお店だと聞いて行ったら、店には男がふたりいた。ひとりはおじいさんでもうひとりはおじさんだったから、おじいさんのほうが店の人なんだろうと見当はついたけど、じゃあこのおじさんは誰よ、と思った。ふたりともごく自然な様子でパイプ椅子に腰かけて煙草を吸っていて、親子のようにも見えた。

私が「パンクしちゃって」と声をかけると、おじいさんのほうが立ち上がった。おじいさんは自転車を調べて、タイヤが裂《さ》けとるから全部交換せなあかんで、となぜか申し訳なさそうに言った。

「七千円ぐらいかかるけど」

な、なななせんえん。たじろいだ私を見て、まだパイプ椅子に座っていた謎のおじさんのほうが「ぷふふ」と笑った。それが、柳田だった。

だって瑛子《えいこ》ちゃん半泣きだったから。かわいくて。あとになって、柳田はそう言った。

二度目に会ったのは、何週間後かの土曜日だった。焼き上がったメープルメロンパンをトレイにうつしていると、自動ドアが開いて柳田が入ってきたのだった。甘い匂いにつられて入ってしまったのだと、これもあとから聞いた。

「あっ」

なゝせんえんの子だ、と柳田は笑った。柳田は彫刻刀ですいと削り取ったような目のかたちをしていて、笑うとそれが線のような状態になる。あ、と私は思ったのだ、その時。あ、いいな。その顔。

それからちょくちょく、街のいろんな場所でぐうぜん会うようになった。スーパーの野菜売り場で。書店で。和菓子屋で。駅で。もしかしたら今までも何度も遭遇していたのかもしれない。お互いを認識していなかっただけで。

一緒にごはんを食べた。何度目にぐうぜん会ったあとにそうなったのか、もう忘れた。どちらが「ごはん行きましょう」みたいに誘ったのかも忘れた。でもそのあと柳田の部屋に行きたいと言ったのは私のほうだ。

柳田が、ひとり暮らしだ、と言ったから。お風呂の浴槽が正方形で狭くて、ぎゅっと身体を縮めないと入れない、と笑ったから、その狭いお風呂を見てみたくなった。

私は両親と高校生の弟と、二階建ての家に住んでいる。生まれてから今までの二十五年間、ずっと。アパートというものがそもそもめずらしい。

トキワサイクルが入っているビルの二階から上はアパートになっていて、柳田はそこに住んでいる。

トキワサイクルのおじいさんと仲が良くて、たまに立ち寄って世間話をするのだと聞いてようやく、はじめて会った日に柳田があそこにいた理由がわかった。

浴槽は、なるほど狭かった。台所の流しも、玄関の三和土《たたき》も同様に。けれども妙に居心地が良かった。

居心地が良いのなら好きなだけいればいいと柳田が言うから、そのまま泊まっていった。また来てもいいと言われたから、その次の土曜日の夜にも会いにいった。

すこし前から、自分の家でくつろげなくなった。家、というより、両親の前では。彼らと一緒にいると呼吸さえへたくそになっていくようで、いつも息苦しかった。

ひとり暮らしをしようかなと思いはじめた頃に、母から「話があるのよ」と、あることを切り出された。それで、ひとり暮らしの件はいったん保留になっている。

あのおっさんのどこが良かったん。このあいだ弟にそう訊かれた。柳田と一緒にいるところを見かけたらしかった。最近はじめたギターをいじりながら、さりげなく、という態だったけれどもその横顔はこわばっていた。

柳田を勝手に家庭のある男性と思いこんでいて、「姉ちゃん不倫とか最低やで」

と責めもした。

柳田は結婚していない、と私が説明してからも、まだしばらくは疑っていた。ようやく信じたあとも、「なんであんな」としつこかった。

誰かを好きになる時に、他人を納得させるための理由が必要なん？　言い返したら唇を噛んで俯いた。そして「心配してるだけやんか」とふてくされた。指がギターの弦《げん》に触れて、びーんと不穏な音をたてた。

「結婚とかするつもり？」

「そんなん、まだわからへんわ」

そもそもちゃんとした恋人なん、姉ちゃんは、あの人の、と弟は言いつのった。

「たしかな関係なん？」

私は答えなかった。たしかな関係がどういうものかなんて、知らないから。

売れ残ったチョコクロワッサンを買って、仕事を終えた。おつかれさまです。また月曜日。

アパートの部屋の扉をノックしたら、柳田が扉を開けてくれた。ぴょん、と軽くジャンプして抱きついた。

「いきなりだな」

うん、いきなり。首に両手をまわしたまま答える。これから日曜の夕方まで、一緒にいられる。

チョコクロワッサンを食べて、歯を磨いて、抱き合って、それから眠った。目を覚まして壁の時計を見たらもう朝の五時をすこし過ぎていて、損をしたような気分になった。夏は、日の出がはやい。部屋の中はもう、白く明るい。

柳田はすでに起きていた。なにか書類みたいなものを読んでいて、真剣な顔をしていたから声はかけなかった。読み終えたらそれを鞄に仕舞って、今度は画集みたいなものをめくりはじめた。

ひとりでも楽しそう、というのが柳田を好きになった理由だ、と言ったら、弟は納得してくれただろうか。もし明日私が姿を消しても、柳田は平気な顔で私と知り合う前の日常に戻っていくのだろうという気がするから安心してつきあえる。君なしじゃ生きていけない、などと言い出す人はあぶなっかしくてこわい。

柳田が台所に立ったので、私は「今起きました」という態で、目を擦りながら上体を起こした。起きたの、と柳田が振り返る。

「うん」

喉渇いた、と言いながら、冷蔵庫を開けた。扉にマグネットでとめられた一枚の写真を見ないように、目を伏せて。

柳田は結婚していない、と弟に説明したのは、嘘ではない。今は、という言葉を省略しただけだ。

冷蔵庫にはってあるのは、男の子の写真だ。文字通り、赤ちゃんに毛が生えた程度の年齢に見える。すべり台の上にいる。逆光で、よく撮れているとは言い難い。もっとましな写真はなかったのだろうか。

離婚した理由を、私は知らない。ろくな写真を持っていない理由も。生まれ育ったという、ここから遠い、はるか北のほうの町を出て大阪に住むことになった経緯も。妻子と住んでいたのであろう家を、妻ではなく柳田のほうが出て、大学生が住むような狭いアパートに移った理由も。柳田が言わないから、私も訊かない。

もしかしたら柳田のほうに重大な過失があったのかもしれないと思っている。でもそれは柳田のもとの妻と柳田とのあいだにおこったことで、私と、ではない。だからもし柳田が過去に悪いことをしたのであっても、私がそれを責めたり、あるいは裁いたりするのは、違う。

柳田の過去のことを、たぶん私は、これから先も誰にも教えない。とくに、弟には。

両親は弟を「まっすぐな性格の子」と言う。まっすぐな少年は、いつも私を「心配している」。恋人と年齢が離れているというだけの理由でなにか歪《いびつ》な関係であるかのように思ってしまうようなところのある子だ。離婚歴がある、子どももいる、などと言ったら、大騒ぎするに違いない。

コップに注いだ水を、ひといきに飲み干した。それからまた眠った。

ふたたび目を覚ました時には、太陽がすっかりのぼっていた。知らないあいだに布団の外に出ていた足が、冷房でつめたくなっていた。身体を縮めて夏掛けにくるまる。

遠くで太鼓の音が聞こえる。掛け声も。

部屋に柳田の姿がなかった。気配そのものがない。布団の上に座ってぼんやりしていたら、太鼓の音が大きくなってきた。

玄関の扉を開けたら、そこに柳田がいた。こちらに背を向けて立っている。お神輿《みこし》が向こうの角を曲がって、アパートの前の通りをやってくるところだった。扉を開ける音は、太鼓の音に紛れてしまったのかもしれない。柳田は背後に私がいることに気づいていないようで、振り向きもしない。

柳田は廊下の金属製の手すりに肘をついていた。その背中をぼんやり見つめる。着ている薄いTシャツの布地を、肩甲骨が押し上げている。

柳田の背骨がつくる細長いくぼみを、私はよく知っている。腰に近い位置に五センチほどの傷跡があることも、傷をつくった理由は知らないけれども、知っている。茶色がかったしみがいくつ浮いているかも知っている。何度も指や舌でなぞったから。

そのよく知っている背中に、なぜか触れることも声をかけることもできなかった。柳田の背中が、今朝はずいぶん遠い。

お神輿をかついでいるのは、小学生ぐらいの子どもたちだった。揃いの、水色のはっぴ。三階のこの位置からでも、たくさん汗をかいているのがわかる。大きなうちわで彼らに風を送っているのは、トキワサイクルのおじいさんだった。

「町内のお祭りだね」

そう言って柳田が突然、振り返った。いつ私に気づいたのだろう。

あつーい。あと何周するの。子どもたちが口をとがらせている。柳田は彼らから目を離さない。

「町内会の人たちが、出店をやるみたい」

かき氷、コイン落とし、焼き鳥やスーパーボールすくい、福引、あと、なんだったかな。柳田が指を折る。

「行ったことある？」

お神輿が遠ざかっていく。揃いのはっぴを着こんだちいさな背中たち。あの中に、柳田の子どもがいるんじゃないかと、なんとなく思う。あんまり熱心に見ているから。

「去年、通りかかっただけ」

「行ってみたい」

私が言うと、柳田はほんのすこし困った顔をした、ように見えた。私から目を逸らして頷く。じゃあ、行こうか。

「着替えたら」

「うん、着替えたら」

インスタントコーヒーに牛乳を注いだものを朝ごはんにした。日焼け止めを腕に塗っていると、整えたばかりの髪を柳田に両手でぐしゃぐしゃに掻きまわされた。

「なに。やめてよ」

私がもがけばもがくほど、柳田は楽しそうに笑う。しばらくのあいだ必死で抵抗していたが、やがてあきらめた。目をぎゅっと閉じて、頭を撫でまわされている状況に甘んじる。

「柳田」

「なに」

「犬、飼ったことある？」

あるよ。雑種の。柳田の手がようやく止まる。ブラシを手にとって、今度は私の髪を梳《と》かしはじめた。

やはり。柳田が私に触れる際の動作がたまに、犬を撫でる人のそれに酷似しているとすこし前から思っていた。

「家族の中でも、俺にいちばんなついてたよ。かわいかったな」

子どもの頃、夕方六時までに帰るよう母親から言われていたが間に合わず、怒った母親から家の外によく出された。そんな時には犬小屋に入れてもらったよ、と言う。

「名前、なんていうの」

「犬？　プニ子」

「プニ子」

「スーパー鼻プニ子」

鼻の頭がプニプニしていたから「スーパー鼻プニ子」。長いので普段はプニ子とだけ呼んでいた。なんという間の抜けた名前なのだろう。

いったい誰がつけたのか。どんな家に住んでいたのか。きょうだいはいるのか。矢継ぎ早に質問したくなって、ぐっと奥歯を噛みしめる。訊けばあっさり答えてくれるのかもしれないけど、こわい。柳田のことをくわしく知りたいけれども、知るのがこわい。

プニ子、と発音する時だけ、柳田の声はやさしくなった。私は、いつもプニ子の代わりに撫でられているのかもしれない。

アパートの外階段で、柳田は私の手を取る。水溜まりがあれば、ひょい、と自分のほうに引き寄せる。これまでに、何度も何度も同じことをしてきたのに違いない。何度も何度も、女の人に。特定の女の人に。恋人とか、妻とか、そういう人たちに。

こっちが近道。柳田の手をひいて、路地を抜ける。

「さすが地元の子、くわしいな」

「いいかげんにしてよ！」

声が響いた。怒鳴ったのは、もちろん私ではない。

人通りの少ない裏道で、男の人と女の人が言い争っていた。どっちも、きれいな人だ。

そのふたりのあいだに、あかつきんがいる。

私のSNSのアカウントにも何度か画像が流れてきた。街で困っている人を助けるという、それが噂通りあかつきマーケットの宣伝の一環だとしたら、まあ成功していると言えなくもない。お客さんは以前より増えているらしいから。

それでも、閉店することには変わりはない。あかつきマーケットとともに店じまいすることにした店には同じパン屋もあるようで、ベーカリーの店主も、明日は我が身、とかたい表情をしていた。商売って、楽じゃない。

まなみ、おちついて、と男の人が言い、女の人は男の人の胸を突こうとする。割って入ったあかつきんがよろけた。

「え、うそ。時枝さんだ」

柳田が呟いて、立ち止まった。男の人のほうは、仕事の知り合いらしい。

「声かけたら？」

「いや、それはやめたほうがいいよ」

「なんで？」

「だって道端で夫婦喧嘩してる時に知り合いに話しかけられたら気まずいでしょ」

柳田は顔を隠すようにして歩き出す。

「夫婦なん？　あのふたり」

「どうだろうね、奥さんと別居してるって聞いたことあるような気がする」

あかつきんは、夫婦喧嘩の仲裁に入ったのだろうか。おろおろと夫婦を交互に見たり、喚く奥さんをなだめようとしているのか、両手をぱたぱた動かしたりしているがまったく相手にされていない。その動作から中の人が焦っていることは痛いほど伝わってくるのだが、あかつきんは依然としてぺろっと舌を出している表情のままだから緊張感に欠ける。

見まわすと、やっぱりいた。男の人が、建物の陰からその様子を窺《うかが》っている。あかつきんが子どもに囲まれた時などに助けにくる男の人がいるらしいと、それもSNSで知ったことだ。男の人は心配しているような笑っているようななんとも言えない表情で、あかつきんを見ていた。

「あなたの趣味がだめだって言ってるわけじゃなくて、蝶が嫌いやっていう私の気持ちを理解しようともしない、そういうところが我慢でけへんって言うてるのよ」

行こう、と柳田の背中を押す。あなたはやさしいようでつめたい、と妻はなおも喚いている。見てはいけないものを見た、という気分だった。

「夫婦って、あんなに喧嘩するもんなん」

さあ、と首を傾げる柳田を、横目でにらんだ。知ってるくせに。私の知らないことをたくさん、知っているくせに。

夏祭りの会場は、児童公園だった。道路にぴったり寄り添うような細長いかたち。その空間に、今は「暁町自治会」と書かれたテントがところせましと並んでいた。公園から歩道にあふれ出た子どもたちがきゃあきゃあはしゃいでいた。お神輿は巡行を終えたらしく、公園近くの空き地に置かれていた。はっぴ姿の男性たちが、缶ビールで乾杯しているのが見える。小規模な、たいしたことのないお祭りだと柳田は道すがら言っていたけれども、活気にあふれていた。

子どもの頃、家族でこんなお祭りに行った。父と手を繋いで。母はまだ赤ちゃんだった弟を抱いていた。ゆらめく水の中で泳ぎまわる金魚に、ずらりと並んだおめん。くじがはずれだったので、べそべそ泣いた。まあまあお姉ちゃん、と母は私をなだめた。また来年、やればいいのよ。

ほんと？　来年もお祭りに連れていってくれる？　何度も問う私に、父は頷いた。もちろん。来年も再来年も、ずっとずっと家族四人で一緒に行こうな。

でもそれは果たされなかった。翌年は父が仕事のために不在で、その翌年は母がなにかの用事のため不在で、いつも誰かが一緒に行けなかった。

そうこうするうちに私は、夏祭りに家族と行きたいと思うような年齢ではなくなっていた。

「ずっと」を、私は手に入れることができなかった。

スーパーボールすくい、と書かれたテントの前に立つ。百円玉と引き換えに、おじさんからポイを渡される。

小学生に交じって、ぷかぷか浮いたスーパーボールに狙いを定める。色鮮やかな球体が水の中でぶつかり合う。ラメの入ったひとつが日光を受けてまばゆく光る。ぎゅっと目を閉じた。

ななめにしたポイを水に沈める。指先に触れた水はなまぬるかった。三つか四つ、いっぺんにすくった。ひょいひょいと、どんどんすくえてしまう。たちまち容器がいっぱいになる。ポイはまだ破れない。

「すごいな、瑛子ちゃん」

それを聞いた両脇の小学生が私の手元を凝視しはじめたから、頬があつくなった。ずぶり、と手首まで水に沈める。ようやく白い紙が破れて、終わった。

好きなスーパーボールを、三つ選んで持って帰っていい、とおじさんに言われて領いた。

「ひとつでいいです」

私が言うと、おじさんは怪訝な顔をして、そうか、と頷いた。長い時間をかけて、ひとつ選んだ。青い地の色に白いマーブル模様。空を丸くえぐりとったようにも見えるし、惑星のようにも見える。白く波打つ海を結晶にしたようにも。

「三つもらえばよかったのに」

柳田が言って、私は首を振る。大切なものはたったひとつあればいい。

暑いな。柳田が額の汗を拭う。日差しの強さに加えて、狭い空間に人間がたくさんいるから、熱気が尋常ではない。

「俺、ちょっともう限界」

柳田が、公園の向こうを指さす。あっちに神社があるから、そこで休んでる、と言う。かき氷の出店の前に列ができていた。あれ買ってから、私も行く、と答えた。

神社の石段は日陰になっていて、涼しかった。今日は湿度が低いらしい。柳田はそこに腰を下ろして座っていたが、私が手にしているかき氷を見て、わ、なにそれ、と呟いた。

「ずいぶん青いな」

「そりゃ青いよ」

ブルーハワイやし、と答えて、隣に腰を下ろした。

「ハワイアンブルーじゃないの。俺が子どもの頃はそう呼んでたよ」

どっちでもええやんか、そんなこと。なぜか急に大きくなった蟬の声にかき消されて、自分の語尾がよく聞こえなかった。

ストローを加工したスプーンですくって、柳田の口に運ぶ。その次に自分の口に。どんなに慎重にすくっても、氷の山はぱらぱらと崩れて手を濡らす。

「それにしてもブルーハワイって、へんな名前だよな。青いハワイ。青いハワイの味って、なに?」

「かき氷のシロップは色が違うだけで、味は全部一緒だってテレビで言ってたよ」

いちごとレモンと抹茶とブルーハワイ、という選択肢から、このあざやかな青色のシロップを私は選んだ。たとえ味が同じでもやっぱり、どれにしようかな、と楽しく迷う。

「いや、いちごやレモンのシロップに果汁が入ってなくても、まあなんか、言いたいことはわかるんだよ。でも、ブルーハワイは謎すぎる」

ハワイの味って何味なんだよ、と柳田はなおもそこにこだわっている。

「どうでもええって、そんなん」

そう言った私の声は、自分でもぎょっとするほど尖っていた。

「だってブルーハワイはブルーハワイの味やんか」

柳田が、驚いたようにわずかに身を引いた。え、と呟く。

「え、なに」

なんで怒ってんの瑛子ちゃん、と呟く柳田から目を逸らした。喉の奥から、熱いかたまりがこみあげてくる。甘い味は砂糖が入っているだけ。青い色は着色料が入っているだけ。ただそれだけで、なにかのまがいものみたいに、わけのわからないものみたいに扱われてしまうのが嫌だ。

「ブルーハワイのために怒ってあげてるの」

ははは、と笑いかけた柳田が、私の顔を見て、その笑いをひっこめる。

声を上げて泣きたくなった。

ちゃんとした恋人なの、と問う弟の声がよみがえる。淳《じゅん》、と心の中で、弟の名を呼ぶ。淳之介《じゅんのすけ》という弟の名を、家族全員「淳」と呼ぶ。弟は私を名前で呼ぶことはない。弟が生まれた時から、両親も私を「お姉ちゃん」と呼ぶようになった。

両親が離婚するつもりらしいことを母から告げられたのは、先月のことだ。もう何年も前から、彼らの関係は冷え切っていた。そして、それを隠していた。すくなくとも本人たちは隠しているつもりだったようだ。さっきの夫婦みたいに大声で言い争う姿なんて、けっして私たちには見せなかった。

「淳に、お姉ちゃんからそれとなく話してくれへん？　その、離婚のこと」

あの子はまっすぐな子やし、と母から言われた時、まっすぐな子だからなんなのかと答えそうになった。それとなく、なにを話せばいいのだろう。自分自身の恋についてさえ、私は語る言葉を持たないのに。

私たちは、たしかに家族だった。たぶん、柳田のもと妻と子どもも。だけど、壊れてしまった。

弟の言うような「たしかな関係」なんて、どこにもない。私と柳田のあいだには約束がない。もしかしたら将来も。だからといって淳に私と柳田のあいだにあるものをまがいものみたいに、わけのわからないものみたいに扱われたくない。

「瑛子ちゃん」

困った顔で、柳田が私の頭に手を置く。

瑛子ちゃん。柳田が私の名を呼ぶ時の声が好きだと思う。それを柳田に伝えたことがあっただろうか。

一度もない。柳田の過去について訊ねないと同時に、私は自分のことをほとんど柳田に話したことがない。

「そうか。瑛子ちゃんにとっては大切なことだったんだね」

笑ったりして悪かったよ、と柳田が頭を撫でる。いつものように髪をわしゃわしゃやるのではなく、そうっと、壊れやすいものに触れるように。

公園のほうから、わーっという歓声が聞こえる。かき氷、溶けるよ。柳田に言われて、なかば液体に近くなった氷をすくった。

唇も舌も、真っ青に染まっているに違いない。ブルーハワイを食べると、いつもそうなる。その青色は、時が経てばやがて消えてしまう。今さっき泣きそうになった私の気持ちも、やがては消えてしまう。それでいい。私はもう「ずっと」を願うような子どもではないのだから。

ひとりでも楽しそうにしている柳田は、いつか私が去っても、平気な顔で生きていく。たぶん、私もまた、そうだ。いつか会えなくなっても、それなりに生きていく。生きていけてしまう。だからこそ、この瞬間をいつくしむ。ポケットの中のスーパーボールに触れる。青くてきれいなスーパーボール。柳田と別れても、失くさない限りこれだけは私の手元に残る。大切なものは、たったひとつあればいいのだから。

「他にも、教えてくれよ」

ためらいがちに、目を伏せながら柳田が放った言葉を、何度か訊き返した。むずかしいことを言われているわけではないのに、どうしてだか、まったく意味がつかめない。

「瑛子ちゃんが大切にしてることや、そうでないことを教えてほしい」

だってきみ、なんにも話さないから。柳田が「きみ」などと言うのを、はじめて聞いた。あやうく笑ってしまいそうになる。もしかして緊張しているのだろうか。

「話さないし、訊いてこないから、そういうつきあいをしたいんだと思ってた。めんどうじゃないつきあいっていうの？　だからそれに合わせてきたつもりだったけど、でもさっきみたいに瑛子ちゃんがいきなり泣きそうになって、その理由が全然わかんないなんていうのは、俺はもう、いやだよ」

いやなんだよ、と柳田は繰り返す。

そうか。私は、目を見開く。いやなんだ、柳田は。そういうのが。

柳田のことを、私はほんとうに、何も知らない。柳田も、私のことを知らない。

もう一度ポケットに手を入れて、スーパーボールを確かめた。「ずっと」は、はじめからそこに存在するわけじゃない。一瞬一瞬を積み重ねてつくっていくものなのだと、とつぜん気がつく。

柳田のことを、私はほんとうになにも知らない。柳田も私のことを知らない。

今はまだ。

なにから話せばいいだろう。ためらいながらも、ゆっくりと口を開いた。

バビルサの船出

最初、死んでいるのかと思った。倒した座椅子に仰向けになっているじいちゃんを見て。夏掛けの下で薄い胸が上下していたから、昼寝をしているだけだとわかった。ほっとして、大きく息を吐く。

年寄りのひとり暮らしはなにが起こるかわからないという理由で、俺はじいちゃん宅の合鍵を預かっている。実際にはじいちゃんの娘である俺の母が預かっているのだが、使う頻度は俺のほうが多い。母は忙しい。仕事だ、俺の妹の小学校のPTAの会合だ、あとはなんだかわけのわからない教育評論家の講演を聞きに行ったり、そうかと思えばおしゃれなカフェに行ってその写真をSNSにアップしたりと、やたらアグレッシブなのだ。もしかしたらマグロやカツオの仲間なのかもしれない。止まったら死ぬ的な意味で。

いま両親と妹は、父の故郷へ泊まりがけで帰省している。夏期講習を理由に同行を断ったら、じいちゃんの様子を見てくるという仕事を仰せつかってしまった。

俺たち一家が住む駅の南側の高層マンションからおよそ十分歩くと、じいちゃんの家に到着する。数メートル先にじいちゃんの店であるトキワサイクルがある。この付近の建物はいずれも古くて、ごちゃごちゃとひしめきあっている。

起こさないように気をつけて慎重にリュックを床におろしたつもりだったが、参考書をつめこんでいるせいか、どさっという音を立ててしまった。じいちゃんが目を開ける。

「なんや和樹《かずき》か」

「なんやとはなんや」

「お前、学校は」

夏休み、と答える。予備校の帰り。じいちゃんは唸《うな》りながら身体を起こした後、休みも勉強か、と呟いた。

海のそばのどこかの田舎町で生まれたじいちゃんは十五歳で家を出され（「五男坊やからな、昔はどこもそんなもんや」）、大阪の自動車工場でしばらく働いた後、自転車屋に転職し、今から四十年近く前にトキワサイクルという自分の店を開業した。

「がんばっとるんやな」

まあね、と答えて、簞笥の上の位牌に目をやる。隣にある写真立てにも。ばあちゃんがこちらに向けてピースサインを出している。傍らにはまだ赤ちゃんの俺。この家には仏壇がない。

テーブルの上の一輪挿しに、桔梗《ききょう》が活けてあった。花の名前は、ばあちゃんに教えてもらったおかげでけっこう知っているつもりだ。

やさしかったばあちゃんが病院で死んだ時、俺はまだ六歳だった。六歳だったので、人目もはばからずおおいに泣いた。じいちゃんはぜんぜん泣かなかった。

あれから十年やで、と呟く。写真を横目に。ああ、もうそんなになるか。じいちゃんも呟く。十年は俺にとっては、すごく長い。じいちゃんにとっては「もうそんなに」という程度の年月なのかもしれないが。

「……なんか、ねえ。いつもと同じなんやけど。今日は八月十五日やで？」

なすびときゅうりでつくった牛と馬とか置かへんの。俺が言うと、じいちゃんは笑った。

「盆の風習は地方によって違うんや」

子どもの頃に、きゅうりでつくった馬なんかどこの家でも見たことなかったと言う。たしかに地方によってさまざまなのだろう。父の実家では、甘いシロップに漬かった大量のだんごを用意して、祭壇ではなく縁側に置くという謎の風習があり、親戚のおばさんが「お嫁に来た時はびっくりした」と言っていた。そのおばさんの故郷ではお墓で盛大にロケット花火を打ち上げるという。しかしじいちゃんは毎年「何もしない」のだ。それは地方によって違うとかいう話ではない。

この家にはばあちゃんの霊が帰ってきてるんやろ。俺のその言葉に、じいちゃんは盛大に笑い出した。笑い過ぎてむせて、ちょっと心配になるほど咳きこんだ後、目尻に溜まった涙をティッシュで拭く。

「死んだ人間は帰って来《け》えへんぞ、和樹」

昔から、そういったことに無関心な人だなとは思っていた。仏壇はいらん、と言い出した時から。お盆に特に何もせず過ごすことも、昔から知っていた。だけど今年はそれがみょうに気にさわる。

「和樹、夕飯食べていくか」

じいちゃんは「膝が痛い」と顔をしかめながら時間をかけて立ち上がり、台所に入っていく。


中学の同級生だった大沢《おおさわ》くんが無免許で乗りまわしていたバイクで事故を起こして死んだらしい、と俺に教えてくれたのは淳だった。淳と俺は同じ高校に通っているが、大沢くんは違う。ちょっとがらの悪いやつが集まることで有名な、偏差値の低い高校に通っていた。

共通の友人が骨折して入院したので、そいつのお見舞いに行く日程について電話で喋っている最中に、淳が「ふと思い出した」という感じで、そのことを告げたのだった。俺はその時ちょうど、駅の構内を横切っているところだった。構内のざわめきが一瞬、遠くなった。

「卒業式以来、顔見てないけど」

びっくり、なんて軽い言葉で表現したらあかんのやろうけど、と淳は口ごもった。

「まあなんか、やっぱりショックやったな」

せやな、というようなことを答えたかどうか、そのあたりは記憶が曖昧だ。それぐらい、ぼんやり受け答えをしていた。

嘘だ。大沢くんが死んだなんて。

和樹、仲良かったっけ。口数が減った俺を気遣ったのか、淳が訊ねた。仲良くなんかなかった。一回、喋ったことがあるだけだ。

大沢くんの耳はピアスの穴だらけだった。髪をへんな色に染めていた。大沢くんの仲間もみんなそんな感じだった。

俺はクラスでも目立たない生徒で、それは高校生になった今も同じだけど、だから大沢くんたちみたいな生徒にはなるべく関わらないようにしていた。むこうも俺らみたいなのは最初から視界に入らない、という態度だったからことさらに避ける必要もなかったけれども、同い年とは思えないような凄味《すごみ》を持つ彼らと同じ教室にいることは異様な緊張感をともなった。

だから三年生の三学期、美術の時間に突然大沢くんから話しかけられた時には、比喩でなく椅子から飛び上がりそうになった。

なにその絵。なんかすごいな。後ろの席の大沢くんは俺の絵をのぞきこんできて、そう言ったのだった。

え。あ。そ、あ。動顚《どうてん》した俺は、返事とも呼べないような音を発しただけだった。

救いを求めるように周囲を見まわした。誰もこちらを見ていない。

受験に関係ない授業をまともに受ける必要などないとばかりに問題集を解くやつら、つっぷして寝ている淳、パンを食っている男子、窓際に陣取って喋っている女子の集団、という感じで、どうもこの空間で真剣に絵を描いているのは俺だけだったらしい。そもそも美術の教師からしてやる気がなく「適当に好きな絵を描いといてくれ」と言い残して奥の準備室にひっこんでしまったのだから、今考えるととんでもない中学だった。

大沢くんがいつもつるんでいる連中の姿が見えない。校舎の裏で煙草でも吸っているのだろうか。なぜひとりだけ出席しているのか。なぜ突然話しかけてきたのか。よほど手持ち無沙汰なのか。まごつく俺をよそに、引き続き大沢くんは身を乗り出して俺の絵を見ていた。

「お前の絵、へんでかっこいいな。どないしたらこんなふうに描けんねん」

大沢くんは自分の絵と見比べるようにしている。俺が鉛筆で描いていたのはミジンコの絵だった。大沢くんが描いていたのは単純な線で描いた人物が踊っているところで、ちょっとキース・ヘリングの真似《まね》っぽかった。

「どうやってって……」

わかんないけど、子どもの頃からなんとなく落書きが趣味みたいなもんで、と答えた。今も家で、勉強の合間にスケッチブックを開いて鉛筆を走らせることがある。大沢くんは小さく唸った。んんん。そうか、すごいなお前。ミジンコの絵にそんなに感心されても、と複雑な気分になった。

大沢くんもどうやら絵を描くのが好きらしかった。だから美術の時間はサボらないのだと言う。

「なんか言われたりせえへんの、みんなに」

別に。大沢くんは鉛筆を放り投げた。

なんとなく一緒にいるだけの、そういうやつらやしな。いつもつるんでいる彼らのことを、大沢くんはそんなふうに表現した。退屈そうに膝をゆすりながら。

なんでミジンコなんか描いていたのかというと、当時俺の中でへんな生物のへんなエピソードをネットで収集することが流行っていたからだ。ミジンコは他の生物に食われそうになると頭のうしろに角をはやして身を守ろうとするが、その角が生えるのに二十四時間ぐらいかかるので間に合わずに結局食われてしまうという。かわいそうな気がしたので、ウニなみにトゲトゲの角だらけのミジンコを描いたのだった。これなら食われずに済むだろ、という気持ちで。

ミジンコの話は、淳に聞かせた時には「ふーん」程度の反応だったが、大沢くんには結構うけた。他にもいろんな生物のエピソードを聞きたがったから、俺は調子に乗っていろいろ喋った。大沢くんは相変わらず目つきが鋭くてこわかったけど、笑うと目が三日月のかたちになって、おさなくなる。

オランウータンは喧嘩に勝つと顔がでかくなるらしい、という話から、担任はオランウータンに似ている、という話になった。美術の教師はナマケモノ。

「俺は？　俺は？」

身を乗り出す大沢くんは詰襟の制服のボタンをぜんぶ外して着用していて、下に着た白いパーカの胸にドクロマークとともに「memento mori」と書かれているのが見えた。バビルサ。無意識のうちにそう答えてしまっていた。

「バビルサ？　なにそれ、どんなん？」

たぶん名前の響きから、かっこいい生物を想像したのだと思う。わくわくした様子で取り出したスマホでバビルサを画像検索して「なんやこれ」と落胆と怒りが入り交じったような声を出した。

バビルサの外見をひとことで言うと、牙《きば》が生えているブタだ。そりゃあ、落胆もする。自分の軽率な発言を反省した。

「あ、いやあの、自分の死を見つめる動物、って呼ばれてんねん」

バビルサには四本の牙がある。皮膚を突き破って生えており、伸びて自分の脳天につきささって死ぬこともある、という。

「大沢くんに似てるとかとちゃうねん。あの、それで連想しただけやからさ……」

胸元を指さすと、大沢くんは自分のパーカを引っぱって眺めた。もちろんドクロの絵は認識していたが、その下の文字については深く考えていなかったらしい。今度はメメントモリという言葉の意味を検索してからまた、んんん、と唸った。

「そうか。死を見つめる動物か」

大沢くんは「悪くはないな」と言って、また目を三日月のかたちにして笑った。ほっとした。殴られたりしたらどうしようかと思った。

大沢くんのスマホには、あかつきんのイヤホンジャックがついていた。あかつきんやん、と口走った俺の声を聞き逃さなかったらしい。「ええやろ、これ」とにやりとした。

「ていうか、誰も絵描いてへんな」

教室を見まわして、さっき俺が思ったのと同じことを大沢くんが言う。

「受験前やから」

受験。大沢くんはうんざりしたような顔をした。なんだか、さびしそうにも見えた。

お前はどこを受けるんだと訊ねてきて、俺が志望校の名を言うと「ひょー」というようなへんな声を出した。

「頭ええとこやん。俺とか、高校行けるかどうかもびみょう」

頭ええとこという言いかたが最高に頭が悪そうだったが、もちろんそんなことは口に出さずにただ頷いた。

「でもお前、こんだけ絵うまいんやったら、あそこ行ったらええんちゃう」

デザイン科がある高校の名を大沢くんが挙げたけど、進路については両親と話して既に決定している。行ける大学に行って、入れる会社に入ること。

俺もそれがいちばんいいと思う。絵を描くのはたしかに好きだけど、それを仕事にできるほどではないということは、自分でもよくわかっている。センスとか才能とか、いちばん大切なもの（だと俺が思う）であるところの情熱、そういうものが足りていない。

だから「そういうのはもう、最初からあきらめてる」と笑った。

あきらめる必要ないやん、と大沢くんは気色ばんだ。プロになられへんから絵描く勉強したらあかんとか、おかしいやん、と。

「お前、絵描くのきらいなんか？　ちゃうやろ。好きなもんに触られへんとか、そんなん生きてる意味あるか？」

教室で誰かと喋る時の大沢くんはいつもだるそうなのに、その時だけ、みょうにせっぱつまったような口調だった。

そこでチャイムが鳴った。俺は、デザイン科のある高校に行きたいのはほんとうは大沢くんのほうなんじゃないかな、という気がした。

あきらめる必要がないのは、大沢くんだって一緒じゃないのか。でも、そこまで踏みこむ勇気がなかった。大沢くんが例の仲間内で「大沢ん家、貧乏過ぎてうける」というようないじられかたをしている姿をたまに見かける。学力の問題以外に、俺には想像もつかないようないろんな事情があるのだろう。

立ち上がった大沢くんがこちらを向いて「バビルサの絵は描かへんの」と言った。うーん、と曖昧に答えた。大沢くんは「もし描いたらさ」と言いかけてやめた。そしてそのまま、すっと美術室を出ていってしまった。

それだけだった。その後、一度も言葉を交わすことなく卒業した。同じ教室にいながら、やっぱりあまりにも俺たちの住む世界は遠かった。バビルサの絵は結局、描かなかった。受験とかいろいろ、忙しかった。高校に入った後もまたなにかとあわただしかった。

高校には中学にはなかった美術部が存在し、入部希望者として美術室を覗いてみたけど、その時見せてもらった三年生のデッサンがめちゃくちゃうまくて臆してしまって、結局入部はしなかった。

あの頃勉強の合間によく開いていたスケッチブックはたしか本棚のどこかにしまいこんだままだが、もう正確な場所を思い出せない。

卒業してからも、特に大沢くんを思い出すこともなかった。死んだ、と聞かされる、その瞬間まで。

淳との通話を終えた後、俺はよろよろと歩き出した。親しくなくたって、同い年の人間が死んだら驚くよ、あたりまえやろ、なんて。なぜか必死に、頭の中で誰かに説明していた。死を見つめる動物。あんなこと言わなきゃよかった。不吉だ。すごく不吉な言葉を大沢くんに贈ってしまった。

「ねえ、ちょっと」

ふらふら歩いていたら、声をかけられた。駅構内のジューススタンドの女の店員さんが、心配そうに身を乗り出して俺を見ていた。店員さんは、オレンジ色やピンク色のジュースが入ったミキサーが並んだカウンターから歩み出てきた。

フレッシュジュースというのはなんだか高そうだったので一度も買ったことはなかったが、その店員さんの顔には見覚えがあった。毎朝、よくとおる明るい声で「いかがですかー」と行き交う人々に声をかけているから。

「だいじょうぶ？　顔真っ青やで、高校生」

お水飲む？　試飲用なのか、ちいさな紙コップに水を注いでくれた。その水を飲んだらなんだか急にいたたまれないような気分になって「ありがとうございます」とそれだけ言ってあたふたと逃げた。

和樹。台所に立っていたじいちゃんが俺を呼ぶ。

「そこの引き出しに、フォーク入ってるやろ。取ってくれ」

「ああ、うん」

台所のじいちゃんにフォークを渡す。いつのまにかおかずがいろいろと用意されていた。きゅうりの塩昆布あえ。枝豆と茗荷《みょうが》の混ぜご飯。ごま油の香りがぷんとする。じいちゃんが魚焼きグリルを開けると真っ黒焦げになったなすびが姿を現した。

「失敗ちゃうのこれ」

「焦げとるんは皮だけや」

じいちゃんがフォークを動かすと、確かに焦げた皮はぺりりと剝がれて、うっすら焦げ目のついた実が現れる。

「焼く前に縦に浅い切りこみを入れて、皮が真っ黒になるまで焼いて、水には晒さず熱いうちに皮をむく」とうまい焼きなすができる、らしい。傍らにノートがひろげてあった。新聞に載っていたレシピを切り抜いてはりつけてある。黄ばんだページに「ごまだれの配合」などと細かく書きこんである。ばあちゃんの字だった。

「若いもんにはちょっと、物足りんかもしれんな」

ハムカツ買《こ》うてきたろか、ハムカツ。じいちゃんが俺を見やる。

「いらん。そういうのは家で食える」

そうか。頷いたじいちゃんと、台所のテーブルで向かい合って夕飯を食った。

「じいちゃんの実家のあたりは、どんな感じのお盆やったん？」

混ぜご飯を搔きこみながら訊ねる。

「お前さっきから、えらいこだわるなあ、盆に」

「そういう研究をしようかと思ってんねん、大学に入ったら」

じいちゃんが疑わしそうに目を細めた。

「……同級生が死んだ」

箸を置いたじいちゃんは「そいつとは、仲良かったんか」と静かに訊ねた。

「いや、全然」

ちょっと、喋ったことあるだけ。俯いて答えた。

なにかできたかもしれない。そんなわけないのに、どうしてもそう思ってしまう。バイクなんかに乗るのはやめておけと止められるような関係でもなかったくせに。淳から聞かされるまで死んだことさえ知らなかったくせに。大沢くんのことなんて、それまで思い出しもしなかったくせに。

大沢くんの母親はシングルマザーで、大沢くんが死んだ後すぐ男の人と一緒にどこかに引っ越したらしく、今は行方がわからない。それも淳から聞いた。大沢くんの魂《たましい》はだから、きっとどこへも帰ることができない。そんなのってあんまりだ。

「そうか」

じいちゃんはそう呟いたきり、その後は黙って食事を続けた。

食器を台所に運んで、じいちゃんはスポンジに洗剤を垂らす。振り返って「船や」と唐突に呟いた。

「船？」

じいちゃんの故郷は海のそばだから、お盆には木の船をつくり、くだものやらお菓子やらをのっけて海に流していたのだそうだ。死者の魂がその船にのって帰っていくと考えられているという。

「つくってみるか？　船」

このあいだ棚をつくった板きれの余りが、まだどこかにあるはずや、とじいちゃんが言う。

「お前、やりたいんやろ、そういうのを」

「別に」

じいちゃんがやるって言うなら、つきあうけど。俺はそっぽを向いて答える。じいちゃんがフッと笑うのが聞こえた。


昔から、じいちゃんは器用だった。なんでも自分でつくってしまう。家電なども、ちょっとした修理なら自分でやってしまう。

ガレージに移動して、一時間もせずにあっという間にボートのようなものができあがった。船の後部にフックをとりつけて、ひもを結んでいる。ひもは、けっこう長い。三メートルぐらいはありそうだ。

いつの間にか陽がすっかり沈んでいた。ろうそくと、線香と、できあがった船を抱えて、懐中電灯を手に河川敷まで歩く。コンビニに寄ってお菓子とバナナを買った。じいちゃんが「くだものをのせていた」と言ったから。イメージ的にはりんごとかぶどうだったが、そのコンビニにはバナナしか売ってなかったのだ。

「先月やったら、まだ開いとったのになあ」

あかつきマーケットの青果店のことを、じいちゃんは言っているのだった。あかつきマーケットの取り壊しが決まって、その青果店はひとあしはやく店じまいをしたのだという。そんなことを言われたって、先月はお盆ではないのだからどうしようもなかった。

あかつきマーケット、と聞いて、時々ばあちゃんの買い物についていったことを思い出した。花屋さんで花を熱心に選ぶばあちゃんのかさついた手とか、お母さんには内緒やで、と精肉店で買ってくれたアメリカンドッグやコロッケの味。なつかしくて、遠いもの。

そろそろと、土手をおりる。河川敷はもわりと暑い。普段は釣りをする人も多いらしいが、今日はさすがに誰もいない。へんな音が聞こえるなと思ったら、対岸で誰かが楽器の練習をしているのだった。トランペットか。へたくそだ。ぷわー、ぷわー、とひっきりなしに聞こえて、気が抜ける。

ろうそくに火を灯して、船の先に立てた。風が吹いて、火が消えてしまう。苦労して、また火をつけた。

「よし。おろせ」

船を水面に、そっと置くようにして、おそるおそる手を離した。じいちゃんは船につけたひもを握ったままだ。流れの遅い川を、船はゆっくりとすべるように進んでいく。真っ暗な世界を、一本きりのろうそくの炎で照らすことはできない。ちいさなオレンジ色の点が移動しているようにしか見えない。

ばあちゃんが死んだ時、じいちゃんはぜんぜん泣かなかった。

生きとるあいだに、じゅうぶん大事にした。そんなふうに言った。

生きているあいだに誰かをじゅうぶん大事にしたと、だから別れはつらくないと、そんなふうに言える人はすくないと思う。そこまでの覚悟を持って誰かに接している人なんて、めったにいないんじゃないか。すくなくとも俺はその覚悟がなかった。だから今、こんなに後悔している。

「こんなことしても無意味ってわかってるで」

暗くてよかったと思った。俺はきっと今すごく情けない顔をしている。

「死んだ人間の魂が帰ってくるとか、じいちゃんから見たらばかばかしいことかもしれんけど、死ぬってこの世から消えることやろ。二度と会えなくなるっていうこと。一年に一回でも、たとえ見えへんかっても、帰ってきてるって思いたいんや。そういうことにしときたいの。ばかばかしくっても」

じいちゃんは俺のほうを見たようだった。真っ暗なせいで、その表情はわからない。ただ「なあ」と答えた声はやわらかかった。

「ばかはかしいなんて、俺はひとっことも言うてないぞ」

じいちゃんの声がゆっくりと水面の上を、すべっていく。

「けど、生きてる自分を大事にするのがいちばんの供養やと思ってる」

たとえば、ばあちゃんから教えてもらったやりかたで料理をつくること。それを食べて今日も明日も生きていくということ。ばあちゃんが生きていた頃と同じように、テーブルに花を飾ること。習慣だから、花を飾るたびにわざわざ思い出したりはしない。

ばあちゃんはもうじいちゃんの一部になっている。ばあちゃんだけじゃなくて、今までの人生でかかわった人ぜんぶが、自分の一部だ。好きな歌をうたっていた歌手、かっこよかった俳優、仕事を教えてくれた上司、通りすがりの人がしてくれた親切。そういうもんぜんぶ、自分の中に取りこんで生きとる、とじいちゃんは言う。

「死んだ人間は、天国にもどこにも行かん。死んだら小さい、たくさんのかけらになって散らばって、たくさんの人間に吸収される。生きてる人間の一部になる。とどまり続ける」

「じゃあその生きてる人間が死んだら？」

「また、この世に残ったやつの一部になる」

そうやって、続いていくんやで。じいちゃんの声がやけにやさしくて、うっかり泣いてしまいそうになる。まばたきを繰り返して、こらえた。

「その同級生と喋った記憶も、和樹という人間の一部になっとるやろ、きっと。お前が明日も明後日も、自分を大事にしていくならそれでええんとちゃうか」

俺たちの視線の先で、ろうそくの火がふっと消える。じいちゃんが手にしたひもをゆっくりとたぐりよせはじめた。

「えっこれ、持って帰るの」

「あたりまえやろ」

「でもなんかこう、遠ざかる船をいつまでも見つめている、みたいなほうが雰囲気出えへん？」

「雰囲気なんかどうでもよろしい」

船を小脇に抱えて、じいちゃんはさっさと歩きはじめる。

「ほら、和樹。もう行くで」

そう声をかけられてからも、まだ真っ暗な川面を見ていた。風が吹いて、目にごみが入った。ぎゅっと目を閉じる。

そこにないはずの船が、ゆっくりと進んでいくのが見えた。船の上でなにかが動く。目を凝らして、それをたしかめようとした。ろうそくの光に照らされて、四本の牙がゆれる。バビルサだ。

それが自分の空想みたいなものだということはわかっていた。でもたしかに見えている。こらえきれずに、叫ぶ。大沢くん。

バビルサは返事をしない。のんきに船旅を楽しんでいる。

もっといっぱい喋ってみたかった。属しているグループが違うとか、大沢くんの友だちに絡まれそうだとか、クラスのみんなからどう見えるかとか、共通の話題がないかもとか、そんなこと考えずに、勇気を出して話しかければよかった。あかつきんが好きだったらしい大沢くん。好きなものに触れないなら生きてる意味がないと教えてくれた大沢くん。俺の絵をへんでかっこいいと言ってくれた大沢くん。

船の進む先は白くまぶしく光っている。バビルサをのせた船は、まぶしいほうをめざして進む。ゆっくりと、でもまっすぐに、ためらいなく。やがて、光にのまれて見えなくなった。

いてもたってもいられなくなって、身を翻した。川に背を向け、走り出す。やわらかく濡れた草を踏んで、スニーカーが滑った。

だいぶ先を歩いていたじいちゃんが振り返った。

「俺、帰らな」

本棚の奥にしまいこんだスケッチブックをさがさなければ。それと鉛筆も。急いで描かなきゃと思った。今しがた見たものをぜんぶ。このタイミングを逃したら、二度と絵が描けなくなってしまうような気がする。急いで。生きてるうちに。生きてるうちに描いておきたいものがある。

「おお、そうか」

なんにも説明していないのに、なにもかもすっかりわかっているみたいに、じいちゃんは大きく頷く。

土手を一気に駆け上がった。ここからでも、俺の住むマンションの位置がわかった。ひときわ高く、いくつもの窓に灯がともっていて、まぶしい。

すこし立ち止まって、呼吸を整えてから、力いっぱい地面を蹴る。腕を大きく振る。夜の闇《やみ》の色をばりばり裂いていくような気持ちで、足を交互に踏み出す。俺もまた、まぶしいほうをめざして走っていく。

生きる私たちのためのスープ

うちのマンションのベランダは東向きで、朝は居間ぜんたいが、レモン色の光で満たされる。九月の今は、遮光カーテンをぴっちり閉めておかないとまぶしくてしかたない。居間の隣の、寝室にしている和室まで光は容赦《ようしゃ》なくさしこむ。襖を開け放った和室で、布団にうつぶせになっている夫に一瞬目をやってから、マグカップを片手にカーテンの隙間に身体を滑りこませる。ガラス戸を開けベランダに出た。朝顔の様子を見るために。

夏のあいだは毎日のように新しい花をいくつも咲かせた鉢の、根元にちかい葉は黄色くなりはじめて、蔓《つる》もずいぶん細くなった。ひとつだけ、つぼみをつけている。まだ生きてるよ、と訴えるように。

朝顔の鉢は、夏のはじめにホームセンターで買った。水色のがいいか、紫色のがいいか、としゃがみこんで選んでいる私の横に立っていた夫から「出向になった」といきなり伝えられた。

何度もタイミングをはかって口を開いてはやめ、ようやく言えたのだろう。結婚して三年、でも高校の頃から数えたら十五年のつきあいだから、わかっている。

夫の勤務先は全国に支社をもつ「ヤシマ」という楽器メーカーで、出向先は市内の楽器店だ。奥にピアノと電子ピアノが数台、手前にはギターとベースが並べられている小さな店。ピアノの調律の収入と、周辺の学校へのリコーダーやけんばんハーモニカの納品でなんとか経営が成り立っているような、そういう。

「しばらくのんびり働くわ」

朝顔に視線を落としている夫の隣で、私は「そうね。それがええと思うよ」と同じく色とりどりの朝顔に目移りしているふりをした。声が震えないように気をつけながら。

ガラス戸が開いて、振り向く。夫はベランダに出てくるなり「ちょっと肌寒いな」と身震いした。

「九月ももう、終わりやな」

ところでそれなに？　夫が私のマグカップを覗きこむ。

「紅茶」

「ちょっとちょうだい」

ひとくち飲んで、あったかいなあ、と息を漏らす。

「ごめんね、起こした？」

ほんとうはこんなこと、訊くべきではなかった。夫はたぶん、夜中からずっと起きていた。何度も寝返りを打っていたし。

のんびり働く、と言った夫はけれども、出向になった後からじょうずに眠れなくなった。夫自身はけっしてそれを認めようとしないけれども。

最近、夫はお弁当を持っていくようになった。最初の頃は毎日外食していたが、出向先の人に「やっぱりヤシマさんとこはお給料がいいんですね」と嫌みを言われたらしく、それを気にしてか、毎朝ぶかっこうなおにぎりを自分でこしらえている。

時間がある時は、私がおかずを用意することもある。今日は時間のある日だった。卵焼きとウインナーを焼いて、ブロッコリーを茹《ゆ》でて、皿に盛る。あまり手をかけると夫がものすごく申し訳なさそうな顔をするので、さじ加減が難しい。「ほんのついでに」という顔でできる程度のことだけ、する。

朝ごはんに食べていってもいいし、適当にお弁当箱につめて持っていってもいいからね。そう言い残して、エプロンをはずした。早番の時は私のほうが、出勤時間がはやい。

夫はダイニングテーブルに肘をついて、ノートを広げて熱心にペンを走らせている。なにか、図のようなものが見えた。

「店内のレイアウトが、今のままだとちょっと」

いまいちやねんな、と夫は顔も上げずに言う。音楽教室のチラシ。ウィンドウのディスプレイ。夫はこれまで出向先の社長にいろんなことを提案して、そのたびに却下されてきた。このままでいいんだよ、どうせ将来に希望のもてる商売じゃない、そんなふうに、社長は言うのだ、と。

でもな、と夫は唇を噛んでいた。できることを、したいんや俺は。

なにかしたい、という気持ちはわかる。夫には出向になった理由が今もわからないままで、それでもなんとか現実と折り合いをつけて生きていこうとしているのだ。けれども「空回りしている」と陰口をたたいているらしい職場の人たちの気持ちもまた、夫には申し訳ないけれどもわかる。ひとりでわちゃわちゃしている人を見るのはけっこう、しんどいものだ。

じゃあ行ってくるから。声をかけると、「うん、気をつけて」と夫が頷く。玄関へ一歩踏み出してから、振り返った。夫はこちらに背を向けているから、気づかない。

こんなに薄かっただろうか。夫の背中を見るたび、胸の奥や、指先がちくりと痛む。なにか尖ったものに触れたように。

駅の構内のジューススタンドに勤めて、もう三年近くになる。厨房もふくめて二坪ほどの小さな店だ。カウンターはあるが椅子はないので、たいていの人は立ったままそこで飲んでいく。朝ごはんがわりにフレッシュジュースを、という人はあんがい多い。同僚の清水さんに挨拶して、開店の準備に取りかかる。

清水さんはものすごいはやさでりんごの皮をむきながら「ねむー」とぼやく。

「寝てないの？」

ん、と清水さんは、あるかなきかのごとくかすかに頷く。子どもの夜泣きで細切れの睡眠しかとれていない、体力の限界だ、だそうだ。清水さんは子どもがふたりいる。男の子と女の子。ふたりとも、同じ保育園に通っている。妹である下の子の夜泣きがはげしいという。

「上の子は、甘えん坊で手はかかったけど夜泣きしないタイプやったしさ。三歳になってても夜泣きする子がいるなんて知らんかったわ。あの子、寝付きも異常にわるいし」

昼間公園などで遊ばせて疲れさせても、絵本を何冊読んであげても、なかなか寝付かない。やっと寝たと思ったら、今度は夜中に突然泣き出すらしかった。一度泣き出すともう駄目で、なだめても抱きしめても、ますます泣きわめく。ひとしきり泣くとまた寝るが、数時間後にまた泣く。そんな日が続いている。

「旦那のお姉さん、『どっちに似たんやろうね』とか言うの。私の顔見ながら」

私に似たんなら何やの、火あぶりの刑にでも処すつもりなん、ケッと吐き出す。たいへんね、としか言いようがなく、キウイを手にとって皮をむく。私と夫のあいだには子どもがいない。もうしばらくふたり暮らしを楽しみたいよね、などと言っているうちに三年過ぎてしまった。

とにかく寝る時間がない、というのが、周囲の子育てをしている人たちの共通項のようだった。

「寝られへんって、いちばんきついよな。肌は荒れるし、気持ちはネガティブになるし」

ジュースのメニューは一か月ごとに新しくなる。九月はキウイと小松菜、りんご、梨、アサイーとベリー、生搾りオレンジ、それから押し麦入りのミネストローネとコーンポタージュ。清水さんは冬季限定のホットりんごとゆずというメニューがいちばん好きなので、はやく冬にならへんかなー、と毎日言う。

「私はいちご豆乳かなあ」

ミネストローネの鍋をひと混ぜしたところで、最初のお客さんがやってきた。よく来てくれるお客さんの顔はだいたい覚えているが、この男の人は以前パートさんたちから「すごくかっこいい人が来た」と騒がれていたので特に印象深い。あなたおとこまえねえ、とはっきり言ってしまったパートさんもいる。一瞬眉をひそめたお客さんは、はあ、とかすかに笑った。

キウイと小松菜、Sサイズで、ひとつ。伏し目がちに言ってスマートフォンのケースを開いて、内ポケットのICカードを出した。ケースについた蝶のストラップが揺れる。

お客さんの指先が画面に触れて、女の子の画像が壁紙に設定されているのが一瞬見えた。一歳かそこら、まだまだ赤ちゃんに近いような年齢の。

よく見たら結婚指輪をしている。夫も私も結婚指輪をしない。夫は職場で楽器に触れる時に傷をつけないようにするためで、私は単に、めんどうくさいからだ。

「はい」

清水さんがジューサーのスイッチを押す。そのあいだに私が会計を済ませる。どうも、と短く言って、お客さんは立ち去った。

午前九時を過ぎるとすこし暇になる。清水さんがあくびを嚙み殺している。コンシーラーでは隠しきれなかったらしく、目の下がうっすら青黒い。休憩時間を長めにとって、ちょっと寝ておいで、と言ってあげたいのだが、あいにくこの職場には横になって休めるような場所がないのだ。

「今なら立ったままでも寝られそうよ」

「じゃあ、寝る？」

「そのやさしい言葉だけでじゅうぶん」

清水さんがおどけて涙を拭く真似をする。

「三十分とか一時間きざみでさ、寝る場所提供するお店あったら絶対はやると思わへん？」

「あ、何年か前にネットのニュースでそんなお店見た気がする」

どこかのビジネス街で。私がつけくわえると、清水さんは「やっぱりねー」と首を振る。

「このへんにはないよな」

私たちが住んでいるこの街を、なんと呼ぶのだろう。人口で言えば十万人程度。観光地でもないし、歴史的名所も特にない、というような街。生活に便利なものはひととおり揃っている、と見せかけてそうでもないところが歯がゆい。このあいだも駅の裏の本屋さんが閉店したし、整骨院や歯科はたくさんあるのに耳鼻科は少ない。バランスが悪い。

「あかつきマーケットも、もうすぐ閉店か。マンションになるんやったっけ」

「そう。マンションばっかり建てて、住む人おんのかな」

どうやろね、と首を傾げて、意味なくダスターで台を拭いた。

「あーあ、ほんまに子どもを別室で預かってくれてさ、二時間とか眠らせてくれる店、誰かはじめへんかなあ。絶対需要あるって」

「まあ、免許の問題とかでいろいろ難しいかもしれんね」

「うん。……あーやっぱ無理、ちょっと休憩させて」

もうここに立ったままでいいから。お客さんからは死角になる場所で清水さんは壁によりかかり、目を閉じた。せめてもの、という感じで私は折り畳みの椅子を押しやる。高さが十センチぐらいしかない椅子だが、立っているよりはましだから。

ああ、しんどいしんどい、と言う清水さんの声は、もう半分眠っているようにぼやけて聞こえた。

「しんどいね」

なんの慰めにもならないような言葉を、ついかけてしまう。返事はない。ほんとうに眠ってしまったのだな。

あくびを噛み殺して、目をこする。

疲れた。眠たい。そんなことを、清水さんの前では、なんとなく言ってはいけないような気がするのだ。清水さんは私よりずっと疲れているように見えるから、申し訳ない。

ぼんやりと、ジューススタンドの前を行きかう人たちを眺める。女、男、若者、年寄り、車椅子の人、学生、会社員、小学生、楽しそうな人、つまらなそうな人。この中で誰がいちばんしんどいかなんて決めるのはくだらないし、申し訳ない、なんて考える必要もないのかもしれないけど。

「昼間はまだええけど」

寝ていると思っていた清水さんが突然喋り出した。目を閉じたまま。

「仕事してれば気も紛れるし、眠いけど。眠いけど仕事すればお金もらえるやんか」

いたわってくれる人もおってさ、と清水さんは片目を開けて私を見て、また目をつぶる。つらいのはさあ、夜中。と腕を組んだ。

「夜中に娘の泣き声を聞いとったら、すっごい孤独を感じる。おかしいやろ、腕の中に自分の子どもがおるのに」

同じ家の中に夫も上の子もいるのに、どうしてだか、ものすごくつめたくて暗くて狭い場所にいて、永遠にそこから出ていけないような気がするのだと。

「みんなが寝静まっている時間に起きてるって、結局そういうこと」

そういう気分になるってこと。疲れきっている清水さんの声はずっしりと重くて、おもりのように私の心に沈みこむ。


たいていスーパーに寄って帰る。帰ってすぐ、夕飯の準備に取り掛かる。

夜中に何度も目を覚ます夫は、孤独だろうか。私を起こさないように気を遣っているのか、こっそり寝室を出ていくこともある。一度「眠れない？」と声をかけたら異様に恐縮して何度も謝ってきたので、それ以後は気づかないふりをしていた。のんきな妻、という役をやっている。わりと、必死で。必死であることに気づかれまいと、また必死で。

買って来た牛乳や卵を冷蔵庫にしまう。冷蔵庫の扉には、雑誌から切り抜いたレシピやミニカレンダーに交じって、写真がいくつか貼ってある。いちばん古いのは、高校時代の夫と私。ベランダに並んでいるところを、クラスの誰かが撮った。まだ名字で呼び合っていた頃の夫と私。こわいものなんか何にもないような顔で笑っている。

高校一年の頃、学園祭ではじめて、ギターを弾いている夫を見た。同じクラスで、喋ったことは何度もあったしバンドをやっていることも聞いていたけど、実際には見たことがなかった。

へただった。夫のギターだけでなくボーカルの人はしょっちゅう音程をはずしたし、全体的になんだかバラバラでちぐはぐな演奏だった。そのくせ、みんな輝いていた。特に夫は。体育館の舞台の上をぴょんぴょん跳ねて、演奏する喜びを爆発させていた。

ギターを弾くのが楽しくて楽しくてたまらない。全身でそう叫んでいるように見えた、あの頃の夫。

煮物が仕上がるまでの時間、スマートフォンを手に取って「安眠　方法」というキーワードを検索バーに入力した。

寝る前にスマホやパソコンに触らない、カモミールティーを飲む、などの記事をひとつひとつ読んでいく。身体が冷えていると寝つきが悪くなるから、生姜《しょうが》などで身体を温めるのも良い、などと書いてある。

安眠できるクラシック、という紹介ページにたどりつく。トロイメライ。乙女の祈り。これらの曲は知っている。

亡き王女のためのパヴァーヌ。タイトルは知っているが、メロディーが浮かばない。クラシックにはくわしくない。

YouTubeで亡き王女のためのパヴァーヌを検索して、聴いている途中で夫が帰ってきた。塩を振った秋刀魚を魚焼きグリルに入れる。ネクタイをゆるめている夫の表情は冴えなかった。

「今日は、栗ごはん」

夫の好物だ。そうか、と夫は頷いただけだった。好物なのに。以前ならきっと「やったー」と言って背後から抱きついてきたのに。

「ヤシマ」から内定をもらった日、夫は学園祭のライブの時みたいにぴょんぴょん跳ねた。自分が音楽で食っていけるような人間じゃないことはわかっていた、でも音楽にかかわることのできる仕事に就けて嬉しい、と。

夕飯の途中で夫が「今日、店に野島《のじま》が来た」と唐突に言った。

へえ、と頷いて、秋刀魚の身に箸を入れた。ぱり、と皮が割れて白い身から湯気が立つ。

野島というのは、夫の同僚だった人だ。今はヤシマの本社にいる。

「近くに来たから寄ったんだって」

夫はちょうどその時、店内の楽器の配置を変えているところだったという。

お前あいかわらずまじめだなあ、と野島さんは笑ったのだそうだ。

「こんなことしたって、どうせ誰も見ないよ」

ヤシマ本社に報告されている夫の出向先の楽器店の成績が、楽器販売においても音楽教室の生徒数においてもかなり悪いという意味のことを野島さんから聞かされて、だからこそがんばっているのにと思い、でも口に出して言えなかったと俯いた。

「誰も見ない、か」

やっぱりそうなんかな。夫が箸を置く。そんなことない、と言うべきだった。安易なぐさめに聞こえたとしても、私はそれを言うべきだった。でも、言えなかった。

ごちそうさま。夫が立ち上がって、私に背を向ける。


そいつ、感じ悪いな。私の話を聞いた清水さんが呟く。

「その、野島ってやつ」

まあね、と答えて、お客さんに見えないようにしゃがんでペットボトルのお茶を飲んだ。奇跡的に昨日は娘が夜泣きしなかった、と言う清水さんは、そのおかげか、いつもよりしゃんとしている。

野島さんは、私たちが結婚してすぐの頃に、うちに遊びに来たことが何度かある。いつもめずらしいお菓子をお土産《みやげ》に持って来てくれるし、感じの良い人だったように思う。夫も「気が合う」と言っていた。根っからいやなやつ、というわけではない。

「野島さんもいろいろ大変なんかな、とは思うけど」

本社勤務は、なにかと苦労も多かろう。三十代ともなれば、さまざまな事情を抱えてもいよう。だからといってもちろん、夫に嫌みを言っていいわけではないが。

ギターケースを背負った男子高校生が、女の子と連れだって歩いている。あの頃の夫みたいだな、と思いながら目で追った。ギターの男の子に駆け寄ってきた同じ制服の男の子がいて、そちらはスケッチブックを抱えていた。青春って感じ、と呟く。また「あの頃」を思い出している。あの頃。楽しいことばかりではなかったけれども。

そんなことない、と夫に言えなかったのは、他ならぬ私自身が、そう思ってしまっているからだ。誰も見ないのに、と。

「あ、玲実先生」

清水さんの視線を辿っていくと、改札を通ってきた玲実先生がこちらに向かって歩いてくるところだった。目が合うと手を振りながら近づいてくる。清水さんの上の子は玲実先生にピアノを習っているのだった。

「今日ちょっと、肌寒いですね」

あたたかい飲みものがいいな、と自分の腕をさする彼女に、ホットレモネードをすすめる。自宅でピアノ教室を開いている玲実先生は、以前私の夫の出向先でよく楽譜を買うと言っていた。最近行きましたか？　と言いそうになるのをこらえる。職場での私の夫の様子はどうでしたか、なんて訊かれても困るだろうから。

「あー、おいしい」

ホットレモネードをひとくち飲んだ玲実先生が目を細める。

「あったかい飲みものって元気が出ますね」

「元気が出て良かったです」

わーっという声が、どこかで聞こえた。見ると、あかつきんだった。

街のあちこちに出没しているらしいと清水さんに聞いてはいたが、都市伝説に近い感じで受けとめていた。まさか自分が実際目撃することになるとは。

「ちょっと、ちょっと清水さん！　あかつきんがおるで！」

「え、嘘、どこ」

清水さんが身を乗り出す。

あかつきん、あかつきん、と子どもたちがまとわりついていた。以前なにかのイベントで見かけた時よりもあきらかに汚れている。隣に立っている男の人が表情はにこにこしつつ「しっぽはひっぱらんといてなー」ときびしく目配りしている。

背後にまわろうとする子どもにばかり、気をとられていたのだろう。すばしこい子どもが、首と胴をつなぐマジックテープをべりりと剝がして、頭をもぎとろうとする。ぶちっ、という嫌な音がしてあかつきんの首がとれ、子どもは尻餅をついた。

巨大な頭部が駅の汚れた床を転がっていく。

男性らしき後頭部が見えた瞬間、とっさに目を逸らした。見てはいけないような気がしたのだ。

玲実先生が「あかつきん」ではない名を叫んだ。

ふたたび見た時にはあかつきんの頭部は、あるべきところにおさまっていた。悪ふざけが過ぎたと気づいたか、子どもたちは顔を見合わせ、おろおろしている。

次の瞬間、あかつきんは駆け出した。モコモコをまとっているわりに身軽な動作だった。男の人がその後を追う。玲実先生が「待って」と叫んだが、あかつきんは振り返らなかった。

「……あの玲実先生、だいじょうぶですか」

あかつきんの中の人と知り合いなんだろうか。いつもふんわりとかわいらしい玲実先生が、なんだか迷子の子どものように見える。

「だいじょうぶ、です。じゃ、そろそろ行きますね」

どこか上の空の様子で去っていく玲実先生を見送った清水さんが唐突に「そうかもね」と呟いた。

「さっきのこと。たしかにそう」

「なに？　あかつきんのこと？」

「違う、その前」

「あったかい飲みもので元気が出て良かったたって話？」

違う、人にはそれぞれ事情がある、っていう話、と清水さんは首を振る。

「だいぶ戻ったね」

「うちの娘、いま三歳やんか」

娘？　戸惑いつつも相槌を打つ。

「三歳の子なんてなんにも考えてない、大人に比べりゃ気楽なはず、ってつい思いそうになるけど、ほんとは保育園でも家でも、いろんなことがまんしたり、がんばったりしてるんやろうね」

「……その反動で夜泣きしてるってこと？」

清水さんは顎に指を当てて、懸命に言葉をさがしている。私も同じポーズをして、自分が三歳の時のことを思い出そうとしてみたが、なかなか難しかった。記憶が残っている四歳や五歳の頃に関していえば、たしかにそれなりの屈託を抱えていたような気がする。幼児には幼児の世界がある。

「ちっちゃくても、生まれて数年でも、ちゃんと『人』だもんね」

「そうそう、そういうこと。自分の産んだ子どもでも、あの子は私やないから、私やない人の考えてることはわからへん」

私も、夫が考えていることの全部は、わからない。夫は今こういうことを考えているんじゃないのかな、とだいたい想像がつく、長いつきあいだから、と自負していたけど、ほんとうは全然違っているのかもしれない。

「でも」

「でも」

私と清水さんの声が重なって、思わず顔を見合わせる。

「そばにいてやることはできるし」

「うん。それしかできなくても、それはできる」

深く、深く頷き合った。お互いに、別の相手のことを思いながら。


昨日も夫は、よく眠れなかったようだった。暗闇の中で背を向けて、スマートフォンをいじっている。起き上がって、居間のほうでごそごそしていると思ったら、やがて玄関の扉を開けて外に出ていってしまった。スマートフォンと財布がない。散歩か、あるいはコンビニにでも行ったのか。

私はふたたび布団に戻って眠ろうとしたけれども、うまくいかなかった。枕元のスマートフォンを手繰り寄せて、このあいだの亡き王女のためのパヴァーヌの続きを聴く。静かで、きれいで、やさしい旋律。絹で頰を撫でられているような音色。亡き王女のための、というぐらいだから、今はもうそこにいない人のためにつくられた曲なのだろうか。だからこんなに静かでやさしいのか。「パヴァーヌ」の意味もやっぱりわからないが、今すぐ調べる気にはならない。

目を開ける。身体を起こして、台所に向かった。冷蔵庫を開けて、取り出した野菜を片っ端から刻み始めた。玉ねぎ、にんじん、セロリ。鍋に入れてことこと煮こむ。

もしあの曲が、今はもうそこにいない人のためにあるものだとしたら。生きている私たちにはもっと別のものが必要だ。たとえばスープとか、そういう。身体を温めるもの。元気が出るもの。しあげに生姜をすりおろして加えた。夫はまだ戻ってこない。

ひっぱり出した調味料を冷蔵庫にしまってから、扉の写真たちを眺めた。結婚してから写真を撮らなくなった。高校生の時は、やたらと写真を撮っていたのに。

たぶん、あの頃の私たちにはわかっていた。「今」がずっと続かないことを。いつか、自分が生きているこの瞬間を「あの頃」として懐かしみ、そっと胸に抱く日が来ることを。

「あの頃」のようでなくなっても、夫は私の大切な人だ。だって、結婚する時に約束したから。健やかなる時も病める時も、富める時も貧しき時も。

あなたが輝いていても、いなくても、私はあなたのそばにいる。

スープをカップに注いで、ベランダで口にした。煮えた野菜の甘さが舌の上でほどける。おなかの底は春の陽射しを浴びたようにじんわりあたたまる。生きている人には、生きていく人には、スープが必要なんだ。

スープあります。朝ごはんです。メモにそう走り書きして、テーブルに置いた。

もうすこししたら出勤しなければならない。すこし迷ってから、パンもあります、と書き足したメモは見れば見るほどまがぬけている。思いついて余白に昨日見たあかつきんの絵を描いてみたら更にまぬけ度が増して、とほほ、という気分になる。

カウンターから駅の構内を見ていると、ほんとうに毎日いろんな人が通る。ジュースやスープを買い求める人は急いでいる。あわただしく支払いをして、あわただしく紙コップを受け取って去っていく。生きているってたぶん、あわただしいことなのだ。

ギターケースを担いだ男子高校生が歩いていた。カズキー、と片手をメガホンのようにして誰かを呼んでいる。走って来たのは、このあいだスケッチブックを抱えていた男の子だった。今日は抱えていないけれども。

カズキと呼ばれた子とギターの子は立ったまましばらく喋っていたが、カズキ少年のほうが突然こっちを指さす。ふたりはこっちに近づいてくる。

「あの」

カズキ少年が口を開く。

「このあいだ、水。ありがとうございました」

なんのことだかさっぱりわからない。カズキ少年曰《いわ》く、何か月か前に駅で具合が悪くなった時に私が「顔真っ青やで、高校生」と声をかけ、水を飲ませたのだという。そんなこともあったような気がするが、はっきりとは覚えていない。

しかしカズキ少年が「たしかに店員さんでした」と言うので、そうなのだろうと思った。あらためてお礼を言おうと思っていたのだが、ずっと言いそびれていたらしい。

「いいのに、そんなの」

だって覚えてなかったし、と心の中で思う。ギター少年が「まさか忘れられてるとはな」と笑い、カズキ少年は「うるさいわ、俺がおぼえとったらそれでじゅうぶんや」とむきになった。

「あ、今日はちゃんと買いますんで」

カズキ少年は財布を取り出す。長い時間をかけて、りんごのジュースを選んだ。お前何にする、と振り返って、ギター少年は「俺、いちご豆乳」と答えた。良いチョイスだ。

「あ、百円ない」

ギター少年が言う。俺あるよ、とカズキ少年が財布から百円を出した。

「すまん、明日返すわ」

「ええよ。いつでも」

さっき弦とか買って小銭使ったからな。ギター少年が頭を掻く。

「商店街のとこの、あの楽器屋あるやん。あの、ボロいとこ」

夫が働いている楽器店の名を、ギター少年は口にした。ジュースを紙のコップに注ぎながら、心臓が大きくどきんと鳴る。

「あの店、暗くて、入りづらいやんか。一回も買いものしたことなくてさ、でも今日通りかかったら、模様替え？　みたいな感じで雰囲気変わっとって、入ってみたら店の人がすっごい親切やってん。一時間ぐらい喋ってた」

「へえ」

「その人も高校の時にギターはじめたらしい。いっぱい試し弾きさせてくれたし、良かった」

「良かったな、ジュン」

ジュンと呼ばれたギター少年は「うん」と頷いて、へへと笑う。

「また行くわ、たぶん。あの店」

小銭を数える手がちょっと震えた。おつりを返してから、ジュースをカウンターに置く。

「ありがとうございます」

大きな声で言って、深くお辞儀をした。

ふたりの少年はジュースが入った紙コップを手に取りもせずに、びっくりしたような顔をしていた。あたりまえだ。でも、そうせずにはいられなかった。

ギターの弦程度の小物が売れたところで、たいしたことはないのだろう、きっと。

あのお店での夫の立場が変わったりもしない。でも「誰も見ない」なんてことはなかったよと、夫に言いたかった。誰かがちゃんと見てくれている。
休憩時間にスマートフォンを手に取った瞬間に、夫からのメッセージが表示された。

スープおいしかった。ごちそうさま。

くりかえし読んだ。なにか続きがあるのかとしばらく待ってみたが、ほんとうにそれだけだった。「それだけでもう、じゅうぶん」とひとりごちた唇が震えて、ちょっと困った。

3

夜が暗いとはかぎらない

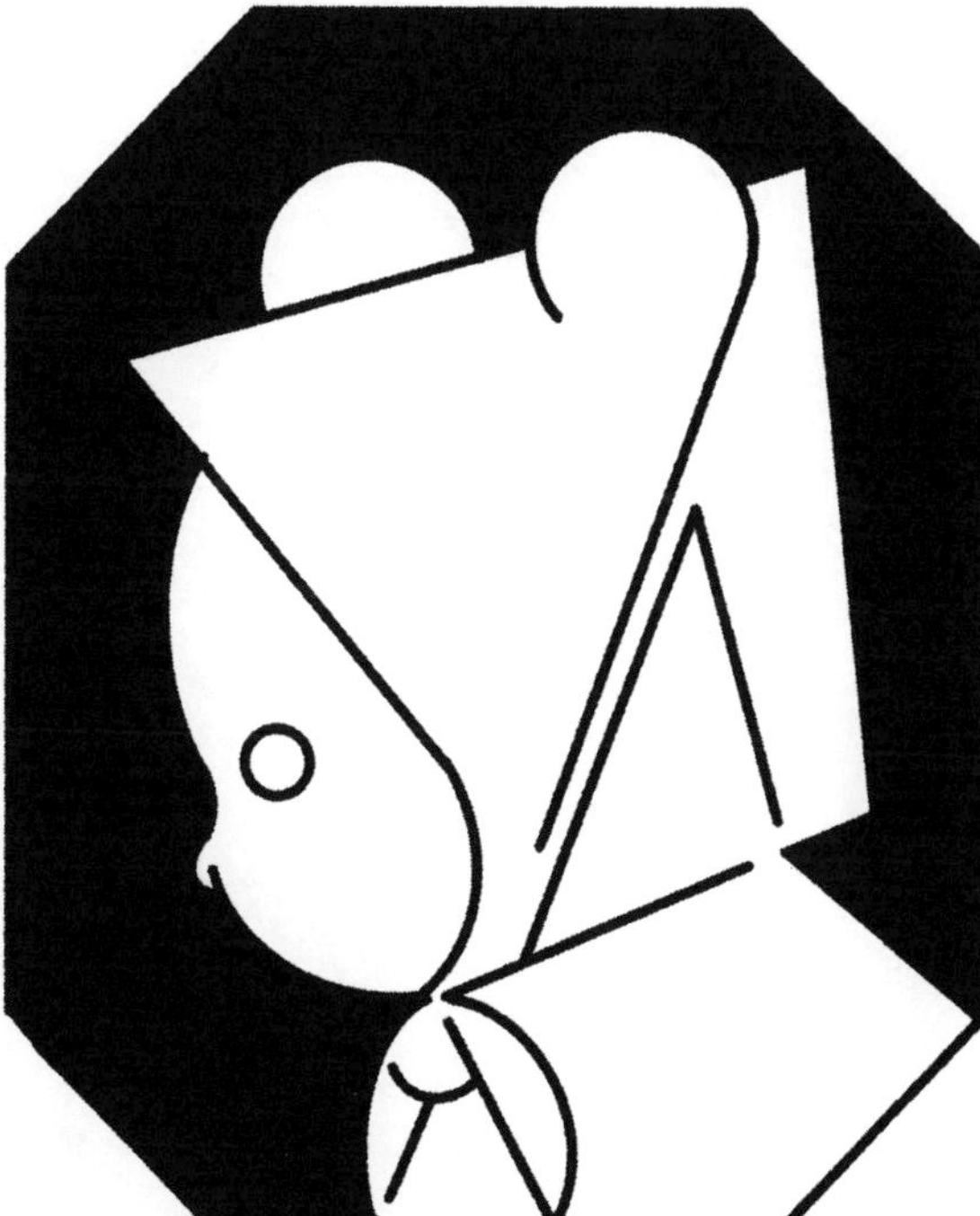

＊

従業員通用口から外に出たら、風がひんやりと頬を撫でる。すこし前までこの時間に仕事を終えて外に出ると、アスファルトからの熱と西日でげんなりするほど暑かったのに。

カーディガンの前をかきあわせながら駐輪場へ向かう。寒くなっていくことが嬉しい。涼しくなってきてからが生花のシーズンだ。

去年も、その前の年も、同じことを思った気がする。同じ季節が巡るたびに、同じようなことを思って、そうやって死んでいくんだな、なんて思ったりもする。

自転車のカゴにかばんを積んでいると、八波さんが出てきた。私に気づいて、おお、というような顔をする。

「おつかれさまです」

「おつかれさまです」

駐輪場から自転車を出す私を、なぜか八波さんは立ったまま黙って見ていた。

「明日ですな」

「そうですね、はい」

一年ぶりのあかつきまつり。それを最後に、あかつきマーケットは閉店する。

「新しいお店の準備は進んでますか？」

「はい、なんとか」

フラワーショップは隣町に、八波クリーニングは駅の裏に、それぞれ移転が決まっている。私も首を切られずに済んだ。

新店舗は今までより広くなるし、隣にはカフェがあって、オーナー同士は知り合いだ。

「新しい店では、ワークショップをやれたらいいね、って話してるんです。ハーバリウムとか、コサージュとか。お隣のカフェと協力して、お茶とお菓子つきでね」

「聞きましたよ。芦田さんが提案したんでしょ」

八波さんがにこにこと頷く。新しいクリーニング店はすでに改装もすべて済んでおり、あとは引っ越すだけだという。

自転車を押して、並んで歩き出した。

「駅裏の、新しい店のほうに行くんですか」

私が訊ねると、八波さんはなぜだか表情を輝かせる。

「そうです。一緒に行きますか？」

「な、いえ、私は……」

なんで私が、と言ってしまいそうになった。

「柊もいますよ」

「えっ」

来人くんを手伝ってポスティング用のチラシをつくったり、得意先向けの移転はがきを用意したりしているそうだ。

「ずっと集配サービスのほうも、手伝ってもらっていて。おせわになりました」

「え、知りませんでした」

前に来人くんに会った時も、そんなことひとことも言わなかった。あの子がよその家のチャイムを押して衣類を預かったり軽口を叩いたりする姿が、まったく想像できない。八波さんは「いえ、それは来人が」と苦笑する。

「布団を運んだり、そういうことをしてくれていたようです」

「ああ。ああ……でしょうね」

「でも先週から就職活動もがんばってるみたいですね」

「それも知りませんでした」

私より八波さんのほうが、何十倍も柊のことを知っている。

「柊は細かいところによく気がつくし、時間も守るし。まじめやから、きっとだいじょうぶですよ」

そうだろうか。それはむしろ本人を苦しめる重荷になりはしないか。よく気がつくけど行動力がない人間は、そうでない人より何倍も葛藤《かっとう》や逡巡をするタイミングが多くて、疲れる。

「長所と短所は裏表ですからね」

それでも、持ってるもんで勝負していくしかないでしょう。そう言って、八波さんは前を向いた。

「柊は私にそっくりで」

そっくりで、と言ったらなぜか涙が出てきて、焦った。こうやって八波さんと顔を合わせることももうすぐなくなる。今なら言えるし、言わなければと思った。

「昔から気がちいさくて……ねえ、あかつきんの中に入ってるのは柊ですよね。どうせ、それも来人くんに頼まれて断れんかっただけなんでしょ」

数人に囲まれて詰めよられる、あかつきんの動画。あんな危険な目に遭わされていたなんて。思い出すたび胸が痛くなる。

「もう大人やから、本人の意思を尊重して、ほっとこうと思ってました。今も思ってますよ……思ってますけど」

言葉に出してから、それもまた違うと気がついた。大人である柊の意思を尊重しているから言わないわけではないのだ。結局のところ私は、柊から疎ましがられたり、拒まれたりするのがこわかっただけだ。

八波さんが突然立ち止まる。まっすぐに、前方を見つめていた。

「たこ焼き……」

「は？」

「新しいたこ焼き屋ができてます。うまそうですね」

数メートル先に、たしかに見覚えのないたこ焼き屋ができている。風にのって流れてくるソースの匂いに、今さらのように気づいた。

「人も場所も変わっていきますね。生きてる限り」

私の話の途中だったというのに、八波さんはもうすでにたこ焼き屋に気をとられているらしい。よほどお腹が空いているのだろうか。

「芦田さんと柊がどれぐらい似ているか、私にはようわからんのやけど……」

と思ったら、いつのまにか私たちの話に戻っている。

「でも『似てる』は『同じ』ではないし、それに……」

「それに、なんでしょうか」

「芦田さんは、不幸せやったんですか？　柊に似ているという、その性格で生きてきて」

じゃあ、おつかれさまです。やや唐突に頭を下げて、八波さんはたこ焼き屋に吸い寄せられていった。

すこしずつ、肩から力が抜けていくのを感じながら、私は自転車を押して歩く。人通りの少ない場所で、ようやくサドルにまたがった。

向かい風が前髪を持ち上げる。ひやっと冷たい空気が袖口から入って、ちいさく身を縮めた。

力をこめてペダルを踏んだら、身体は熱を持つ。肌寒さなんてすぐに感じなくなる。スピードが上がると、見慣れた風景がすごいはやさで後方に退いていく。いつ頃から私は「見慣れた」のだろう。この街並みを。

不幸せでは、ありませんでした。今日まで生きてみて。

こんど会ったら、八波さんにそう伝えよう。

変わっていく。夫は死んで、あかつきマーケットはなくなる。だけどそこにいた、そこにあった、という事実は変わらない。息子のことは今もやっぱりよくわからないままで、だけどあの子は今、生きている。街もまた、生きている。

柊が小学校に上がりたての頃、チラシの裏にぼんやりといたずら描きをしたことがあった。

ひとりで宿題をしていた柊が、いつのまにか隣に立っていた。台所ではおでんが煮えていた。夫はまだ帰宅しておらず、ダイニングテーブルは西側の窓から射すあたたかい橙《だいだい》色の光で、きれいに染まっていた。

「これなに？」

柊が私の絵を指さした。自分でも、なにを描こうとしていたのかよくわからなかった。なにか他のことを考えながらペンをはしらせていただけだったから。

ねずみのように丸い耳に、猫のようなしっぽ。むくむくした身体は熊のようでもある。適当に描いただけや、と言おうとして、やめた。

「妖精やで」

「妖精？」

「うん。柊くんが困った時に助けてくれる妖精」

へええ。柊があんまりその絵をじっと見つめるので、恥ずかしくなった。

「その絵、ちょうだい」

ランドセルにいれとくから、ちょうだい。柊はその時、めずらしくきっぱりした口調でそう言って手を差し出した。「もっときれいに描き直してあげる」と言っても、これがいいとゆずらなかった。

そんなこと、柊はもう、忘れているだろうけど。

わすれてーいるだろうけどー。節をつけて歌ってみたら、いろんなことがほんのすこしだけどうでもよくなる気がして、ペダルを踏みながら口もとをゆるませる。

＊＊

ずいぶん、汚したなあ。あかつきさんの巨大な頭部を抱えて、八波さんがクックッと笑い出した。

「すみません」

「責めてるわけやない。ただこいつも、いろいろ経験したんやろなあ、と思って」

すみません。また言ってしまった。謝るのは俺の習性のようなものだ。とりあえずそう言うことで全部やり過ごせそうな気がするのだが、あまり良いことではない。

照明を落とした八波クリーニングの店先。その向こうに広がる闇は、あかつきマーケットの店内のものだ。母が勤めているフラワーショップのガラスケースが低く唸った気がした。

白い布を手に、八波さんがあかつきんの顔を撫でている。子どもの涙を拭いてやるような、やさしげな手つきで。

はじめてあかつきんの着ぐるみを着た日のことを思い出す。八波クリーニングの二階に、あかつきんの保管専用の部屋があったのだ。ワンピースのような形状の胴体と手袋はハンガーにつるされ、頭部は専用のピンクの座布団に鎮座ましましていた。

「何回か見せてもろたんやで、この『あかつきんちゃん』をつくってる途中経過を」

「そうですか」

「そしたら、この子が、自分の娘みたいな気してきてな」

笑う友人の父の声はやさしく、一瞬今は亡き自分の父の姿を重ねてしまいそうになった。

「もうじき、一年になるな」

八波さんの言葉に、また、すみません、と言ってしまいそうになった。

「そもそも、なんで柊が入ることになったたんや」

「頼まれたからです」

一年前のあかつきまつり。あかつきんの中に入ってみないか、と俺にすすめたのは来人だった。会社を辞めて複数のバイトで食いつないでいると知って、声をかけてくれた。最初はただ、それだけだったのだと思う。

「今のお前にぴったりなんちゃう？」

「ぜんぜんぴったりちゃうよ」

清掃やポスティングや、データ入力。会社を辞めた後に選んだバイトはどれも、人とあまり顔を合わせずに済むものばかりだった。また誰かに「気持ち悪い」と言われるんじゃないかと、その頃は気が気ではなかった。

着ぐるみなんて、思いっきり子どもに囲まれたり、愛嬌《あいきょう》を振りまいたりする仕事ではないか。無理だ。

「愛嬌振りまくんはお前やない、あかつきんや」

ええからいっぺん着てみろって。世界が違って見えてくるから、としつこくすすめた来人にも「世界が違って見えてくる」経験があったのだと今更のように思う。お前の知らない俺もいる、というようなことも言われた気がする。

その頃の来人が見ていた世界は、どんな色をしていたのだろう。

あかつきんの着ぐるみを着て飴を配る。それだけの仕事だ、と説明された。出番は三回。一回の出番は三十分。視界が悪いし、身体の自由もきかないから、かならず来人がつきそう、と言われて、ともかく一度やってみようということになった。

閉店の話が耳に飛びこんできたのは、二度目に飴を配るためにスタンバイしていた時のことだった。来人は、その直前に電話がかかってきたために席を外していた。あかつきマーケット商店会の人たちは「ぜんぶつぶして、マンションにするらしいわ」と話していた。ものすごくびっくりして、飴の入ったカゴを受け取りそこねてしまった。

母は知っているのだろうか。そして来人は。そう思った時、勝手に身体が動いた。自分があかつきんの姿であることは完全に忘れていた。

きょろきょろと周囲を見回したが、来人がどこにいるかわからない。遠くは見えるが、足もとは見えない。両手で周りを探りながら歩き出した。

ただそれだけなのだが、周りにいた商店会の人々の目にはなぜか「カゴを床に叩きつけ、飴を踏みにじった上に手足をばたばたさせて暴れ出した」とうつったらしい。血相を変えた商店会の人たちに、いっせいに取り囲まれた。おじさんたちがとつぜんものすごくこわい顔をして肩や腕を摑んできたのだ。それはもう、とてつもなくおそろしい瞬間だった。

なにが起こったのかまったくわからなかった。ただでさえ着ぐるみで自由がきかないのに寄ってたかって、なんなんだ。とにかく逃れようともがいたから、ますます暴れているように見えたに違いない。

あとになって、来人が事前に商店会のみんなに「今回着ぐるみに入ることになった人は今ちょっとナーバスな時期やから、あんまり乱暴に扱わんといてな」と説明していたらしいことを知った。それが、結果的に商店会の人たちに「なにをしでかすかわからないやつが中に入っている」という先入観を与えていたらしい。

ともかく、迫り来るおじさんたちから逃れようとした俺は足を滑らせて転び、同じように足を取られた和菓子屋の二代目が俺のうえに折り重なった。それがまた周囲の人の目には「床に押さえつけられた」ように見えた。ようやく戻ってきた来人に連れ出され、あの日、あかつきんの出番は強制的に終了した。

翌日、来人からの電話で起こされた。「あかつきんちゃんご乱心」というタイトルをつけられた動画が、SNSで拡散されているという。

「ごめん」

ごめんとか言うてる場合か。叫ぶように言った来人は、しかし怒っていたわけではなかった。興奮していたのだ。

「ええこと思いついたから、すぐ来い」

そうして駆けつけた来人の家で、「ええこと」の概要を聞かされた。

「外でめずらしいもの見つけたら、柊はとりあえずどうする？」

「写真撮る」

「やろ。とりあえず撮るよな」

「でもSNSにはアップせえへんで」

「柊はな。けど他のやつはすんねん」

「宣伝のためなら、ふつうに宣伝用の動画撮ったらええやん」

「古ぼけた市場の宣伝動画なんて、そんなもん誰がシェアしたがるんや。話題にならんと意味がない」

それが「ええこと」なのか。あかつきんの着ぐるみを着て、街のあちこちに出没する、というのが。その段階では、来人がひとりであかつきんの着ぐるみを着て街に出没するという計画だと思っていた。「へんなことを考えるやつだなあ」とぼんやり思っただけだった。ええんちゃう、と答えたことを覚えている。

「でもな、これはな、ひとりでは無理なんや」

車や自転車等とぶつかるかもしれへんし、それに子どもにけがさせる可能性もある、と言われて、たしかに、と頷いた。飴を配った時、近づいてきた子どもが急に視界から消えてぎょっとしたことがあった。身体が小さいから、至近距離にいるとまったく見えなくなってしまうのだ。

「へんなやつに絡まれる可能性だってあるし、なんかあったらさっと割って入って車に乗せてくれるような相棒がいる」

「なるほど」

「柊、やってくれへん？『さっと割って入って、車に乗せてくれる相棒』の役」

「無理。免許持ってないし」

「じゃあ、あかつきんの中に入ってくれる？」

あれはもしかしたら、悪徳セールスの手口とかそういうものに近かったかもしれない。最初に無理な要求をして断らせ、その次の要求を呑ませる、というような。気づけば俺は、約束してしまっていた。これから継続して「あかつきん（の中の人）」となることを。

「押しに弱いんやなあ」

話を聞いた八波さんに笑われて、肩をすくめる。

来人から指示されていたのは「あかつきんのかっこうで歩いたり立っていたりするだけでいい」ということだったのだが、着ぐるみを纏って街を歩いていると、具合の悪そうな老人や迷子の子ども、そういった人々のことがまっさきに目に飛びこんできた。もめている人たちや、困っていそうな人なども。

ちょっとした親切。そういうことが、昔からあまり自然にできなかった。自意識過剰なのだろう。上司に「気持ち悪い」「自然に笑えない？」と言われる前から、中学生の頃も高校生の頃もずっと、電車で席を譲る程度のことがスマートにこなせない。

あかつきんの姿でいる時は「俺は今、他人からどう見えてるんだろう」ということを意識せずに済んだ。

しっぽを摑むと幸せになれる、という噂については、俺は知らない。勝手に誰かが言い出したことだ。むしりとった毛をお守りにするなんて、乱暴だ。そのせいで今、あかつきんの尻ははげちょろけだ。

でも一度だけ助けてくれた人がいた。中学生に囲まれた時に、割って入ってくれた女の人。満足にお礼も伝えられずに逃げてしまったけれども。

「明日、よろしく頼むな」

八波さんに問われて、はっと我にかえった。作業台の上に、汚れを拭き取られたあかつきんの頭がちょこんと置かれて、こっちを見ていた。

明日、あかつきマーケットは閉店する。そして最後のイベントの日でもある。あかつきんはそこに登場することになっていた。


晴れていた。雲ひとつないとは言えないが、すこんと空が高い、気持ちのいい朝だった。でもあかつきんの頭をかぶると、ちいさな夜が俺のまわりに出現する。ちいさな夜を纏って、あかつきマーケットの床に踏み出した。

広場には去年と同じ、スーパーボールすくいやお菓子つりの出店が並んでいる。あかつきまつり&感謝セールと銘打って、フラワーショップには値下げの札のついた鉢植えやアレンジメントが並んでいた。その奥に、腕まくりをして働く母の姿が見える。

あかつきん。あちこちで声が上がる。去年と同じように持たされたカゴには飴が入っていて、それを配って歩く。

小学生ぐらいの女の子に飴を差し出す。恥ずかしそうにお礼を言った女の子は振り返って、「ひろふみくん」と離れたところに立っていた男の子を呼ぶ。それぞれの母親らしきふたりの女性が近づいてきた。かたほうが「サエキさん、あっちにもゆるキャラっておんの?」と言った。あっち、ってどっちなんだろう。「サエキさん」の答えは、喧騒に紛れて聞きとれなかった。

男子高校生のふたり連れもいた。ギターケースを抱えたほうが、スーパーボールすくいに興じているメガネを見守っている。けっこうな年齢差のあるカップルが和菓子を選んでいるのが見える。顔を見合わせて、楽しそうに笑っていた。女の子のほうは見たことがある。近所のベーカリーのレジの子だ。

男性のふたり連れのかたわれに、小学生が群がっている。「笛木コーチや」と騒がれていた。小学生が去った後、もうひとりが「お前、子どもにもてるな」と感心している様子で、コーチと呼ばれたほうが「女にもてたいんや、俺は」とぼやいていて、ちょっと笑いそうになってしまった。

真剣な顔でお菓子つりに挑む女性もいた。傍らで、小学校高学年ぐらいだろうか、髪の長いきれいな女の子が「千ちゃん、まだ?」「ねえ、まだ?」と急かしている。

「もうちょっとやから、待ってよ」

もう待ちくたびれた、という言葉とは裏腹に、女の子はおかしそうに笑いながら「千ちゃん」を見ていた。あのふたりにどこかで会ったことがあるような気がしたが、思い出せない。

よちよち歩きの女の子の手を引いている男性もいる。親子なのだろうが、どうにもぎこちない。普段あまり子どもの世話をしない人なのかもしれない。人込みをかきわけ、そのふたりに近づいた女の人がいて、それで思い出した。夏頃に、路上で派手な喧嘩をしていたふたりだった。女の人が、男の人を、鞄でばしばし叩いていた。痴漢《ちかん》でも撃退しているのかと思って割って入ったのだが、まるで違った。

彼らの会話の断片から夫婦らしいと見当はついたが、うまいこと仲直りできたのだろうか。

「人が多くて、なんかもう疲れた」

不機嫌そうな、でもすこし甘えたような妻の声がする。じゃあ帰ろうか、と夫が言う。娘を抱え上げ、さらに妻に向かって手を差し出した。

「そっちの荷物も持つから」

けっして軽くはなさそうな鞄を受け取って、歩き出す。妻の手はその鞄の取っ手にさりげなくかけられていた。

あかつきんとして街を歩いたこの一年。なにも、変わらなかった。俺は今も、あかつきんの皮をかぶった俺のままで、なにひとつ成長なんかしていない。

でも、たくさんの人がここで生きているんだと知った。

以前は俺以外のすべての人は俺よりずっと強くて大人で、たくましく人生を楽しんでいるように見えた。でも、そうでもないのかもしれない。もしかしたら俺だけじゃなく、多くの人が見えない着ぐるみを着て生きているのかもしれない。弱さやあさましい気持ちや泣きごとや嫉妬《しっと》を内側に隠して、他人には笑顔を見せている。

お前もそうだったのか？　隣にいる来人の顔を見ようと頭を動かした。あかつきマーケットの集客のためだけじゃなくて、俺に教えてくれようとしたのか。違う世界を見せてくれようとしたのか。でも仮にそうであっても来人はそれを俺には言わないだろう。だから、そうなのか、とは問わない。

友だちだからといって、すべてを共有したいとは思わない。

「れみ！」

フラワーショップから声が聞こえて、ぎくりとして立ち止まる。

ただの同じ名前の人でありますようにと願いつつ視線を向けると、玲実さん本人が立っていた。

駅で顔を見られてしまった記憶がよみがえり、うわああと叫びそうになる。子どもに引っぱられた拍子に、あごのところで固定していたベルトがちぎれて、頭がとれてしまったのだ。

あの時、たしかに玲実さんは俺の名を呼んだ。

来人が近づいてきて「そろそろ行こうか」と囁いた。三十分経ったらしい。自分の息がこもって、ひどくあつい。

玲実さんがこっちを見て、はっとしたような顔をする。こっちに近づいてくるが、来人は既に歩き出している。

「あの、しゅ」

追いついた玲実さんは、また俺の名を呼ぼうとして「ごめんなさい、あかつきん」と言い直した。

「今、ちょっといい？」

「ああ、すみません、今から休憩時間なんですよ」

来人がやんわりと、玲実さんを制する。あかつきん、あかつきん。なおも群がろうとする子どもたちを、来人はやさしい、しかし有無を言わさぬ口調と動作でかきわけていく。

振り返ったら、広場に立ち尽くしている玲実さんが見えた。

来人の手をぐいっと引っぱった。身振り手振りで、この女の人と話したい、と伝えた。

「お前……」

溜息をついて、来人は玲実さんのところに向かっていく。特別やで、と念を押されて、一緒に事務所に入らせてもらった。

「人前では脱がない決まりになってるんで」

来人が、あかつきんのルールについて説明している。

居心地悪そうにパイプ椅子に腰かける玲実さんを待たせて、ついたてに隠れた。頭と手袋をはずしてもらう。靴と胴体も脱ぐ。顔の毛穴という毛穴が開く気がした。用意されていたタオルで汗を拭い、麦茶を流しこみ、卓上扇風機の風を浴びる。つかのま、ついたての向こうにいる玲実さんを忘れていた。

「誰なん？　めっちゃきれいな人やん」

来人は小声で言ったつもりのようだったが、存外声が響いた。たぶん玲実さんにも聞こえただろう。

「じゃ、俺出とくから」

来人の声で、はっと我にかえる。そうだ、玲実さんだ。

「……ひさしぶり」

奏でるピアノの音色以上にきれいな声だと昔、思っていた。今も変わらない。

「はい。おひさしぶり、です」

ピアノ教室に行ったら会える、きれいな人。おねえさんみたいな人。やさしくて、いい匂いがする人。どういう気まぐれをおこしたのか俺にくれたマフラーからも、同じ匂いがした。いつもふんわりと微笑んでいた。その顔が歪んだところを、一度だけ見たことがある。俺が「玲実さんが好きです」と伝えた、その直後だ。

「ごめん」

かたちのよい唇が震えて、「そういうの」と続いた瞬間、耳をふさぎたくなった。

「気持ち悪い」

苦しそうに歪んだ表情とともに放たれたその言葉は、長く残った。授業中も、ピアノの練習をしている時も、テレビを見ている瞬間にも何度も繰り返し襲ってきて、俺を苛《さいな》んだ。気持ち悪い。玲実さんにとって俺から好かれるのは気持ち悪いことなのか、それとも俺自身が気持ち悪いのか、わからないままピアノ教室はやめた。

それからずっと、他人に「気持ち悪い」と言われないように、ということばかり気にして生きてきた気がする。自分がどうしたいかとか、どうなりたいかではなく。

「謝りたくて」

柊くん。玲実さんが、ついたての向こうから俺の名を呼ぶ。

「さっきの人」

来人のことだ。

「私のこと、きれいだって」

「言いましたね」

「……よく言われるの、ほんとに」

他の女が言えば鼻もちならないようなことを、玲実さんはじつにさらりと口にした。さらりと、でもないかもしれない。ほんのすこし苦しそうにも聞こえた。

「でもみんな、きれいだからって調子に乗らないでね、とかも言うんだよね。子どもの頃から、何回も言われてきた。……男の子から意地悪された時もそう。『玲実ちゃんが好きだからいじめるんだよ、かわいいからしょうがないよね』って言われるのが嫌だった。それから、じろじろ見られるのも嫌だった。知らないおじさんにいきなり腕つかまれてどこかに連れて行かれそうになったこともあるし、小学生の時に中学生に『電話番号教えるまで通さないよ』って通せんぼされたりとか……とにかくあの頃、男の人がこわくて、気持ち悪くて、嫌だった。きれいなんだからしょうがないよって、私のせいみたいに言われるのも、ほんとに、ほんとに嫌だった。どうしてみんな他人の顔に向かって、いいとか悪いとか平気で言うんだろう」

ごめんね、急にこんな話、と玲実さんがちいさく咳払いをする。

「あの頃の柊くんって細くて、ちっちゃくて、へんな言いかただけどすごくかわいかったよね。喋りかたも丁寧で、大声出したりしないし、やさしいし。男の子、って感じがしなかった。だから、話すのが楽しかった」

俺だって楽しかった。

「でも柊くんが『好きです』って言ってくれた時はじめて気づいたのね。そうか、どんなにやさしくてかわいくても、この子はまぎれもなく男の子なんだって。そしたらなんだかすごく……」

「気持ち悪くなったんですね」

あとを引き継ぐと、ついたての向こうで玲実さんが黙った。咳払いが聞こえる。

「……だからずっと、謝りたかった。柊くんのいいところをたくさん知ってたのに。

あの瞬間に柊くんじゃなく、柊くんの『男の子』という要素しか見えなくなった。それってすごく失礼なことだったよね。大人になってから気づいた。柊くんはただまっすぐに気持ちを伝えてくれただけだったのに」

「……いいんです、もう」

気持ち悪い、なんて言葉は、使うべきじゃなかった。柊くん自身にたいしてそう思ったわけじゃないけど、それでもひどい言葉だったと玲実さんはなおも、自分を責めている。

「もうやめてください」

初恋という言葉をあてはめるのも申し訳ないほど、おさない感情を俺はこの人にぶつけた。まっすぐに気持ちを伝えてくれた、と玲実さんは言うけど、それはただ子ども過ぎて、受け止める側の玲実さんを気遣う余裕がなかっただけなのだ。

きれいな女の人は、生まれつきいい匂いがするのだとあの頃、思いこんでいた。それぐらい無知な子どもだった。でもあの頃、「おねえさん」だと感じていた玲実さんもまた、たった三歳しか年の違わない子どもだったのだ。

「柊くん、ちょっとだけでも出てきてくれない？」

「今汗だくで……ほんとに誰にも見られたくない姿なので……その、顔を合わせたくないとかそういうことではほんとになくてぜんぜん、あの」

しどろもどろになりながら説明していると、玲実さんがくすっと笑った。ようやく空気がゆるんだのを感じとる。

「うん、わかった。じゃあ、このまま行くね」

「はい」

「……ありがとう」

ドアが開いて、閉まる音がする。ふたたび開く音がして、ついたての陰から来人が顔をのぞかせた。

「終わったか、話」

「うん」

「誰なん、あのきれいな人」

また言っている。さっきの玲実さんの話を反芻《はんすう》する。俺もまた、今までずっと、きれいな人はそうでない人より得をして生きているのだろうと勝手に思いこんでいた人間のひとりだった。

「なあ、もしかしてさっきの人と恋がはじまる感じ?」

そわそわとドアのほうを気にしながら、どうしようもないことを言う。

「はじまらへん。どっちかというと、今やっと終わった」

心のどこにおさめるべきか、ずっとわからなかった感情と記憶をしまう抽斗が、ようやく見つかった。

ドアの隙間から広場をのぞいた。あと数時間で、あかつきまつりは終わる。

「なあ、柊」

「なに」

「自分がここにはじめて来た時のことって覚えてるか？」

しばらく考えて、首を振った。ちいさい頃よく母に連れられて一緒に買いものに来ていたが、「はじめて」がいつだったかなんて覚えていない。それこそ、赤ん坊の頃じゃないだろうか。

「俺もや。覚えてない」

物心ついた時から、ここで親の仕事が終わるのを待っていた。あかつきマーケット自体が、自分の庭とか遊び場のようだった。もうずいぶん前に閉店してしまった乾物屋のおばあさんが、よく「おやつ」と言ってちりめんじゃこをひとつかみ食べさせてくれた、そのおかげで今も骨が丈夫である、というようなことをいつになくしんみりした口調で来人は語る。

「でも、なくなってしまう」

来人につられて俺もずいぶん古い記憶がよみがえった。あかつきマーケットのパン屋の前を通ると、いつも異様に良い匂いがしていたこと。酒屋さんの棚にならんだ青や緑の瓶がすごくきれいだと思っていたこと。福引きでトースターをあてたこと。それを母がとても喜んでいたこと。

「妖精やで」

母の声がよみがえる。妖精？　と問い返す、おさない自分の声も。

「柊くんが困った時に助けてくれる妖精」

耳と目が丸い、あのへんな生きものの絵。

ふりかえって、台に置いたあかつきさんの頭部をまじまじと見た。

そうか、お前は、あいつだったのか。

額のあたりをそっとなでる。すっかり毛羽だって、色あせてしまったあかつきさんの顔。

「そういえば『あかつきマーケットの妖精』とかいう設定やったな」

デザインと設定が同じなのは、母のぶれなさというよりは単に発想力の限界という気がして、ふふっと笑いが漏れた。

隣で来人が洟をすする。驚いて見ると、なんと涙ぐんでいた。

「これが心あたたまるハートフルなコメディ映画とかやったら、妖精が運んできたちいさな奇跡のおかげで、あかつきマーケットの存続が決まったりするんやろうな。ラストギリギリでさ。そんでワーッてなってヤッターてなって抱き合ったりとかして、明るい音楽が流れ出して、そのままエンドロールにいくんやろ」

「心あたたまるハートフルコメディ」って頭痛が痛いみたいな言いかただな、と思いつつも、そこはつっこまないであげようと思った。

「よう知ってんなそんなこと」

「ふん」

「映画は興味ないって、あれ嘘やろ絶対」

「ほんまのことやし。俺ぜんぜん興味ないし」

他人の物語になど興味がないと語っていた来人こそが、もしかしたら他の誰よりも物語を必要としていたのかもしれない。

「その強がりかた、謎過ぎるぞ」

悪あがき、という言葉を、いつだったか俺は使った。来人に向かって。閉店は避けられない。それは来人だって、よくわかっていた。俺たちが一年間やってきたことは、なんの意味もなかった。

だけど、誰かの人生の物語の場面のひとつになったはずだ。あの日、あかつきんというへんな着ぐるみに遭遇した。誰かがそうやって思い出す時、いっしょにあかつきマーケットのことを思い出してくれたらいい。

妖精が運んでくるちいさな奇跡がなくても、人生は続いていくから。

来人が乱暴に箱からティッシュを引き抜き、真っ赤になった目と鼻をいっぺんに押さえている。

あかつきまつりの最後は、静かなものだった。夕方の五時を過ぎる頃には客もまばらで、すでに店じまいをはじめた店もいくつかある。

着ぐるみを脱いで、事務所の長机の上に置く。着ていた服は汗でびしょびしょになってしまったので、持参した服に着替えた。髪がぺたっとなってしまっているが、これもいつものことだし、致しかたない。

フラワーショップに向かうと、母は腰をかがめて、伝票を書いているところだった。

「おつかれ」

顔を上げずに、母が言う。来たの？　ではなく、おつかれ、と。息子がひと仕事終えた後だとわかっているかのように。

店内を見まわして、ひとつだけ残っていたアレンジメントのカゴを手に取る。朝焼けのような色の薔薇《ばら》が美しかった。蔦《つた》に似た植物のつるがカゴの外に伸びている。誰かに向かって、そっと手を差し伸べるように。

「これ、買う」

「あ、そう。二千八百円になります」

千円札を三枚渡して、受け取ったカゴを、すぐに母に差し出す。カゴと俺を交互に見て、母は怪訝そうに首を傾げた。

「おつかれさまでした」

あかつきマーケットでパートをはじめてからの年月。父を喪《うしな》ってからの年月。俺を産んでから今日までの年月。母の今日までの日々に、花を贈ろうと思った。今日ぐらい、そんなことをしてみたくなった。

「あ、そう。ありがと」

拍子抜けするほどあっさりと、母は花を受け取った。顔を近づけて、ほんの一瞬、目を細める。

「きれいやな、その花」

「うん。私のつくったアレンジメントやから」

閉店を告げる、静かな音楽が流れ出す。外はもう、陽が沈みかけている。夜が来て、朝が来る。くりかえされる。

朝は明るく、夜は暗い。それはただ地球がまわっているだけのことだ。明るいことに良い意味も、暗いことに悪い意味も、含まれていない。ただの朝と夜だ。それでも自分たちはくりかえす「ただの朝と夜」を幾度も越えていくしかないのだろうと思いながら、カゴに顔を伏せた母の、以前よりずいぶん白くなった髪の生え際《ぎわ》を見ていた。

謝辞

この物語の執筆にあたり、快く取材を引き受けていただいたゆるキャラ製作工房の皆さまに心から感謝いたします。

これまでただ「かわいいなあ」と眺めていた着ぐるみたちが、どれほど丁寧に、愛情をこめてつくられているかを知り、よりたしかなイメージを得ることができました。

ほんとうにありがとうございました。

参考文献

『おもしろい！　進化のふしぎ　ざんねんないきもの事典』
今泉忠明　監修／高橋書店

本書は、二〇一九年四月にポプラ社より刊行されました。

夜が暗いとはかぎらない

寺地はるな

2021年6月5日　第1刷発行

発行者　千葉 均
発行所　株式会社ポプラ社
　　〒102-8519　東京都千代田区麹町4-2-6
　　ホームページ　www.poplar.co.jp
フォーマットデザイン　bookwall
組版・校正　株式会社鷗来堂
印刷・製本　中央精版印刷株式会社

N.D.C.913/335p/15cm　ISBN978-4-591-17025-0

P8101425